启真馆 出品

中国科学幻想文学史

［上卷］

［日］武田雅哉　林久之　著

李重民　译

ZHEJIANG UNIVERSITY PRESS
浙江大学出版社

目　录

第一章　中国 SF 前史 1

中国神话和中国 SF 2

在叙述“SF”[1] 这个近代才被“发明”或“发现”的文学类型时，不知为何，我们会产生一种将目光紧盯着神话的冲动。对中国的 SF 以及神话，亦是如此。

一般来说，与西洋神话相比，中国的神话是不成体系的，因为残存的只是些细碎的片断。不过在这些片断中，在

[1] 英文全称: science fiction，即科幻小说。（本书所有脚注均为译者注，以下不再一一注明）

《山海经》里出现的怪人、怪异民族

对 SF 感兴趣的人看来，有的片段非常有趣。本书无法用较大篇幅一一叙述，但还是要简单地作一下回顾。

有一部作品不仅是中国人、可以说还是亚洲人见识怪兽的精神寄托。那就是据称直到汉代才完成的《山海经》。在某种意义上来说，这是一部幻想的地理书，也是一部包罗万象的妖怪大百科。也许可以说，此后长达二千年间令中国人感到毛骨悚然的中国式怪兽大荟萃，在这部作品里得以完成了。此后，中国人只要一听到“出现鬼怪”的街头巷闻，首先会想到《山海经》里去查阅。但是，这部作品极其缺乏情节性，因此有观点认为它是一部妖怪的名录。

《山海经》还是一部解说宇宙构造、认识空间的教科书。
另一部《穆天子传》，则是记录着极具好奇心的周王朝君主 3
穆天子冒冒失失地踏入“山海经”式的奇异世界（尤其是西方世界）的冒险旅行。他西游是去会见女神西王母。

与北方歌谣《诗经》相反，南方歌谣《楚辞》是一个充 4
满着神秘色彩的作品系列。据说《天问》是屈原的作品。它是以落魄的作者向苍天询问神话真伪的形式创作的。当时它

被画成人头蛇神身的女娲
(《天问图》)

在十个太阳中射下九个的羿(摘自《启蒙故事》)

成为人们了解有过哪些神话的一个途径。同样是屈原作品的《离骚》，却是一部古典的宇宙旅行文学，主人公乘着飞翔车在凤凰的带领下飞向昆仑山。

此外，在古代读物里，片断性地记载着这样一些故事：被称为“女娲”的女神修补因众神争斗而受到损坏的地球；十个太阳出现，地表遭到烘烤，同时怪兽们出现了，巨大的灾祸降临地球；用弓箭射落其中九个太阳的弓箭名人羿去西方旅行，寻找不死之药，这是一个被指与吉尔伽美什叙事诗[1]有关的地狱勇士旅行的故事；还有据传是羿的妻子、被称为嫦娥的女神拿到不死之药飞往月球，等等。

东汉的王充撰写《论衡》批判迷信，但从与作者意图相 5
反的角度，我们可以详细了解汉代时期充满奇思妙想的幻想世界。除此之外，据称是东方朔作品的《神异经》和《十洲记》，刘向的《列仙传》，还有郭宪的《汉武洞冥记》等，全

[1] 古代巴比伦的叙事诗，记述乌鲁克王吉尔伽美什的冒险故事，据传为世界上最早的叙事诗。

在汉代画像石上描绘的飞车

在汉代画像石上描绘的怪兽、仙人

都插有很多SF的片断。

同时，雕刻在汉代墓室里的、称为“画像石”的浮雕上，尽管不是用文字书写的，但很多浮雕都详细地描绘着天空的另一个世界和死后的世界。那里描绘着驾驶“空飞车”在天空驰骋的“飞行员”，长有翅膀的天马，以及与人类作

对的怪兽。这些都是用图像来表现SF构思的最古老的作品，
对这些图像进行分析，也许就能了解古代人是如何想象“飞 6
翔”和“怪兽”的。

“小说”的本质是什么

可是，这些“神话”还不是“小说”。本书主要是介绍我们通常称作“SF小说”的读物的，但从“小说”这个词语来看，本来就是很不靠谱的。我们平时口口声声说的“小说”、“小说”，似乎是文学类的主流。即使在现代中国，情况也没有多大改变。可是，中国古汉语这个词汇的含义，与现代所包含着的含义是有偏差的。这种文体为什么从一开始就称为“小说”——“小故事”呢?

“小说”这两个字最早出现在文献上的，是《庄子·外物
篇》。里面写道:“饰小说以干县令，其于大达亦远矣。”这里 7
说的“小说”，顾名思义就是“小故事”，也就是“解闷的故事”的意思。同时在东汉桓谭的《新论》这部著作里，“小

说家”这个词是用下面这段文字来表现的。

> 若其小说家，合丛残小语，近取譬论，以作短书，治身治家，有可观之辞。

“小说家”这个词，在汉代读物目录《汉书·艺文志》[1]里也可以看到。这里写道:“小说家者流，盖出于稗官。街谈巷语，道听途说者之所造也。”就是说，“小说”这种形式，顾名思义就是“小故事、解闷的故事”。而且此后很长一段时间，作为文学，它的地位要比诗歌、戏曲低得多。

古代“小说”里的 SF 构思

有时，人们把唐代以前的小说统称为“古小说”。属于

---

[1] 我国现存最早的目录学文献，最早的系统性书目，由班固撰写，简称《汉志》。属于史志书目。

古小说这个范畴的，还有六朝时期创作的很多“志怪小说”。 8
“志”即“记载”，即，把不可思议的事件记录下来，每个故事都很简短。

也许可以说，志怪小说是微型SF的雏形。一般来说，志怪小说就是记录者将灵异事件当作事实记录下来。人们用笔墨将某些事情记录下来时，要进行一些类似于创作的构想，这是不言而喻的。志怪小说的世界，就是以鬼神加妖怪、拥有超能力的怪人、奇人为主，将未探明的奇异现象和神秘事物进行集中亮相。沿袭志怪小说风格的小说，直到唐代以后还继续在撰写，比如在清代创作的，就称为“清代志怪小说”。

中国将神话和传说以及这些古小说都称为“中国古代科学幻想故事”，有一种将之看作是中国SF鼻祖的倾向。比如，饶忠华主编的《中国科幻小说大全》[1]，集中收录了古代到现代的中国SF性质的作品梗概。在该书的卷首，还收录着几

[1] 《中国科幻小说大全》，饶忠华主编，北京：海洋出版社，1982年。

篇作为“中国古代科学幻想故事”的志怪小说。同时，刘兴
诗编撰的中外 SF 选集《中外科幻小说大观》[1]，第一篇就是
列子的《偃师造人》。另一方面，王强模、陈显耀、袁昌文
的《谈科普文学的创作》[2]，就设置了“科幻小说和神话传说”
的章节，以神话和传说是完全虚构的、没有任何科学依据为
由，说“不能把神话传说当作 SF 小说来读”。在神话和传说
9 里寻求 SF 起源的想法，也许是源自于寻根的冲动，认为被
视作西洋产物的 SF 在中国古代早就已经存在。不管怎么说，
在中国神话传说、古小说里，能用现代 SF 来处理的那种题
材，肯定比比皆是。

晋代以知识渊博而闻名的张华编纂的《博物志》里，记载着一个名叫“奇肱国”的西方国家。这是一个科技发达的国家，据说在殷汤王时代，这个国家的人曾经乘坐飞翔机械来到中国。汤王害怕这个尖端技术——中国人称之为“飞

[1] 《中外科幻小说大观》，刘兴诗主编，上海：少年儿童出版社，1994 年。

[2] 《谈科普文学的创作》，王强模、陈显耀、袁昌文著，广州：花城出版社，1985 年。

据说是奇肱国人制作的“飞车”

乘坐大筏赶赴银河的张骞（摘自《瓶笙馆修箫谱》）

车”——被人民看到，便将它拆了。十几年后，刮起强劲的东风时，汤王才将它组装起来让他们回国。

国家权力隐瞒高端科技的模式，是一种至今还被人们经常提起的保护军事科学秘密的常规做法。这会让人们联想起这样一些故事：如美国军队从坠落的飞碟里回收宇宙人尸体，将它的科学技术据为己有，又如某国政府暗地里研究外星球的技术等。这些故事以“罗斯韦尔事件”、“51 区”等名词在街头巷尾成为人们茶余饭后的谈资。顺便提一下，晋代葛洪撰写的仙人谱《抱朴子》里，还详细记载着依靠意念飞翔的、被称为“飞车”的飞翔机械，以及它的制造方法和驾驶方法。有科学史家主张给它一个合理的结论，说它是“竹蜻蜓”，但我持反对的态度。这样的机械能否完成暂且不说，其实作者的意图始终在“载人在天上飞”这个创意本身。

在王嘉的《拾遗记》（4 世纪）里述说了被称为“槎”（木筏）的飞翔机械，十二年绕宇宙一周返回。[1] 这种被称为

---

[1] 据王嘉《拾遗记》，原文：槎常浮绕四海，十二年一周天，周而复始。

“贯月槎”或者“卦星槎”等的“槎”，无疑就是用于去月球或星球的世界旅行的“宇宙船”。这种宇宙船经常停靠在地球的湖泊里，据目击者从远处观察报告说，船上载着的好像是“羽人”，即神仙们。

有个故事说的是黄河河畔每年定期有“槎”溯流而来又随流而去。某位好奇心极强的男子带着食物乘上这种槎，槎果然自动开始溯流而行。不久，槎通过神秘空间来到牵牛和织女所居的天河。这个故事因为与西汉时期出使西域的张骞
的传说有关，所以常为人们津津乐道。由自动驾驶的宇宙船 11
完成的银河旅行颇为壮观，这个故事也很值得玩味。

机器人、人造人方面，则应数偃师的故事。他是前面提到过的周穆王从昆仑山返回途中邂逅的“技术员”。他制造了一个会唱歌跳舞的机器人，在大王面前表演，不料这个机器人有意无意地向大王身边的妃子抛媚眼。大王被激怒后命令砍掉偃师的脑袋，但静下心来仔细一想，自己不就是在嫉妒机器人偶吗？偃师被免于死罪后，当着大王的面将偶人拆开来给他看。那是一个有着与真人一模一样内脏的偶人。这

个故事在《列子·汤问》里可以看到。另外，据说被誉为“木工祖师爷”的鲁班还制作了飞鸢。

关于特异功能，多得令人目不暇接的仙人故事告知人们有超人存在，他们会运用各种超自然的能力。这些故事被收
12 录在《神仙传》和《列仙传》等读物里。

志怪小说里还能找到大量主题为海底旅行的故事。收录在著名的陶渊明《搜神后记》里的《桃花源记》是一个经典的仙境故事，虽不是在地底下，却是一个穿过山中才能到达另一个世界的故事。这个故事在中国引用极广。

另一种类型的地底旅行故事，要从《阴隐客》为例。故事是说在深有一千尺的井底里，挖井工匠发现一个神秘横穴，他钻过横穴，到达地下另一世界的山顶上。其地下构造连想象一下都会让人感到如梦如幻。这个地底世界是一个仙境，工匠游览了一圈后回到原来的世界，地上已经过了90年岁月。从暗示时间的相对性来看，主题是讲时间旅行的。

在干宝《搜神记》、刘义庆《幽明录》、刘敬叔《异苑》、任昉《述异记》等志怪小说集里，有很多故事具有SF的要

素。总之，可以说，志怪小说里汇集了用现代 SF 才能驾驭的几乎所有的主题。

传奇小说的 SF 要素

到唐、五代、宋代，出现了“传奇小说”这种文学类
型。与志怪相比，字数也多些，创作要素浓郁，情节也极尽 13
曲折。

有部作品有个奇怪的标题《补江总白猿传》。这是“补充江总撰写的《白猿传》”的意思，但江总的《白猿传》如今已经失传。这则故事讲述诱拐妇女并使之怀孕的白猿妖怪。那白猿很残暴，但同时却又很知性，甚至很优雅。在中国，自汉代以来，在记载中可以看到大猿诱拐妇女的传说，这部作品就是将这种传说当作传奇来写的。20 世纪以后，在自然科学相关的杂志和专门报道小道消息的报纸上，经常可以看到据传是栖息在湖北省神农架的“野人”、人类女人与神秘猿人交合生出来的“杂交野人”这些话题。与这些传闻

《白猿传》场景之一（摘自《艳异编》）

梦的故事。这样的梦境
对日本也带来了影响（摘自《西厢记》）

相关的传说引起了人们很大的兴趣。顺便提一下，据说在神农架，栖息着很多白色动物。

14 描写某位女性魂体分离的《离魂记》，可以说是近代以后才流行的心灵文学、催眠术文学的发轫。故事讲述一名叫倩娘的女性因为思念未婚夫心切，肉体和精神分离了。不久两者合为一体，“翕然而合为一体，其衣裳皆重”。这样的真实描写棒极了。

日本古代传说“浦岛太郎”的故事，人们都认为与依靠亚光速进行的宇宙旅行相似，作为去另一个世界的旅行，归根到底叙述的是时间的相对性。这样的例子如前面提到过的地下旅行故事《阴隐客》，在中国不胜枚举。因邯郸梦枕而闻名的《枕中记》，和男子在梦中迷入蚂蚁世界的故事《南柯太守传》等，都是以别样世界为主题的杰作，描写些许教训的同时，都在描绘时间的相对性，给中国的幻想文学带来了“梦”这个用于幻想故事的基本形式。在这个意义上来说，这些作品是不能被忘却的。

15 为了成全主人崔生的恋情，飞檐走壁发挥超常身手，将崔生和红绡姬救走，事后自己隐姓埋名的黑人奴隶摩勒的故事《昆仑奴》，和描写少女剑侠幻术高强的《聂隐娘》等，可以说都是后来发展成武侠小说的、带有中国特色英雄幻想的小说的发轫。而且，日本作家中岛敦的小说《山月记》里也写到过的、人变成老虎的变形故事《人虎传》，在描写人与兽之间往返的苦恼这一点上，可称是中国版的《化身博士》。除此之外，唐代以及宋代创作的传奇小说有很多，短篇中也有不少作品具有严密的构思和情节。

这一时期最引人注目的宇宙旅行故事，流传有著名的玄宗皇帝因与杨贵妃的爱情而借助得力的道士去月球的传说。这些故事全都像《叶法善》、《罗公远》那样，以出谋划策的主谋者道士的名字作为标题。

皇帝去月球旅行，先要在地面上尝试作长距离的飞行，尝到甜头后，接下来不管如何都要在月球上架起一座“银色的桥”，在桥上徒步走过去。玄宗混在月球上的宴会里，原以为他是采集月球上的石头，哪想到是将那里演奏的曲子暗记在心，带到地球上，可谓月球世界的优雅使节。这个故事可以说是继嫦娥奔月神话之后月球旅行的经典。

由此可见，在古代神话和传说直至唐宋之前大量的短“小说”中，SF 式的构思触目皆是。它们大致被收录在宋代
16 编纂的小说集大成——《太平广记》等书里，要搜寻 SF 式的故事不会太辛苦。

同时，阅读《东京梦华录》等描写宋代和元代的都市生活的文献，得知在繁华场所还在举行以评说和戏剧为主的各种技艺演出。在这些说唱故事的文本里，有的文本后来发展成脍炙人口的长篇小说，如《大唐三藏取经诗话》发展为《西游记》,《武王伐纣书》发展为《封神演义》,《三国志平话》发展为《三国志演义》，这些文本都是后来明代几本出色的长篇小说的雏形。

神仙，妖魔，加上 SF

明代编纂过好几部短篇小说的选集。我想作为另类作品进行介绍的，是明末清初李渔创作的《夏宜楼》。李渔以

各种楼阁为舞台创作了12部短篇小说，小说集的标题为《十二楼》。《夏宜楼》是其中一篇，说的是主人公利用望远镜将日后成为结婚对象的女人弄到手。望远镜在当时来说属于高科技，这部小说在将这个高科技作为主题这一点上，具有SF的旨趣。

在中国明清时期大量创作的通俗小说里，有种文学类型
被称为“神魔小说”或“神怪小说”。“神魔小说”这名称
有些可怕，但如果说指的是《西游记》、《封神演义》之类
作品，读者便能够抓住大致印象。“神魔小说”这个称谓，
是鲁迅在“主题为神与魔的斗争”这一意思上提出来的， 17
现在被称为“神怪小说”就显得很普通。这类小说都是SF
构思的宝库。

《西游记》已经用不着作介绍了，但如果重新细读，必然还会有新的发现。顺便说一下，清代初期董说撰写的《西游记》旁记《西游补》，这部作品虽然标题像是为《西游记》作补遗，实质内容却像是与《西游记》完全划清了界线。这本书中，悟空在“万镜楼”这个镜子世界误入迷宫。在迷宫

里，无数设置成监视器般的镜子超越时间和空间，映照出各式各样的世界。这些宁可说是有着近似于平行世界 SF、水下空间 SF 的韵味。

《封神演义》是一部以殷纣王与妲己的传说为基础撰写的小说。故事以殷与周之间的战争为主轴，描写涉及各个方面的神仙与妖怪的大规模战争。在许多秘密武器里，还有像生化武器和飞弹似的兵器，沉醉在其中的 SF 情节里也是很有趣的。不过，这样的小道具不是《封神演义》里特有的，在许多神怪小说里都频频出现过。归根结底，也许只是表示古代这种“若有这些兵器使用起来就会很方便”的构想，很快就将会实现。

《三宝太监西洋记通俗演义》简称《西洋记》，是以明代
18 下西洋船队统帅郑和的事迹为基础创作的、模仿《西游记》的荒唐无稽的海洋冒险小说，使用超能力的战士们大显身手，随处可见作者自以为是的噱头，作品的解读十分困难，但阅读起来却十分愉悦。

除此之外，在明代，还有描写八仙人惹出各种纷争的

《东游记》，描写华光这个猥琐男主人公身手的《南游记》，收集真武玄天上帝事迹的《北游记》等作品。这些作品常常与《西游记》配套，被称为“四游记”。

到了清代，这类小说被大量创作，但失去些乡土气，有明显的加工痕迹。这些作品都蕴含着 SF 的情节，如果每一 19
部都作详细介绍，就变成“中国小说史”了。这里介绍一下名叫江洪（云间子）的人在 18 世纪初叶创作的神怪小说《草

摘自《西洋记》

木春秋演义》。

汉朝天子刘寄奴施仁政，百姓们安居乐业过着平静的生活。在西域，胡椒国国王巴豆大黄招募会使妖术的妖怪，随西域国王巴旦杏、斑猫国王阿胶大王等，向汉朝发动战争。汉朝也招募仙人迎战。于是，发生了和《封神演义》一样的妖术神术大战，最后汉天子大获凯旋。

这部小说的特征就在于出场人物的名字全都是“草木”，即植物。可以说，这是一部在《封神演义》里添加了“海螺小姐”[1] 情趣的作品。

正如稍后将会看到的那样，在中国接触到西方文学作品之际，神怪小说这个文学类型将成为尝试移植西方文学作品中 SF 旨趣的合适对象。其结果，清朝末期创作的一大批古典风格的 SF 小说，就是作为神怪小说的延伸形式而出现的。

除了这些长篇神怪小说之外，继承志怪和传奇风格的短

[1] 日本历史上最长的动画片《海螺小姐》里的主人公，该片从 1969 年放映至今，已放映了近 7000 集。

篇小说也依然还在创作着。在清代，蒲松龄的《聊斋志异》、袁枚的《子不语》、纪昀（纪晓岚）的《阅微草堂笔记》等，都是著名作品，也是值得作为幻想小说来欣赏的作品，里面也可以找到SF的构思。

传统戏剧的SF要素 20

故事不是仅仅靠读物的形式来享受的，现代人亦然。读书人在大多数中国人里是一个特殊的群体，他们几乎都是通过戏曲和评说的方式来进行欣赏的。

明代屠隆撰写的戏曲《彩毫记》，是一部讲述唐玄宗的故事，其中有一个题为“唐明皇游月宫”的片断。是讲述玄宗皇帝趁兴陪杨贵妃和李白去月球世界旅游的故事。如此说来，这部戏曲显然是以前面提到过的玄宗皇帝月球旅行故事为基础的。明末清初的文人张岱的随笔《陶庵梦忆》（卷五）里，描写了以此为主题的戏曲演出场景，书中写到道士叶法善将玄宗皇帝带到月球上去的场景。

> 叶法善作，场上一时黑魆地暗，手起剑落，霹雳一声，黑幔忽收，露出一月，其圆如规，四下以羊角染五色云气，中坐常仪，桂树吴刚，白兔捣药。

不难想象，玄宗皇帝的月球旅行故事看来是伴随着利用光和影的幻影上演的。这不就是模仿乔治·梅里耶（Georges Melies）的电影《月球之旅》（*A Trip to the Moon*）吗?

在月宫里游玩的玄宗皇帝
（摘自《大备对宗》）

日本人也喜爱的京剧，是清朝后期在北京出现的若干个地方剧经过融合与改良最后集大成的，在演出节目里有不少以《西游记》、《封神演义》以及《白蛇传》为主打的节目。这些剧目与那些令人拍案叫绝的杂技相配，将我们引入别样的幻想世界，让人们尽情陶醉，简直可以说就是故事的供给装置，专门提供具有“惊险感”的故事。在美国的 SF 史方面，若要说到好莱坞电影，就必须关注这些传统戏剧。

在“SF”被发现之前

从晚清之前的故事里选取几部作品来看，真的能将它们
看作是“中国古代的 SF”吗？有人会对此感到怀疑。同时在 22
喜欢议论的科幻迷中，也许会有人在本书中寻求严密意义上
的“SF”定义。

我们使用“SF”这个词，是指近现代产生或者“发现”的一种文学类型。暂且可以这样来看待：“SF”小说是一种充满着假装是科学性或科学的“惊险感”而令人感到陶醉的

故事类型。笔者的态度是，戴着“SF”这种快乐的有色眼镜来欣赏中国古代的作品，同时有一些有趣的发现，不是很好吗？一口咬定说“这不能算SF”，而忽略了难得的精彩故事，这是很可惜的。但是，坚持说“这也是SF”而断定全人类的SF起源就在中国的神话里，也是不可信的。

用今天的话来说就是，要给古代浩如烟海的作品划分界线进行分类是不可能的，也是很无聊的。但是我想说这么一句话：请不要忘记，中国的文学作品，即使是现代作品，也不得不受中国传统小说的强烈影响。因此，即使是刚刚创作的“SF”中——晚清时期称作什么“科学小说”，现代称为“科学幻想小说”——有不少作品也是经常从古代的SF创意中获得灵感的。

第二章　清朝后期——SF 的萌动 23

凡尔纳来临的前夜 24

稍后我们将会看到，1900 年儒勒·凡尔纳的《八十天环游世界》开始被中国译介。此后，凡尔纳高潮到来，许多中国人模仿它，中国近代的 SF 史拉开了帷幕。这是教科书上经常用来解释的剧本，也包含着某种程度的事实。但是，稍稍持些怀疑态度的读者都会明白，正宗的中国 SF 史不可能是从凡尔纳开始的。

要说为什么的话，因为在这一年之前，能被看作构思奇特、描写出众的作品，已经由中国人之手创作出来了。而且这些作品的 SF 描写，即使让人联想起凡尔纳作品里司空见惯的场景，两者之间的影响关系——当然，若要说有——也是一厢情愿。因此，纵然用“受到了凡尔纳浪潮的影响”这样的话来狡辩，恐怕也不能对这些作品群作出解释。

在凡尔纳登陆前夜创作的 19 世纪的作品，在这里介绍一下《镜花缘》、《荡寇志》、《年大将军平西传》以及《淞隐漫录》四部作品。

25 周游列国和腾云驾雾——《镜花缘》

李汝珍（1763—1830）的《镜花缘》最早是 1818 年在苏州发行的。1821 年经过修订后再版，1828 年再次经过修订后在广州出版。1830 年，李汝珍于 68 岁时离开了这个世界。

《镜花缘》是一部内容极其丰富的小说，重要的主题之一是海洋冒险故事。这本书以《山海经》式的世界为基础，构思别出心裁。在奇异的国度旅行的情节，经常可以与《格

在《镜花缘》里出场的“飞车”

列佛游记》[1]媲美。把这些描写当作是变种的《奥德赛》[2]来看也是很有趣的，与SF的“惊险感”对应的，应该是“飞车”

[1] 英国—爱尔兰作家、讽刺文学大师乔纳森·斯威夫特（1667—1745）所著。

[2] 希腊史诗，相传为荷马所作。

大显身手的场面。

正如读者看到的那样，在中国的天空里，好像从古时起就飞翔着被称为“飞车”的飞翔机械。在《镜花缘》里，从“飞车”的构造到驾驭方法，具体的描写很有意思。

李汝珍改写本的飞车是:“可容二人，每日能行二三千里，若遇顺风，亦可行得万里。”高三尺，长四尺，宽约二尺。它设计得非常豪华，用柳木制作精巧的花棂窗，还挂着窗帘。车内四角设有方位磁石盘，后部方向舵突出。下部大大小小无数个铜制推进器按纵方向和横方向设置。它们都像
26 纸一样薄，用强韧的金属制造。操纵使用的三种杠杆为启动、飞行、停止。右旋转将操纵杆向右倾斜、左旋转向左倾斜。顺风时挂帆可提高飞行速度。读《镜花缘》时，飞车出现过好几次，这里欣赏一下它起飞时的场景之一吧。

运动机关，只见那些铜轮，横的竖的，莫不一齐乱动：有如磨盘的，有如辘轳的，好像风车一般，个个旋转起来。转眼间离地数尺，直朝上升，约有十余丈高，

直向西方去了。

这就是在 19 世纪初叶的中国小说里看见的垂直起落机的描写，比儒勒·凡尔纳的飞翔小说《从地球到月球》早了大约 50 年。这就是那个凡尔纳降生到这个世界上来的 10 年前，一名中国人写的“飞翔”小说。 27

《水浒传》的 SF 续编——《荡寇志》

俞万春的《荡寇志》(1853)，又名《结水浒传》，这部小说采用沿袭《水浒传》续篇的模式。

关于《水浒传》这部小说的经历，这里简单记述一下。在明代，以一百回本《水浒传》为主，出现过各种版本。这些版本都是讲述反体制的贼军即梁山泊的好汉接受宋朝招安，同时为了宋朝而与北方辽兵作战的故事。明朝金圣叹[1]

[1] 金圣叹（1608—1661），明亡后改名人瑞，字圣叹，别号鲲鹏散士。

不喜后三十回而在中途果断腰斩，制作了七十回结束的版本发行，称“发现了古本”。这就是被称为“七十回本”的小说。

俞万春的《荡寇志》紧接金圣叹“腰斩”过的七十回本《水浒传》，从七十一回写起。但是，俞万春的意图好像着眼于“让那些家伙建立国家不像话”上。作者致力于将梁山泊的英雄们描写得很丑陋，曾经的好汉们全都死绝，让作者理想中的英雄们重新登场。

在俞万春描绘的梁山泊里，有个宋江招募来的西洋人军师白瓦尔罕。白瓦尔罕是典型的西洋人，蓝眼睛高鼻子。据称他原本是渊渠国来的外国人，父亲俐哑呢㖿，还是兵器发
28 明家。白瓦尔罕生于澳门，想研修科学之后将这些技术为宋朝所用，但被奸臣所害，以莫须有的罪名被流放边境，于是作为西洋人入伙初创的梁山泊。尽管如此，时代背景依然是宋朝。当然，关于设置这一时代背景出现的矛盾，通俗小说的读者是不会去计较它的。

他发明了各种高科技兵器，比如“奔雷车”。这是三层

结构、呈怪兽形的无敌战车。同时，“沉螺舟”是能载千人以上兵员航行的超弩级潜水艇，储粮可以潜行长达数月。关于它的动力和空气问题，作者没有言及。除此之外，还出现了“落匣连珠铳”、“飞天神雷”、“陷地鬼户”等引入西洋技术的新兵器。

作者俞万春年轻时随父亲赴广东，接触到西洋文化。他还有参加镇压瑶族起义的战斗经历，而且还撰写《火器论》和《骑射论》等兵器史的著作，所以对兵器和战斗的描写十分用心。这一点也是值得首肯的。

高科技战争背后的西洋人——《年大将军平西传》

《年大将军平西传》(1888 年)，又名《平金川全传》，由
一名叫张小山（小山居士）的人撰写。故事是根据清朝雍正 29
元年（1723 年）抚远大将军年羹尧平定西藏罗卜藏丹津在青
海发起的叛乱这段史实写成的小说。

据卷首惜馀馆主的序文，张小山的祖父嘉猷曾是年羹尧

的幕僚，撰写过题为《西征日记》的书，书中对各种妖术有详细的记载。据说小山是以此为基础写成小说的。

这部小说的SF旨趣，除了在神怪小说中传统的魔幻色彩兵器之外，还出现了反映时代的新式科学兵器。这些兵器由一名叫“南国泰”的西洋人科学家所发明，书中把他设定为历史上有名的传教士南怀仁（Ferdinand Verbiest）的儿子。他随清军行进，制造各种高科技兵器帮助清军，起着《荡寇志》中白瓦尔罕的作用。

“升天球”是一种可载百人的飞翔机械，装备有各种火炮。比如，乘坐升天球升到天空，借助利用透镜原理制成的“借火镜”，将太阳光线收成光束，再照射到敌人阵营里的火药库，用高热使之爆炸。在某种意义上来说，这就是从航空机上发射杀人光线炮的构思。

所谓的“地行船”，据说是形似穿山甲、前端尖削的地底战车，一台可乘坐百人，每个时辰可行走百里，所以可从
30 地底攻入敌阵。还有“镪水”武器，是一种甚至能溶化金属的液体状兵器。武器的说明也是竭尽全力自圆其说，说这

种“镪水”兵器为了不使自身被镪水融化，而用瓷筒制造而成。除此之外，善财童子这个人物拥有的兵器，据称是瑞典科学家发明的电气鞭。用电气鞭抽打，任何东西都会在瞬间消失。

藏军在清军的追击下被迫撤退，雪山老祖暗中相助，铺设冰阵帮助藏军守卫。清军对此阵束手无策。不管怎么说，道教和佛教此时都已衰微而失去了势力，在法术战方面无法攻破它。就是说，如果不拥有独占天下的宗教力量，这个阵就破不了。这样的描写，再怎么说是科学，都好像是以“剑术和魔法”来决定胜负的。

可是，南国泰有一条计策，乘坐升天球飞到欧洲去，向罗马教皇求助。教皇接受他的请求，带领十二弟子飞到东方战场。他们全都左手握十字架、右手握白蜡烛开始诵经。于是，出现了什么样的情景呢？毕竟是“吉利支丹伴天连”！[1]

---

[1] 吉利支丹伴天连，源自葡萄牙语 cristao padre，意为天主教神父。天主教传入日本时日本人对天主教神父的敬称。

冰阵终于被破。但是，教皇要求双方和解。

31 巨人兵和巨型火箭

可是，教皇的劝说没有人听得进去，战斗还在继续。藏军毫不畏惧，向前线派出名叫麦坚利阿的大将。他是个身高十米、双手紧握巨型铁锤的巨人。清军即使向他射击，他那坚韧的皮肤也只会让枪弹当当地弹回去。清兵眼睁睁地被这巨人的脚踩死，被铁锤压死，陷入苦战。于是，清军不得不寻找与此对抗的手段。

几天后，麦坚利阿再次挑起战斗。大将军继续指挥人马，让一名巨人出阵。他比麦坚利阿还要高大一圈。麦坚利阿看见他十分惊讶，“我是天下最高的人，何以还有比我更高的？”他感到纳闷，便发出巨响：“来者何人？报上名来！”

官军一方的巨人没有回答他，抡起铁槌便冲上前来。麦坚利阿也怒气攻心，想让对方尝尝铁锤的味道，不料那个巨人一个转身逃跑了。

麦坚利阿心想：“此人虚有其表，原来是不济事的，待我捉住他来。”便追着敌人的巨人而去。

可是那巨人逃得飞快！“尽管如此，我也要追上他！” 32
麦坚利阿心想，忽然向四周一打量，附近一带是桃林。清军的巨人一逃进这片桃林里，突然双脚被树枝绊倒。麦坚利阿迅速抡起铁锤正要砸下去，就在这时，一阵惨烈的爆炸声突如其来，震得四周山摇地动。的的确确是晴天霹雳！桃林眼看被大火和烟雾覆盖，燃烧的火焰也烤焦了天空。金川军著名的巨人大将麦坚利阿悲惨地化为灰烬。

麦坚利阿追击的清军巨人兵是怎么回事呢？哎呀呀，读者诸君，这个巨人其实是南国泰制造的机器人。他的体内塞满了火药，桃林里也事先埋好地雷。这些全都是南国泰周密安排的消灭敌方巨人兵的计谋。

于是，绝不亚于《封神演义》的战斗没完没了地持续着，南国泰大显身手不断发明的新器，是这部小说让人耳目一新的精彩看点。

中国神怪小说的发展，自古以来就是一个不断汲取西洋文明的过程。从19世纪创作的小说里看到的这些描写，除了受到“凡尔纳影响”这股潮流的冲击之外，在神怪小说的演变、发展的历史长河中寻求中国SF史的起源，也是可能的。

33 珍珠般的短篇SF ——《淞隐漫录》

从前的志怪和传奇的风格，后来得到了传承，在清代也创作出了很多作品。这里介绍一下报刊编辑王韬（1828—1898）的短篇小说集《淞隐漫录》[1]。这本书从1884年开始作为系列作品在当时的报纸《点石斋画报》上刊登，1886年汇编成单行本。内容袭用传奇小说的风格，其中还能找到若干篇SF作品。

《海外美人》这个故事讲述一对想去海洋冒险的商人夫妇，设计了一艘功能超越西洋汽船的新船出海旅行。前半部分造船的内容多少有些冗长，实际只上了三个岛就结束

---

[1] 《淞隐漫录》，又名《后聊斋志异图说》、《绘图后聊斋志异》。

了。第一座岛是三名明末漂
泊至此的将军变成巨人后服
药而死；第二座岛上有个人 34
在主持斗力比赛，主人公妻
子向他挑战而丢掉了性命；
第三座岛上正在进行人体改
造。整形手术的技术已经很
先进，只要是有钱，据说不
管花多少都能变成美女。失
去妻子的主人公听说不管花
多少钱都能搞到美女，心里有些动摇……标题《海外美人》
就是来自第三段故事。

摘自《淞隐漫录》的《海外美人》

除此之外，还能找到《仙人岛》、《海底奇景》、《海外壮游》等几部以海洋为舞台的幻想作品。在创作这部短篇小说集时，凡尔纳的中文版还没有翻译出版，不过王韬是有过漫游世界经历的报刊编辑，他这样的人也许已经知道凡尔纳等作家的西洋 SF 小说了。

清朝末期是“小说”的鼎盛时代

清朝末期呈现出“空前”的“小说”潮流。文学史将这一时期的小说称为“清末小说”或“晚清小说”。所谓的清末或晚清，一般是指1840年鸦片战争到辛亥革命发生的1911年之间。文学史中称为“清末小说”时，大多是指进入20世纪后大约10年间出版的作品。

小说鼎盛的原因之一，是评论小说价值的理论著作从19世纪90年代末到20世纪初相继被发表。在这些论著中，有严复和夏曾佑的《本馆附印说部缘起》（1897）、梁启超的《译印政治小说序》（1898）和《论小说与群治之关系》（1902）等。《论小说与群治之关系》是一部更有影响力的作品，开头如下：

> 欲新一国之民，不可不先新一国之小说。故欲新道德，必新小说；欲新宗教，必新小说；欲新政治，必新小说；欲新风俗，必新小说；欲新学艺，必新小说；乃

> 至欲新人心，欲新人格，必新小说。何以故？小说有不可思议之力支配人道故。

关于“群治”所表达的意思，议论颇多，被译成“政治”、“社会”等。梁启超在《论小说与群治之关系》里提倡的，是靠小说提高民众的政治意识。他在文章里提出“小说”的新的价值，提倡小说的翻译和创作，即倡导“小说界革命”。梁启超最后得出这样的结论：“故今日欲改良群治，必自小说界革命始；欲新民，必自新小说始。”

梁启超 36

抱持这样的观点，梁启超以后还发表了数篇小说理论。围绕着小说应有的新意义展开讨论期间，必然带来大量翻译小说的引进。翻译书籍占据整个晚清小说的大多数。而且，清末的SF小说很多都是翻译来的。出于叙述上的便利，本书将翻译小说和中国人自己创作的小说分别作介绍。但关于给读者带来“惊险感”的功能，分开来思考也许不是很合适。

当时撰写的许多小说理论中，不少文章谈到SF。梁启超主办的《新民丛报》第十四号（1902）里，有一篇撰文者署名“无名氏”的文章《中国唯一之文学报新小说》。这篇文章也是梁启超主办的小说杂志《新小说》的广告。“无名氏”，也许就是梁启超本人。笔者在这里介绍一下预定要在《新小说》上刊登的小说的阵容。

37 其中，有个名为“哲理科学小说”的文学类型。首先有这个词汇的解释，说是“专门借小说启蒙哲学和格致学[1]（自然科学）的作品”，并解释说这个文学品种是从外国文学中借鉴而来的。除了柏拉图《理想国》、托马斯·莫尔（Thomas More）《乌托邦》之外，还列举了矢野龙溪和儒勒·凡尔纳的作品。涉及当时的SF文学理论，需要另设一章作介绍。不

[1] 格致学，即物理学。1900年之前，我国译述西方物理学著作没有采用“物理学”的译法，而是多译为“格致学”或“格物学”。

管如何，古代“故事意义无聊”的“小说”，在这一时期被看作是有价值的文学形式。可以认为以往的“小说”和以后创作的“小说”原本就不是同一种类型。应该可以说，“小说”的价值在双重的意义上是左右摇摆的吧？

科学小说、哲理小说、理想小说、政治小说

小说的流行，催生了各种各样的小说流派。看一下下列的名录。

> 社会小说、政治小说、家庭小说、冒险小说、哀情
> 小说、言情小说、写情小说、艳情小说、教育小说、军
> 事小说、神怪小说、滑稽小说、语怪小说、哲理小说、
> 理想小说、科学小说、地理小说、侦探小说、黑幕小 38
> 说、武侠小说、历史小说、地方自治小说、理想科学寓
> 言讥讽诙谐小说……

这些名称是从清朝末期到民国初期，即20世纪初使用的、根据“小说”的内容对小说种类进行细分的用词。当时盛行在小说标题前面注明“某某小说”的文字标签。它们几乎都是编辑时根据题材凭感觉加上去的，所以没有多大严密性。看着这些名称，可以说当时的“小说”大致接近现代的小说了。

在这些文字标签中，可以看到有“科学小说”的门类。后面将会详细看到，在清朝末期，指称SF小说的词汇中就有这个“科学小说”。而且，这里还能看到的冠以“哲理小说”、“理想小说”、“政治小说”等标签的作品群里，有很多今天看来能称为SF小说的作品。当时所谓的“理想”，与现代日语说的“理想”所包含的意思，好像稍稍有些差异。当时的“理想”一词，使用起来宁可说更接近于“空想”、“想象”。

科学启蒙的众生相

在谈论这个时代的SF小说之前，先稍稍向读者介绍一下与此有关的大众科学的状况。

欧风美雨影响中国的，不仅仅是信息，就连技术本身也 39
流入得特别快。清朝末期发行的杂志不仅积极介绍大洋彼岸的信息，还热情介绍科学技术在中国的普及情况。

欧洲的学问在中国被称为“西学”，思想、哲学、科学、文学等都被不遗余力地介绍到中国。在这些学问中，应该大书一笔的是进化论。严复夹带着他自己的解释翻译的《天演论》，使托马斯·亨利·赫胥黎（Thomas Henry Huxley）的《进化论与伦理学》风靡一时。它成为求知欲旺盛的年轻人必读的书籍，典型例子，比如对鲁迅影响深刻。同时，严复绞尽脑汁想出来的“天演”、“天择”、“物竞”等新词汇也成为流行语。在清朝政权显现出动荡的当时，“进化论”——无论是革命还是改革——大多是与“世界必须改变”这一在不远的未来应有的社会形象联系在一起而说的。不言而喻，严复还在托马斯·赫胥黎没有意识到的层面上自由发挥地作出解释和引用。以天演为主的大批新奇词汇，不仅仅是SF这一文学类型，就是在许多清末小说里，人们也乐于使用，好像还赋予了“惊险感”的韵味。

40 小说杂志和画报的诞生

不局限在SF方面，要让小说被人们广泛阅读，出版这个系统就必须很好地发挥其功能。对出版媒介来说，这又是一个划时代的时代。

中厤光緒二年春季　每季出印一卷
西厤一千八百七十六年春季　此卷三次排印
格致彙編
是編補續中西聞見錄
在上海格致書室發售　英國傅蘭雅輯

《格致汇编》创刊号

今天意义上的杂志也是这个时期出现的。老杂志有《教会新报》（1868）和它的后身《万国公报》（1874）、《中西见闻录》（1872）和它的后身《格致汇编》（1876）、《瀛寰琐记》（1872）和它的后身《四溟琐记》（1875）以及《瀛宇琐记》(1876）等。这些杂志都将全世界的信息带给了中国人。尤其是《格致汇编》，作为自然科学专业杂志和科学启蒙杂志传播很广。

清朝末期还出现了被称为画报的刊物。这是绘图与文字
兼顾的读物，以《瀛寰画报》(1877)、《画图新报》(1880)
等为前导，不久便出现《点石斋画报》(1884）的畅销。这
些都是启蒙性的读物，以报道时事、市井事件为主，但是如
前面提到过的、连载王韬《淞隐漫录》的《点石斋画报》那
样，有时也刊登文学作品。同时，在众多的新闻报道里，可 41
以看到能使人意识到志怪小说的文体片断，即使是报道介绍
欧美的科技，关于飞船、潜水艇等的文章，刊登的图片也大
多是仰仗画师的想象而创作的，很异想天开。

接下来介绍的，就是孩童时爱读《点石斋画报》的作家
包天笑，他记下了刊登在这本杂志上的飞艇。后来包天笑
创作了《空中战争未来记》等小说，主题就是描绘飞翔机械
的发展。包天笑的作品，不就是在《点石斋画报》里体会到
“惊险感”后上帝赐予他的“孩子”吗？ 42

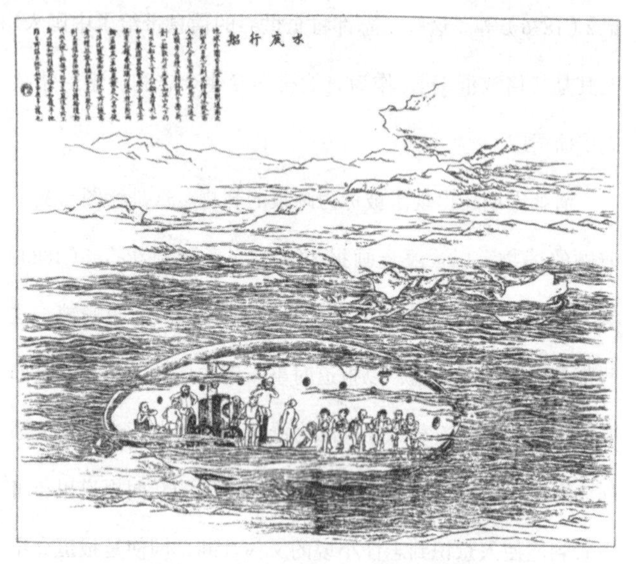

《点石斋画报》上报道的美国“潜水艇”

1892 年，作家韩邦庆创办了个人文学杂志《海上奇书》，连载了他以花柳界为舞台的小说《海上花列传》。梁启超创办了《时务报》（1896）和《清议报》（1898）。《清议报》译载了东海散士的《佳人之奇遇》和矢野龙溪的《经国美谈》等日本政治小说。可以说，以后提及的外国 SF 译作就处在这些译作的延长线上。梁启超在 1902 年创办了中国最早的小说专业杂志之一《新小说》，同时还创办了《新民丛报》。前者翻译连载了凡尔纳的《海底两万里》等，后者翻译连载了《十五少年漂流记》等。

以《新小说》为开端，小说专业杂志如雨后春笋般地创刊出来。代表性的杂志有李伯元的《绣像小说》（1903）、吴趼人的《月月小说》（1906）、黄摩西和徐念慈的《小说林》（1907）等。李伯元、吴趼人、徐念慈全都是颇有能耐的作家，曾做过编辑。后面将要介绍的翻译作品和中国人创作的SF小说，有不少都刊登在这些小说杂志上。

超未来人类史的规划——康有为的《大同书》

清末学者、政治家康有为作为变法自强运动的推进者而
闻名。其最重要的著作《大同书》于1913年以及1919年断 42
断续续地得以刊登。这是康有为描绘的、有着人类未来史展望的设计图。《大同书》作为读物问世是在民国以后，据说构思是在清末时形成的。而且从中可以看出，清末SF创

康有为

作里描绘出来的未来世界的情景，也许就是清末文人共同怀有的乌托邦展望。比如，康有为这样说道：

> 火星、土星、木星、天王、海王诸星之生物耶，莽不与接，杳冥为期。吾与仁之，远无所施。(《大同书·甲部》)

> ……则又有好新奇者，专养神魂，以去轮回而游无极，至于不生不灭、不增不减焉。神仙之后，佛学
> 44 又兴，其极也，则有乘光，骑电，御气而出吾地而入他星者，此又为大同之极致而人智之一新也。(《大同书·癸部》)

此外，他还详细描写了政治、社会、生活等多方面的、应有的形态。比如，在空中飞的房子、打个电话就会传送来

的菜肴、理想的葬礼……《大同书》虽然没有采用小说的形式进行书写，但与清末 SF 里描绘的未来世界之间的各种共同点上，是应该引起人们关注的。

下一章，主要介绍清朝末期成书、并广泛流传的 SF 译作。

45 第三章　清朝末期的 SF 翻译

46 1900 年——凡尔纳来到中国

1894 年，爱德华 · 贝拉米（Edward Bellamy）的乌托邦小说 *Looking Backward* 以《百年一觉》为标题翻译成中文。译者不是中国人，而是英国传教士李提摩太[1]。这部作品在 1891 年就已经以《回头看纪略》的标题被译载在《万国公报》上，1904 年作为政治小说《回头看》而译载在《绣像小说》（第 25—36 期）上。然而，最早被带到中国来并将中国人卷

[1] 原名提莫西 · 理查德（Timothy Richard）。

入兴奋漩涡里的外国 SF 小说，可以说还是儒勒·凡尔纳的作品系列。

构成凡尔纳小说滥觞的，是 1900 年发行的《八十日环游记》。不用说，这个标题是根据日译本《八十日間世界一周》翻译的。译者是薛绍徽女士[1]和她的丈夫、同乡陈寿彭。陈寿彭跟随当外交官的哥哥在日本和法国旅行时，收集了西洋书籍。这本书是由丈夫口述翻译、妻子用文言文整理的。他们将英译本当作蓝本，以“译述”为名的意译为主。这在当时是很罕见的、相当忠实于原著的翻译。

原署名印着“法·房朱力士”，全三十七回。这个译本于 1906 年由小说林社以及有正书局改题为《环（寰）球旅行记》发行。

之后，凡尔纳的作品被陆续翻译成中文。这里尽管不 47
全，却也要列举一下。

---

[1] 薛绍徽，字秀玉，著名女文人、女翻译家。福建闽县（今福州）人。外交官陈寿彭之妻。

1900 《八十日环游记》（薛绍徽、陈逸儒译）

◆日译本《八十日間世界一周》

1901 《十五小豪杰》（梁启超译。《春江花月报》连载）

◆日译本《十五少年》《十五少年漂流記》《二年間の休暇》

1902 《海底旅行》（卢藉东、红溪生译。《新小说》第1—18期连载）

◆日译本《海底二万リーグ》《海底二万里》《海底旅行》《五大洲中海底旅行》

《海底漫游记》（海外山人译。《海底旅行》的盗版？）

《十五小豪杰》（梁启超、披发生译。《新民丛报》第2—24期连载）

◆日译本《十五少年》《十五少年漂流記》《二年間の休暇》

1903 《铁世界》（包天笑译）

◆日译本《インド王妃の遺産》《仏曼二学

士の譚》《鉄世界》

《地底旅行》（鲁迅译。《浙江潮》第10—12期连载）

◆日译本《地底旅行》

《月界旅行》（鲁迅译） 48

◆日译本《地球から月球へ》《月世界旅行》

《空中旅行记》（译者不详。《江苏》第1—2期连载）

◆日译本《気球に乗って五週間》《空中旅行》

1904 《环游月球》（商务印书馆编译所译）

◆日译本《月世界一周》

《秘密使者》（包天笑译）

◆日译本《ミハイル·ストロゴフ》《盲目使者》《瞽使者》

《无名之英雄》（包天笑译。原著不详）

1905 《秘密海岛》（奚若译述、蒋维乔润色）

◆日译本《神秘の島》《ミステリアス·アイ

ランド》

1906 《地底旅行》(鲁迅译。完整版，1903年连载)

《地心旅行》(周桂笙译)

◆日译本《地底旅行》?

《一捻红》(包天笑译。原著不详)

《寰球旅行记》(陈绎如译。原译名《八十日环游记》)

49 ◆日译本《八十日間世界一周》

《环球旅行记》(雨泽译。原译名《八十日环游记》)

◆日译本《八十日間世界一周》

1907 《飞行记》(谢忻译)

◆日译本《気球に乗って五週間》

1910 《秘密党魁》(包天笑译。《小说时报》第7—10期连载。原译名《秘密使者》)

◆日译本《ミハイル·ストロゴフ》《盲目使者》《瞽使者》

现在应该关注的是，这些作品几乎都是以日译本为基础翻译的。当时西洋小说的翻译大多以日译本为蓝本。列举一下这类作品中蓝本确凿的译本，如《十五小豪杰》是森田思轩的《十五少年》(1896)，《海底旅行》是大平三次的《五大洲中海底旅行》(1884)，《铁世界》是森田思轩的《仏曼二学士の譚》(后来译名改为《鉄世界》，1887)，《地底旅行》是三木爱花和高须治助的《拍案驚奇 地底旅行》(1885)，《月界旅行》是井上勤的《九十七時二十分間 月世界旅行》(1886)，《空中旅 50

《环游月球》

《秘密海岛》

行记》是井上勤的《亚弗利加内地三十五日間 空中旅行》(1886),《环游月球》是井上勤的《月世界一週》(1883),《秘密使者》是森田思轩的《盲目使者》(后来译名改为《瞽使者》,1887)。

同时，在日本，明治时期的翻译小说里有很多是根据英译本翻译过来的，所以可以说翻译途径一般就是原文（法语）→英语→日语→中文。我确信用全球视野寻找凡尔纳译本的路径而非丝绸之路的路径，是了解世界 SF 史的手段之一。

翻译很难

有一份能够洞察译者意识的有趣资料，供读者诸君参考。那就是《十五小豪杰》的译者梁启超（译者笔名“少年
51 中国之少年”）撰写的《〈十五小豪杰〉译后语》。这部作品在梁启超自己主办的杂志《新民丛报》上连载，第一回的《译后语》(1902 年,《新民丛报》第 6 期）成为事实上的原

著介绍，文章如下：

> 此书为法国人焦士威尔奴（儒勒·凡尔纳）所著，原名《两年间学校暑假》。英人某译为英文，日本大文家森田思轩，又由英文译为日本文，名曰《十五少年》。此编由日本文重译者也。
>
> 英译自序云：用英人体裁，译意不译词，惟自信于原文无毫厘之误。日本森田氏自序亦云：易以日本格调，然丝毫不失原意。今吾此译，又纯以中国说部体段代之。然自信不负森田。果尔，则此编由虽令焦士威尔奴复读之，当不谓其唐突西子耶。

真是非常的自信。梁启超在开头是用近似于口语体“白话文”翻译的，还发牢骚说这样翻译相当辛苦。因此，交替着使用书写体“文言文”时，翻译速度顿时加快。梁启超
最后放弃翻译，将后半部分托付给一个名叫披发生（真名罗 52
普）的人。这个时期，文体问题遭到人们的议论，从事写作

的人反复出现尝试错误。《十五小豪杰》的译本就是经历了这样的艰辛才问世的。是否不减原本的价值暂且不说，但《十五小豪杰》似乎是受到读者好评的。

《海底旅行》引发的评论

《泰西最新科学小说·海底旅行》译自日语版的《海底二万リーグ》，从《新小说》创刊号（1902年［光绪二十八年］10月）开始连载。在创刊号上还刊登了梁启超的《论小说与群治之关系》。顺便说一下，关于原作者，封面上印着“英国萧鲁士”，有趣的是，在《新民丛报》第十七期的广告里还印着“法国欧露世著”。这部小说的主人公、又是叙述者欧露世[1]，为什么会被误解成作者呢？

关于译者，创刊号上刊登的部分，写明是卢籍东意译，
53 红溪生润色，但第二期开始改成“红溪生述、披发生批”。

[1] 现译本里，小说的主人公名为“阿龙纳斯”。

连载《海底旅行》的杂志《新小说》

泰西最新科學小說 **海底旅行** 英國蕭魯士原著 南海盧藉東譯意 東越紅溪生潤文 七七

第一回 怪妖肆虐苦行舟 勇士披奇泛滄海

話說世界上大洲有六。大洋有五。中有一國。名爲「墺西多羅」。在「亞細西」之南。「印度洋」之中。渺渺滄溟。水天萬里。或鯨鯢出沒。吹浪乘風。或巨獸逐魚。翻波倒海。或暴風怒吼。雪浪拍天。有足令人可驚可怖。可增智慧。可練膽氣者。時當紀元一千八百六十六年。秋七月。這「墺西多羅」國有許多漁夫。群集東方海岸。理網駕舟。准備揚帆漁獵，日已過午。忽見海天茫茫之際。現出一種不可思議之怪物。非獸非魚。首尾尖銳。其大如艦。其疾如矢。其光如燐。漁夫等不知是何怪妖。个个骨寒毛立。中有一年長者道。向聞「諾威」海岸有一白蛇。身長二百丈。尾力極强。苟一震怒。雖五百噸之船舶。頃刻可致沈覆。但性質溫和。故從未聞受其害者。土人因舉事之如神。或過亢旱。向之祈禱。亦頗靈應。遂稱爲

海底旅行 第一回 一

《海底旅行》第一回的开头部分

原文是第五回便點出船長姓名譯者移至此處便覺文情突兀了許多

他連用語亦自製出一種來眞是才大如海

一鞠躬。因問道。說了半天的話。還不曾動問尊姓大名。那人道我的名姓。却不能實說。我只有個別號叫做「李夢」。譯者案李夢之義即不知我是誰之意也我就是本船的船長。原來如此這船叫做「內支士」。譯者案內支士之義爲一種動物名鸚鵡螺有種種小室而螺居其中船長蓋以螺自比而以艙體比其殼也　歐露世三人聽了是船長。重復起身。說幾句謙恭的話。又行一回禮。船長李夢見那了頭。兀自蹲在地上。摩着傷痕。歐露世高昔魯兩人。看了不好意思。李蘭操更羞的背轉臉來。只恨自己鹵莽些。這會對不住人。只見李夢對了頭。仍說那些奇奇怪怪的話。不知吩咐甚事。又對李蘭操高昔魯請他們跟了頭去盥漱。吃餐。却拉了歐露世同他一塊兒去。歐露世只得應允。同出房門。只見電光飛白，照燿如

摘自《海底旅行》。上部显示的是“眉批”

有趣的是这个披发生的“批”。前面提到过，披发生这个人，就是与梁启超一起翻译《十五小豪杰》的罗普（罗孝高）。

“批”，就是在正文上方的空白处印刷的评语，宛如放置在脸庞上的眉毛，所以也称为“眉批”。在这里，解读一下《海底旅行》第六回的“批”吧。

尼摩船长对自己与这地上的世界毅然决然地断绝关系一事作出解释。“批”说：“此君却是为何便守着厌世主义到这样？”

同是叙述者的欧露世带着好奇心和畏惧心注视着这位船长。这个场面，在译文里是“欧露世想到这里，不觉因畏生敬”。“批”是“我也要敬爱起来”。 54

鹦鹉螺号船上端出的料理，全都是用海洋生物制作的。其中还端出了海龟卷和海豚肝脏，于是“批”这样说道：“就这龟肉卷只怕狗彘也不屑食。”

还有在第七回里，有一段解释船内的设备全都靠电启动，“批”为：“电学功用今始萌芽，将来正不知发达到怎么 55

地步。此回全是著者自己发表电学上的意见。”有些认真。

在第九回里，说：“中国理想的小说如《西游记》、《镜花缘》之类，幻想境界却也不少，只是没有科学的根柢，其言
53 必无益于世。”这也可以理解为想在自己国家以往的文学里找到 SF 史的、清末当时的典型评语。

受到凡尔纳赞赏的陶渊明

因《阿 Q 正传》和《藤野先生》以及《故乡》等在日本也家喻户晓的鲁迅，年轻时在日本将凡尔纳的两部作品翻译成中文，题为《月界旅行》（1903）和《地底旅行》（1906）。当时他还不是因“鲁迅”笔名而闻名的作家，不过是名叫周
56 树人、刚过 20 岁的一名留学生。

先看一下《月界旅行》（1903，东京进化社）。这本书里没有任何署名具体注明译者是谁，只是印着“中国教育普及社译印”。鲁迅的翻译是打零工做的，当时的译本里有不少图书没有注明译者个人的名字，比如只印着“商务印书馆编

年轻时的鲁迅

鲁迅年轻时翻译的《月界旅行》

译处”等。

《月界旅行》的蓝本是井上勤翻译、三木佐助发行的日译本《九十七時二十分間 月世界旅行》。井上勤以美国版本为蓝本，将凡尔纳当成了美国人。鲁迅承接井上勤的说法，介绍说“培伦[1]是美国大学者，名查理士”。

文体是文言文，与梁启超一样，袭用中国传统的通俗小

[1] 培伦，即凡尔纳，曾被译作“查理士·培伦”。

说形式即“章回小说”的体裁。每回开头揭示的章节标题也按章回小说的风格，比如第一回就冠以“悲太平会员怀旧 破寥寂社长贻书”这样的章节标题。

57 同时，每一章节的结尾有“这真是……”配以诙谐的诗文，用“欲知后事如何，且听下回分解”结尾。这是与《水浒传》、《西游记》一样的风格。读鲁迅的《月界旅行》，第一回的文本里突然出现这样的文章，让人吓破了胆。

> 晋人陶渊明先生有诗道：
>
> 精卫衔微木，
>
> 将以填沧海。
>
> 刑天舞干戚，
>
> 猛志固常在。
>
> 像是说这会社同社员的精神一样。

为了赞扬因战争造成伤残、但雄心未死的大炮俱乐部会员们，鲁迅随意地（恐怕是灵机一动）将井上勤译本里没有、英译本里没有、凡尔纳原著里也没有的陶渊明《读山海经》诗句摘录在这里。嘿！当时的翻译全都是这副模样，实在是很宽容的。 58

一位青年的宇宙旅行之梦

鲁迅还撰写了“弁言”作为译者撰写的解说。这成为叙说中国 SF 历史时的珍贵证词。这里摘录一个片段:

> ……五州同室，交贻文明，以成今日之世界。然造化不仁，限制是乐，山水之险，虽失其力，复有吸力空气，束缚群生，使难越雷池一步，以与诸星球人类相交际。……若培伦（凡尔纳）氏，实以其尚武之精神，写此希望之进化者也。凡事以理想为因，实行为果，既莳厥种，乃亦有秋。尔后殖民星球，旅行月界，虽贩夫稚子，必然夷然视之，习不为诧。……故苟欲弥今日译界之缺点，导中国人群以进行，必自科学小说始。

59 在中国文学史上，鲁迅这个人物是特别引人注目的。因此，在SF史方面，这篇“弁言”也作为极其重要的文献而受到关注并被继承下来。比如，中国作家叶永烈在他的著作《论科学文艺》（1980，科学普及出版社）里，就设置了“在鲁迅的倡导下”这一节，叙述鲁迅在“科学文艺”方面的功绩，这篇“弁言”又受到重视。然而，认为今后的中国将会受到“鲁迅”这个重量级人物的引导，这种见解可能是一种误解和臆想，事实并非如此。如果在这方面产生误读，就极容易招致误解，以为这个“弁言”会给中国SF小说的发展带来极大的刺激。

没有任何证据表明，这篇由尚不是著名作家“鲁迅”、而只是一名年轻的匿名译者撰写的“弁言”，会给文学界带来如此巨大的影响力。假如叶永烈说的那种“倡导”存在的话，那无论如何都是对鲁迅以后的“科学启蒙”类的散文而言的，不能说《月界旅行》的“弁言”本身在当时的读书界产生了很大的影响。

看它的结尾就知道，这篇“弁言”，与其说是为了遵循

小說家范納

Jules Verne

范納者。法國科學小說名家也。生於一千八百二十八年。卒於一千九百零五年、綽號小童之友。以其書多爲小童所喜也。范非科學中人。顧其所言科學之理。雖僅從理想。然皆鑿鑿可証。每出一書。不脛而行。列國重譯之。余所見已譯者有八十日寰球旅行記一種。

刊登在《小说林》里的凡尔纳介绍

梁启超的小说理论，还不如说是为了跟随当时的潮流而写，可以说是老生常谈。对中国的 SF 小说来说，鲁迅撰写的这个“弁言”开始显示出重要性，是在中华人民共和国成立之后，尤其是在“文化大革命”后提倡“科学小说”和“科学 60
幻想小说”，需要回顾以往历史寻找这个文学类型的权威时。

宁可说，在这里，应该体会到一个 23 岁的青年对科学技术持有的虔诚而朴素的信任和畏惧。只有在这个意义上，才可以说这个“弁言”是无比珍贵的。

据鲁迅回顾，1906 年他还出版了译著《北极探险记》，
但详情不明。假如这是凡尔纳的作品，日本在 1881 年就由井
上勤翻译出版了《北極一周》，1887 年由福田直彦翻译出版
61 了《万里絶域 北極旅行》，鲁迅的译本或许就是从这些日译
本翻译过来的。

凡尔纳的翻译作品中，同样的译作被重复出版，同时也出版新的译本。1906 年，《著作林》杂志刊登了凡尔纳的肖像。翌年 1907 年，杂志《小说林》再次刊登了凡尔纳的肖像和小传。

押川春浪的武侠小说

来自日本的影响并没有停留在凡尔纳作品的翻译上。1903 年，东洋奇人高安亀次郎的政治小说《世界列国之行末》得到译介，题为《未来战国志》(老骥译)。

从这一年起，明治时期的走红作家押川春浪（1876—1914）的大多数作品被介绍到中国来。从这时起，日本和俄

国关系恶化，1904年断交，1905年为争夺中国东北地区而开战。交战地点不用说就是在中国大陆。尽管清政府宣布中立，但战火的影响是不可避免的。翻译押川春浪军事科学小说的高潮，就反映了这样的政情。押川春浪作品的中文译本，大致如下：

1903　《空中飞艇》（海上独啸子译。日文原作《空中大飛行艇》）

1904　《新舞台》（徐念慈译。日文原作《武侠の日本》） 62

《千年后之世界》（包天笑译。日文原作《千年後の世界》）

1905　《银山女王》（黄摩西译。日文原作《銀山王》）

《白云塔》（陈冷血译。日文原作《銀山王》）

《俄探》（觼觼子译。日文原作不详）

《新舞台》（徐念慈译。日文原作《新造軍艦》）

1906　《秘密电光艇》（金石、褚嘉献译。日文原作《海底軍艦》）

《大魔窟》(吴弱男译。日文原作《塔中の怪》)

1907 《新舞台三》(徐念慈译。日文原作《武侠艦隊》)

凡尔纳的作品的确很有趣，不过到底是欧洲的小说。押川春浪的作品由于同为亚洲人所作，在生活风俗等方面有容易亲近的一面。同时，由于日本这个小不溜秋的邻国经明治维新后上升为世界大国，清末文人们将日本在某方面定位成清政府应该学习的国家。

比如，翻译《空中飞艇》的海上独啸子在他的“弁言”里说：在外国学问流入、书籍大量印刷的今天，要更有效地普及学问，就应该“自科学小说始”。[1] 他也和鲁迅一样，模
63 仿梁启超的论说提出这样的观点，介绍《空中飞艇》是“小说中绝佳的珍品”。

作为热心介绍押川春浪的译者之一，徐念慈这个人的名

[1] 原文为：我国今日，输入西欧之学潮，新书新籍，翻译印刷者，汗牛充栋。苟欲其事半功倍，全国普及乎？请自科学小说始。

《千年后之世界》

《新舞台》。封面题字是镜文字

字很引人注目。徐念慈（号东海觉我）是作家、翻译家，同时还是主办杂志《小说林》的编辑。在《小说林》上刊登的小说论文《余之小说观》里，徐念慈关于小说流派的嗜好作了如下论述：

> 日本蕞尔三岛，其国民咸以武侠自命，英雄自期，故博文馆发行之押川春浪各书，若《海底军舰》，则
> 二十二版；若《武侠之日本》，则十九版；若《新造军 64

徐念慈

《小说林》连载了《新舞台》

舰》、《武侠舰队》（即本报所译之《新舞台》三）、《新日本岛》等，一书之出，争先快睹，不匝年而重版十余次矣。以少于我十倍之民族，其销书之数，千百倍于我如是。

徐念慈以极大的热情掌握和介绍在日本的“春浪潮”，他从日本人的读书倾向中清晰地了解到日本人以武侠为旨趣的特性。他将小说林社刊发的小说按文学类别进行累计，从多到少列举了“侦探”、“言情”、“社会·滑稽·实录”。至于

“军事·冒险·科学·立志”等，只占了一两成。他感叹阐明 65
“学术精髓”的科学小说遭到了忽视。面对这一现实，在以“铁”署名创作的《铁瓮烬馀》(1908年,《小说林》第12期)中，他又说“其尚武风俗具有武士道遗留的性质”。

亨利·莱特·哈葛德的泰西神怪小说

亨利·莱特·哈葛德 (Henry Rider Haggard) 是一位创作了以《所罗门王的宝藏》(*Solomon's Mines*) 和《她》(*She*) 为代表的很多幻想小说的作家。他的小说里出现的迷失世界、长生不老等主题，给以后的SF、幻想带来很大的影响。作者“Haggard”在中国被译成解佳、哈葛德、哈葛得、赫格尔德等，他的大部分作品都是由林纾和他的弟子译介的。

最早时*She*被译成《长生术》(曾广铨译，1898)，后来
又被译成《三千年艳尸记》(林纾、曾宗巩译，1910)。 66

再介绍几部作品。《埃及金塔剖尸记》(*Cleopatra*, 1905，日译本《クレオパトラ》)、《斐洲烟水愁城录》(*Allan*

林纾

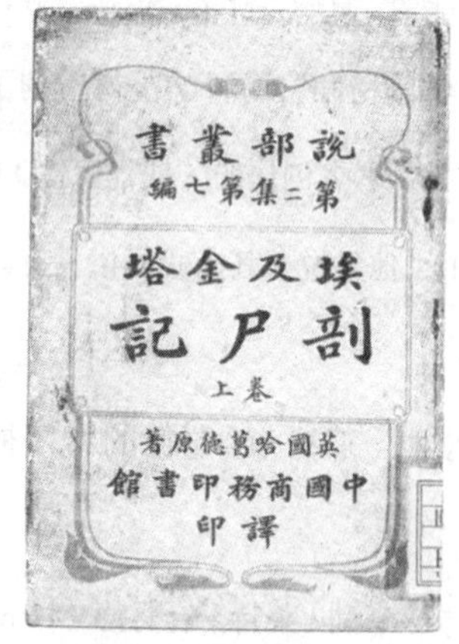

哈葛德的《埃及金塔剖尸记》

Quatermain，1905，日译本《二人の女王》)、《钟乳髑髅》(*Solomon's Mines*，1908，日译本《ソロモン王の洞窟》)，全都是由林纾和曾宗巩共同译介到中国的。到20世纪20年代，哈葛德的翻译小说达30种以上。

有趣的是，哈葛德的幻想小说在出版时大多都冠以“神怪小说”的标签。前面已经提到过，神怪小说自古以来就是中国SF的主流，哈葛德的小说引入时却被当作西方式幻想的表现方式归类为“神怪小说”，是很值得玩味的。不过，由林纾他们翻译的莎士比亚作品集《吟边燕语》，也被冠以“神怪小说”的标签，也是有些偏颇。关于其他 SF 译作，以下按年代大致概括一下。

以毁灭为主题的 SF《世界末日记》 67

1902 年，法国天文学家弗拉马利翁（Nicolas Camille Flammarion）的毁灭主题 SF《世界末日记》(《新小说》第 1 期）由梁启超翻译出版，标签为“哲理小说”。这部作品在日本除德富芦花翻译的《世界の末日》(1893）之外，大正时期也翻译过一版，标题为《此の世は如何にして終るか》。梁启超是根据《世界の末日》翻译的。

遥远的未来，在太阳与地球冷却而逐渐失去活力的过程中，人类达到了科学的顶峰，却失去了生殖能力，面临灭亡的境地。罗马、巴黎、伦敦等大城市早在 10 万年前就已经被淹没在冰河之下。如今世界文明的中心转移到非洲中部，但即使在这片土地上，女性也已经绝迹。最后称得上男性

68

一〇一

哲理小說　世界末日記　飲冰譯

地球之有生物。凡二千二百萬年。其間分六期。太初期一千萬年。生物原始期六百萬年。生物發生期二百三十萬年。高等生物發生期五十萬年。原人期三十萬年。人智開發期二百萬年。自玆以往。地球日以老。太陽日以冷。而一切有情。遂皆滅盡。

太初時期。地球皆洋海也。洋底凸處。厥生島嶼。島嶼連積。遂成大陸。水質蒸騰爲空氣。太陽熱力。最初極盛。以次遞減。溫熱之度。愈降愈低。原人期間。地球面積四分之三。尙以水蔽。溫度猶甚。不適民宅。年復一年。紀復一紀。雨水之一部分。深漬入地。不還大洋。雨量日減。洋面日窪。空氣愈減。溫度愈降。而氷雪界之範圍。日以擴大。前此惟在高山及南北兩極地者。漸假遂侵入溫帶矣。

太陽者。地上一切光熱之原力也。太陽本體。旣日冷卻。其發光力漸失。前此如電如燄之青白色烈光。漸變爲金色。漸變爲黃色。爲赤色。其發光之變化。由日

世界末日記　一

《世界末日记》(《新小说》第 1 期)

的“阿美加”带着人类繁殖的期望，乘坐飞船去寻找新的天地和配偶，可是举目望去全都是荒凉的土地，即使能遇到其他人类，也尽是倒霉的男性，希望眼看就要破灭。

他们终于在“锡兰岛”上遇见了最后的少女“爱巴”。锡兰岛上早就已经建立了母系氏族的王国。然而，地球越来越寒冷，两人在大雪纷飞的埃及金字塔里平静地迎接死亡。

关于原文的评论旨趣，已经在《海底旅行》时提到了。在《世界末日记》里，译文中有追述以往人类史的场面，有个欧洲国家“遭到支那人袭击复仇，狼狈地逃散开去”的部

分。梁启超加了个注释说:“壮哉，我支那人，译至此，不禁浮一大白，但不知我国民果能应此预言否耳？”

梁启超在附在卷末的后记里，对《世界末日记》点评道:“以科学上最精准之学理，与哲学上最高尚之理想，组织以成此文。”

这部作品此后从清末到民国初期被再次刊登在报纸和杂志上，所以看来评价极好。

狄欧斯考里德斯（Dioscorides）的《紀元二〇七一
年——未来の瞥見》在日本由上条信次译介，标题为《開化
進步後世夢物語》，中国翻译题为《梦游二十一世纪》（杨德 69
森译，杨珈统校阅，1903年，《绣像小说》第1—4期）。

来自日本的SF

介绍到中国的日本人作品有井上圆了的《星球游行记》（戴赞译，1903。日文原名《星界想遊記》）和矢野龙溪的《极乐世界》（披雪洞主译，1903。日文原名《新社會》）等。据

说因妖怪博士而闻名的井上圆了的《星球游行记》，对前面提到的康有为的宇宙观等产生了影响。

著名作家吴趼人改编日本菊池幽芳的《新聞壳子》（1879），写了《电术奇谭》（1903年，《新小说》第8—18期）。这是一部以催眠术、动物磁性催眠术为主题的作品。

美国天文学家纽康（Simon Newcomb）的毁灭主题SF《世界のおわり》[1]，由黑岩泪香于1904年5月译载在《万朝报》上，同年秋天出版单行本，题为《暗黑星》。单行本采用英文和日文对照的形式。据说当时单行本一出版便在日本读书界掀起了一股旋风。紧接着第二年就被翻译成中文，题为《黑行星》，译者是积极介绍押川春浪作品的徐念慈。

70 据说徐念慈精通英语、日语，在中译本里有的地方明显参考黑岩泪香的译本，所以基本上可以看作是译自日语的转译。文艺评论家杨世骥在《文苑谈往》中《徐念慈》这篇散文里，说了如下的话：

---

[1] 英文原名为 *The End of the World*。

> 《黑行星》标明为“科学小说”，实际就是一篇寓言。这种阐述科学理想的小说，最为读者所欢迎，对于当时创作小说的影响也很大。

毁灭主题的作品，比如前面介绍过的《世界末日记》也是如此，中国人似乎经常有一种倾向，喜欢将这些作品称为“寓言”。那种主题为“人类灭亡”、“毁灭”之类的作品，对中国人来说也许是很忌讳的。

黑岩泪香是一位与押川春浪齐名、作品经常受到译介的日本作家。由他改编的作品很多，所以说《黑行星》实际上是欧美小说经过黑岩泪香的日译本再转译成中文的。

徐念慈翻译的《黑行星》

71 其他 SF 翻译

1905 年译介到中国的科学小说《生生袋》(原作不详。支明译，辒梅评。1905 年，《绣像小说》第 49—52 期)，是一部被改编成中国风格的、以生理学为主题的 SF。所谓的“生生袋”，是装载着维持生命必需物体的袋子，即人体。

同年，鲁迅根据日译本以“索子”的笔名转译了路易斯·斯特朗(Louise J. Strong)的《造人术》(《女子世界》第 16—17 期)，这是一个在实验室里制造人类怪物的故事。顺便说一下，1910 年，包天笑接受这个题材翻译了短篇小说《新造人术》(《小说时报》第 6 期)。

好像是美国人的原作《幻想翼》(爱古乃斯格平(不详)著，译者不详。1905 年，《绣像小说》第 53—55 期)，是说一位少年依靠从天女那里得到的“幻想翼”进行飞翔，两人游览太阳系各星球的故事，添加着当时最新的天文知识。原作者不详的《窃贼俱乐部》(又名《一两雷锭》，周桂笙译。《新民丛报》第 3—15 期)等，也是这一年翻译的。

1906年，翻译成中文的日本作品还有长田秋涛的《大地球未来记》（译者不详。日文原名《百万年後の世界》）和江见忠功（水荫）的《地中秘》（凤仙女史译。日文原名《地中の秘密》）等。

吴趼人编辑的小说杂志《月月小说》致力于外国小说的 72
介绍。作为SF作品，《伦敦新世界》（原作者不详，周桂笙译。《月月小说》第1—10期）、《新再生缘》（英国菲利浦医生著。陈无我、张勉旃译。《月月小说》第4—5期）、《飞访木星》（原作者不详，周桂笙译。《月月小说》第5期）等，全都是从1906年到翌年刊登的。1907年则是《电冠》（佳汉（不详）著，陈鸿璧女士译。《小说林》第1—8期）。

另外，好像有部翻译小说名叫《电幻奇谈》（洪泽如译，1908，改良小说社）。实物没有见到，据说当时出版广告上刊登着说明："自电学发明以来，其效能越来越远大。"这本书描写某位奇人靠着一身电力登山入海，或去月球游玩，或在地底下旅行的情景。

73 # 第四章　清朝末期的SF创作

74 受到凡尔纳作品和日本政治小说等的影响，中国人也尝试着自己创作，这是值得首肯的。老实说，其实际状况至今仍不能乐观，笔者对此也不十分明了。在这里，我们从这些作品中将好不容易接触到的、觉得有趣的作品，追溯它的大致年代介绍一下内容，时而也选读一下。

近未来的理想中国——梁启超《新中国未来记》

中国政治小说的先驱性作品里，有梁启超1902年创作的《新中国未来记》。以梁启超为首的清末立宪派，发起了让未来中国采用君主立宪制的运动。结果，这部作品也是作为美好理想的“未来记”而创作的立宪君主国草图，同时也是“未来记”作品的发端。

> 话表孔子降生后二千五百一十三年（今年
> 二千四百五十三年），即西历二千零六十二年（今年二千
> 零二年）。次岁壬寅，正月初一日。正系我中国全国人
> 民，举行维新五十年大祝典之日。……那时我国民决议
> 在上海地方开设大博览会，这博览会却不同寻常，不特
> 陈设商务、工艺诸物品而已，乃至各种学问、宗教皆以
> 此时开联合大会（是谓大同）。各国专门名家、大博士 75
> 来集者不下数千人，各国大学学生来集者不下数万人，
> 处处有演说坛、日日开讲论会，竟把偌大一个上海，
> 连江北连吴淞口连崇明县，都变作博览会场了（阔
> 哉！阔哉！）。

在公元 2062 年这一未来的时间里，中国举行维新五十周

政治小說 新中國未來記 稿本

緒言 本書本有自序一篇因本號篇幅已滿不能容故俟諸後

一、余欲著此書。五年於茲矣。顧卒不能成一字。況年來身兼數役。日無寸暇。更安能以餘力及此。顧確信此類之書。於中國前途。大有裨助。夙夜志此不衰。既念欲俟全書卒業。始公諸世。恐更閱數年。殺青無日。不如限以報章。用自鞭策。得寸得尺。聊勝於無。「新小說」之出。其發願專爲此編也。

一、茲編之作。專欲發表區區政見。以就正於愛國達識之君子。編中寓言。頗費覃思。不敢草草。但此不過臆見所偶及。一人之私言耳。非信其必可行也。國家人羣。皆爲有機體之物。其現象日日變化。雖有管葛。亦不能以今年料明年之事。況於數十年後乎。況未學寡識如余者乎。但提出種種問題。一研究之。廣徵海內達人意見。未始無小補。區區之意。實在於是。讀者諸君如鑒

梁启超《新中国未来记》的“绪言”

年纪念大会。虽说是小说，但也不能有太大的期望。内容几乎都是那个会场上全国教育会会长的演讲。在这里，他侃侃而谈这 50 年间社会的变迁。括号里的文字，是去采访那次演讲的新闻记者的感想。与故事的本题相比，由于借助了与读
者比较接近的记者的话，使得梁启超设置的注释功能得到了 76
发挥。

不管怎么说，作为小说界革命的提倡者，梁启超写了一部索然乏味的作品。毕竟，梁启超不是正宗的小说作者。他自己也在“绪言”里说“毫无趣味”，所以也许的确很没趣。

尽管如此，这部作品还是向试图描写未来理想中国的人们展示了一个范本。“演说”这样的手法并不局限在 SF 里，也成为以后清末小说里经常喜欢使用的主要手法之一。

在主题类似的作品里，还有春飒的《未来世界》(1907)和思绮斋的《女子权》(1907)等。《未来世界》是立宪、男女平等、自由民权等美德已经完成的未来理想中国的故事，富于情节性，没有《新中国未来记》那样乏味。《女子权》描写的是 1940 年的中国，那时已经是立宪得以实现、议院产

生、富国强兵、没有失业者的理想社会，唯独女子的权利还没有得到确立。

77 理想国家是在梦中？——蔡元培《新年梦》

1904 年，后来担任北京大学校长的蔡元培（1868—1940）创作了短篇《新年梦》。这是一部讲述作者梦中理想的未来中国的作品，即所谓的“未来记”。作者自称“中国一民”，采用中国人见闻录的形式，针对当时中国落后的危机状况和理想的未来社会，陈述自己的见解。

蔡元培的见解是这样的：在新世界，人们没有姓名，用编号称呼。没有夫妻的名目，男女两人只要合意，就可以光明正大地在公园里订亲，径直到配偶室去。

蔡元培

开始时对强奸要以死处置，对懒惰的人处以剥夺自由、减少粮食等处罚，不久便没有犯罪的人，法院和法律也不需要了。

整个地球由纵横交错的铁道覆盖，统一语言，普及容易
记忆的表音文字。国家、国际法、世界军等都已经成为都
市过去的遗物，人类已经没有同志之争，代之以建立“胜
自然会——战胜自然会”为目标，将自然当作斗争的对象， 78
就连气候也凭借科学的力量可以自由控制。而且，蔡元培
还这样说：

> ……更要排驭空气，到星球上去殖民，这才叫地球上人类竞争心的归宿呢。

其实这就是已过 90 岁的一民先生在元旦时做的一个梦。先生尚未苏醒，在梦境里枉然地不断念叨着：“恭喜新年！来到了新世界！”

无论《新中国未来记》还是《新年梦》，未来社会被描写得像是商品目录，无法避免说教味、演讲味，作为小说必须留意情节展开的痕迹几乎没有。梁启超和蔡元培毕竟都不

是以小说创作为乐的高手。要大量创作经得起鉴赏的小说，就必须等待专业小说杂志的出现，能意识到迎合读者的专业编辑和专业作家的出现。总之，清末小说虽然支持梁启超的《论小说与群治之关系》的观点，在序文等处大声地标榜它，但实际上也表现出不太拘泥于该观点的倾向。

79 《新年梦》诞生于1904年，这一年中国人自己创作的SF佳作频频登场。有荒江钓叟的《月球殖民地小说》、海上独啸子的《女娲石》。并且翌年，徐念慈（东海觉我）又创作了令人爱不释手的作品《新法螺先生谭》。

不能去月球的月球世界SF——《月球殖民地小说》

从1904年到翌年1905年，荒江钓叟的《月球殖民地小说》在杂志《绣像小说》上断断续续地连载到第三十五回。尤其令人觉得可惜的是，清末小说大部分都是未完成作品。关于作者荒江钓叟，详情不明。眼下署同样名字的作品仅此一部，但这部作品以及其作者，都不得不令人刮目相看。

故事的舞台是“现代”。龙孟华背负着无法想象的杀人罪，得到义士李安武的帮助，带着妻子凤氏和独生儿子逃出中国去南洋。不料他们乘坐的汽船与英国的邮轮相撞沉没，龙孟华和李安武得救，凤氏和儿子不知去向。龙孟华借助以李安武为主的濮心斋和白子安他们的帮助，又乘上日本义士藤田玉太郎提供的巨型空中战舰，在全世界巡游，寻找生死离别的骨肉。

满目皆是惊奇——“气球”棒极了 80

玉太郎的空中战舰在文中被称为“气球”，从它的描述推测，应该拥有电气炮之类的武器，还有若干各不相同的房间，好像是在空中飞的战舰。

他们听到凤氏好像在纽约的情报，立即将“气球”的方位定向美国，飞越太平洋到达纽约。我们从飞翔着的船舰里来俯瞰一下纽约的街景。

> ……飞了四个小时以后，停下推进器开始渐渐下降。降到离地面十余华里的空中时，“气球”在半空中停住。它就像是轮船停靠在码头上。打开窗户眺望，视野极其开阔。纽约的街道像是一幅图画。中央耸立着四五十幢形状各异的大楼，恰如地上的蚁巢，或树上的蜂巢。纵横延伸的铁路像掌纹一般。两人倚靠在窗边，一边喝着酒，一边畅谈着纽约的风俗。吃完午饭，再将“气球”缓缓降下。（第七回）

在这里，作者灵活运用了从飞翔机上俯瞰地面的充满惊
82 奇感的视线。但凤氏去向不明，何况龙孟华是个中国人，所
以被投入了监狱。玉太郎赶赴中国领事馆救他，但领事们正
热衷于玩女人。玉太郎求得日本领事馆的帮助，成功地保释
了龙孟华。

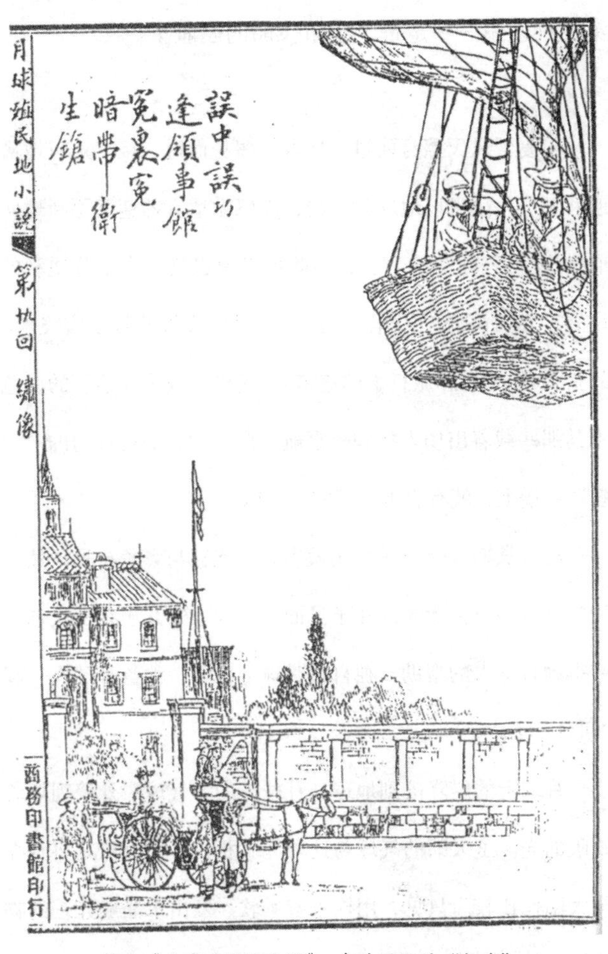

摘自《月球殖民地小说》。在美国飞的“气球”

第三种邂逅——走进了宇宙飞船的船舱里!

与妻子凤氏擦身而过，接着又擦身而过，接二连三地遭遇麻烦——故事以地球为舞台，以感觉适宜的速度不断地向前推进。“气球”这个装置因此可以说也是一个十分便利的设置。在《海底二万里》的鹦鹉螺号、《猎犬号宇宙飞船》的猎犬号、《星际旅行》的进取号、《机动战士高达》的白色木马那些载着出场人物和故事航海周游的、颇有魅力的“大船”系谱上，就有着玉太郎的“气球”。

经过长期冒险，最后龙孟华终于能够与妻子再见，然后又与已成为英俊少年的儿子见面。一问才知儿子在那次遇险后得到月球人的帮助，独自在月球上留学。他与月球人一起“回乡”了。

月球上的船降落到地球。月球人的“气球”外壁闪烁着耀眼的光。玉太郎的气球与这种光辉相比，简直像是将月亮
83 与太阳作比较。只见，用橡胶般柔软、发出水晶般光芒的物质制造的舷梯降落下来。大家虽然很踌躇，但还是由月球人

少年带着走进“气球”内部。那里没有灯，但墙面和桌子都发出光。地上铺着钻石……

就这样，一行人完成了与月球人的戏剧性接触。

女人们的 SF 水浒传——《女娲石》

《女娲石》全十六回。1904 年，东亚编辑局出版了其前半部分八回，翌年再出版后面的八回，但还是未完成作品。作者海上独啸子。在前章提到押川春浪时，作为《空中飞艇》的译者，也出现过他的名字。他好像有过日本留学的经历。在本书每一回的结尾，都有卧虎浪士的批语。

海上独啸子《女娲石》

舞台是“胡太后”掌握政权、有着“混沌二十九

86 年”年号的多元宇宙。这年号与现实世界里西太后掌握实权的清末当时的年号“光绪”大概是同步的。

钱挹芳女士在探索如何拯救腐朽的国家。终于她在杂志上公开了“男人不行，国家大事应该由女人来掌管”的主张。男性官员们都勃然大怒，而胡太后斥责了他们。接着胡太后设置祭坛，向天祈祷女英雄的出现，来扶持自己的政治。仪式还没有结束时，从天空飞来巨石，落在宫中。巨石表面刻有三个大字，形如蝌蚪。全世界的学者蜂拥而至，来到中国考察这块巨石，但均无法解读。这时出现一名古文字学家。他解读这些文字是“女娲石”三个字。

据中国的神话说，天空的一角塌陷时，女神女娲曾经炼五彩石补天。女娲之石就是中国知名度最高的神话性巨石。

在这样的开场白之后，话锋转了。

有爱国热血的女性金瑶瑟，混入宫中企图暗杀胡太后失败。金瑶瑟好不容易逃出宫内，跟从醉鬼怪力女凤葵去天山省的“中央妇人爱国会”。凤葵此女一见像《水浒传》里李逵那样粗野而纯朴的男子就想要杀人。去天山省“中央妇人爱国会”途中，因为凤葵出于义愤撒野，两人被抓，被卖到妓楼“天香院”。

不料，这天香院其实是秘密组织“花血党”的总部。该 87
组织信奉“反正男人不行，要消灭混蛋男性官僚”，想要从男人那里夺取天下，建立以女性为主的新世界。妓楼主人秦爱浓是这个组织的首领。这个类似于梁山泊的组织表面上像是经营着卖淫留宿的生意，背地里却是在训练暗杀男性。与首领意气相投并参加组织的金瑶瑟，在院内参观。

这里对女子进行颠覆性的教育，同时装备着各种高科技兵器。不久，金瑶瑟外出游览，刺探全国的情报……

若干个SF小道具的出场，令人感到惊喜。在空中飞翔的机械马“电马”，一发射就能让假山消失的光线铳“神枪”，当然还有以空气压力浮力之理旋转自如的“气球”，甚至还出现“洗脑术”等。小说简直就是“女版SF《水浒传》”，可以当作女性解放思想的文学而加以称赞。它的确是在当时那样的社会思潮中借来的构思，而这种类型的女侠是使中国的通俗小说变得有趣的元素之一，正如《西游记》和《镜花

88 缘》里用过的那样，“女人国”这个主题自古就有。标题取为“女娲石”，也许就是在说明这部未完成的作品原来就打算写到这里的。这是清末人笔下“逆向国家”的多元宇宙的一种。

尽管如此，毕竟是海上独啸子，写了一部指责男人不行的小说！你看看，日本有什么？！

令上海恼火的法螺男爵——《新法螺先生谭》

1905 年，编辑兼作家、翻译家的包天笑，将德国敏豪森男爵历险记的故事即岩谷小波的日译本《法螺吹き男爵》译成中文[1]，预定在小说林社刊发。

前面提到过几次的作家徐念慈，是包天笑的朋友。包天笑将这部译稿交给徐念慈看，徐念慈一口气读完，说:“那我来写一部中国版的法螺男爵吧！”于是，诞生了这部《新法

[1] 德文原名 *Baron Münchhausen*，中文译名《法螺先生谭》。

螺先生谭》。

中国的法螺先生对现代的科学研究只满足于表面现象感到极大的不满。一天，法螺先生一边攀爬着高山一边陷入了沉思，不料灵魂和肉体被突如其来的强风刮得分离了，法螺先生便趁此机会尝试着做了各种实验。

灵魂这个东西具有不可思议的发光能力。法螺先生高举
着这个灵魂一照亮世界，世界各国的学者们都对这神秘的光 89
议论纷纷，法螺先生见状便嘲笑科学还处在幼稚时代。灵魂的 3/4 脱离地球飞到月球上，接着在与水星擦身而过的状态里，目睹了水星人的“造人术”：

> ……见有二三人，系一头发斑白、背屈齿秃之老人于木架，老人眼闭口合，若已死者然。从其顶上凿一大穴，将其脑汁，用匙取出；旁立一人，手持一器，器中满盛流质，色白若乳，热气蒸腾。取既毕，又将漏斗形玻管，插入顶孔，便将器内流质倾入，甫倾入，而老人已目张口开，手动足摇，若欲脱縶而逃者，迨既倾毕，

用线缝伤口，则距余已远，不能再见。

所谓的水星造人术，就是靠换脑汁返老还童的医术。法螺先生悄悄地想：“创一改良脑汁之公司于上海！”接着，法螺先生飞到金星上，这次着陆很顺利。金星是一块灼热的土
90 地，还没有脊椎动物。在金星表面散步的时候，看见巨大的岩石。法螺先生在那里发现五年前北极探险时丢失的日记。他不知道日记为什么会在金星上，暂且先将日记埋在岩石的洞穴里。法螺先生被气流卷入，再次被抛到宇宙空间，朝着地球飞来。

徐念慈《新法螺先生谭》

同时，留在地球上的肉体和灵魂的 1/4 钻入地底，在地底国遇见“黄”姓白发老人。老人感叹如今汉民族的本性已经失去善性，没有办法让善性得以复苏。法螺先生与老人分

手后从地底国出来。

返回地球的灵魂与从地底下出来的法螺先生在地中海再次合成一体。他在那里被飘扬着龙旗的舰队救起，救他的舰队是奋起拯救清国的义勇舰队。

返回上海的法螺先生对当时已蔚然成风的催眠术很关注，研究其“动物磁气说”的原理，最后确立了控制“脑电”即心灵感应的方法，并召开讲习会。就这样，在世界各地都设立了心灵感应训练学校，由心灵感应产生的通讯在全世界得到普及。可是，意想不到的事态袭击了人类。因为心灵感应，交通工具和通讯工具都不需要了，从事这些工作的人们全都失业，工商业界受到很大打击。不满分子群起而攻之，“初仅背后之讥弹，继为当面之指斥，终且
老拳之奉赠”。由此，法螺先生不得不潜踪归里暂避其锋： 91
“读者诸君，再见……”

在清末的小说中，采取太阳系行星群和地底国漫游记的形式，属于结构比较成熟的小说。当时的小说里有不少作品谈及催眠术。这里说的催眠术，是从18世纪法国医生梅斯

默[1]创立的“动物磁气说”延伸过来的。这种催眠术在同时期的日本也曾蔚然成风，这样的风潮即使在中国也实际发生过。比如，革命派志士陶成章[2]，在上海开办催眠术讲习会，但陶成章的催眠术好像不太有效，被周围的人称为骗子。

前面提到过，吴趼人改编日本菊池幽芳的《新聞売子》（1897），创作了《电术奇谭》（1903）。这也是以动物磁气催眠术为主题的作品。这大概是源自清末时期对动物磁气说和催眠术的关注。如前所述，即使不是SF，与催眠术和动物磁
92 气说有关的话题，在清末小说中也频频出现。

前面介绍了20世纪初中国人原创且比较成熟的一批最早期的SF小说。虽说未完成作品很多，但可以说改革、立宪、女权、教育、科学等当时提倡的共同的未来主题，是以充分考虑娱乐元素的形式创作的，并非梁启超那种枯燥乏味的演

[1] Franz Anton Mesmer（1734—1815），有人说他是维也纳医生，也有人说他是德国医生。

[2] 陶成章（1878—1912），字焕卿，号陶耳山人，浙江绍兴人，民主革命家，光复会创始人之一。

讲小说。这些作品集中出现，同时 SF 小说——若用当时的话来说，就是“科学小说”和“理想小说”——这种文学类型被人们“发现”，创作手法也已经大致确立。并且，正如人们对现代 SF 的各种题材进行分类那样，中国的 SF 作品同时呈现出题材的多样性，并没有停留在未来见闻录里或追求新奇古怪的旨趣上。

中国式哥伦布大冒险——《狮子血》和《探险小说》

《狮子血》，1905 年作品。作者何迥，注明“冒险小说”。

海龙船船长查二郎带领船员李大郎、倪五、王七、严八
他们出去游览世界。丹麦、格陵兰岛，还有墨西哥、西班
牙等周游了一圈。在西班牙的斗牛场里，查二郎从疯牛蹄下
救出斗牛士，赢得观众喝彩。他们在爪哇岛打死地震元凶巨 93
兽，被称赞为“支那冒险家”。他们再赶赴非洲，目睹食人
族各部落之间战争不断，便平定战乱，设立和平的合众国。

接着，查二郎和李太郎分别担任正副统领，令蛮族改变恶习，建立崇尚美德的国家。

像“查二郎”这样，名字里掺入在中国被称为“排行”的数字，用来显示亲族中同辈人的顺序。这就像雨果·根斯巴克（Hugo Gernsback）将未来的命名法用于标题的《拉尔夫 124C41+》（*Ralph 124C41+*）那样，也许是为了表现出某种未来感而使用的。这部小说又是模仿《月球殖民地小说》、讲述中国人奔赴海外周游地球的作品之一。

《探险小说》（沈伯新编述，杨墨林校阅，1907 年）的故事讲述从白人统治中实现民族独立的美国土生土长的领导人赤心，怀着漫游世界之志，与海军司令黑拉斯一起，像《山海经》里看见的那样在想象出来的各国周游，最终建立了理想国家。这是一部神怪小说风格的海洋冒险小说，同时也可以说是《西游记》和《镜花缘》的近代版。

去理想国吧——《乌托邦游记》 94

在清末 SF 里，有不少作品具备乌托邦游记的主题。萧然郁生的那部连标题也直截了当的《乌托邦游记》，讲的是主人公在一起怪异事件中被乌托邦请去，乘上内设四层楼房并装有各种设施的巨型“飞空艇”去乌托邦旅行的故事。清末小说大部分都是这样，到第四回还没有到达乌托邦就没有了下文。这又是很遗憾的，但“飞空艇”内部的描写，作为 SF 还是非常有趣的。

比如，据说飞空艇内有一家巨型图书馆，里面收藏着全
地球自古至今的所有读物。报刊和新版书在刊发的当天就能
够搞到手并供人阅读。为什么能做到这样呢？原来艇内设有
“空中电递器”的机械，无论从地球的哪个角落里，都能将 95
物品电传过来。除此之外，艇内还有学校，有工作室，有实
验室，有博物馆，具备城市的功能。

这种未完成的作品，实在相当可惜，读者诸君如笔者，只能捶胸顿足懊恼不已，深感清末的作家们也应该要有一点

理想小說 **烏託邦游記**　（蕭然鬱生著）

第一回　談嗜好生平喜游歷　得奇夢異地遇高僧

世界上的人。無論極文明的。極野蠻的。總有一種思想。那思想好的。就有作爲。思想壞的。就有嗜好。有作爲。於國家上社會上都有稗益。有嗜好。是只知道自己個人的主義。所以世界上只有沒作爲的人。沒有沒嗜好的人。不過英雄豪傑。多作爲。少嗜好。即多嗜好。仍多作爲。村夫俗子。多嗜好。沒作爲。即少嗜好。仍沒作爲。就從此分別出英雄豪傑村夫俗子這種名目來。而且那嗜好。有普通。有特別。普通的。是人人所嗜好的嗜好。特別的。是自己個人所嗜好的嗜好。英雄豪傑的嗜好。特別居多。村夫俗子的嗜好。普通居多。嗜好上也可分別出英雄豪傑村夫俗子這種名目來。……在下的嗜好。雖是嗜好。也是作爲。雖是普通。也是特別。列位道是甚麽。就是那個游字。我的生平。最愛這個游。因爲那名山大川。不是游那裏看得到。奇花異卉。不是游那裏賞得來。英雄美人。不是游

烏託邦游記　一　令

《乌托邦游记》第一回的开头部分

时代的从容。

关于作者萧然郁生，情况不详。除此之外，他还有小说《新镜花缘》（1907年，《月月小说》第10—23期）。《新镜花缘》采用《镜花缘》续篇的形式，讲的是唐代的故事，这部作品包含着“鸦片”、“革命党”、“平等自由”、“维新国”、“彗星和地球的冲突”等在清末当时热门的深刻话题。

新版古典小说

正如这部《新镜花缘》那样，当时的小说里有很多作品的标题都在已有的古典小说标题里加上一个“新”字。这种袭用以前广为人知的构思和人物的趣味性小说，在当时是非常流行的。写《晚清小说史》的阿英将此当作“模拟旧作的作品”而称为“拟旧小说”，欧阳健在他的《中国神怪小说史》里称为“翻新小说”。

这种加“新”字的小说，有很多是将古典小说中众所周 96
知的人物放到“现代”即清末，根据思路的不同，也可以看作是主题为时光穿梭[1]的SF。同时，甚至还出现了这样一种创作构思的作品：让耳熟能详的出场人物跳进另一个维度的异想时空里[2]。这从那种舞台设定的方法中就能轻易想象得到。其代表性的佳作就是吴趼人的《新石头记》。

贾宝玉也乘飞行器——《新石头记》

清末小说家中被阿英列为“清末四大小说家”之一的吴趼人，算是一位比较成熟的作家，创作的作品能让人读得下去，但他当时的中有头无尾地结束的却占了大多数。

吴趼人以描写清末社会的长篇小说《二十年目睹之怪现状》(1903)、采用西洋侦探小说手法的《九命奇冤》(1904)为代表，创作了许多小说，也正儿八经地涉足过SF这一文学创作，这就是1907年创作的《新石头记》。在这部作品的

---

[1] 科幻影片中经常出现的那种时光倒流或超前的场景。

[2] 即架空小说，指故事发生的时代背景虚拟影射于历史上某个时代，但其本身并非真实存在。

标题里出现的《石头记》，是清代长篇小说《红楼梦》的别名，可以说这也是一部拟旧小说，也就是翻新小说。

吴趼人

在《新石头记》里，《红 97
楼梦》里的主人公即贵公子贾宝玉，莫名其妙地经历了一次时光穿梭，在“现代”，即当时的清朝末期苏醒。在这里，宝玉到处找报纸杂志看，参观近代工厂，吸收新的知识。正巧发生义和团之乱，他目睹了与义和团有关的很多丑态，接着又被投进监狱。一天，宝玉漫无目的地在街道上徘徊……

不辞辛劳的贾宝玉不知何时在建立于中国的科学乌托邦“文明境界”迷路了。从这里开始进入故事的后半部，到末尾一直在描写贾宝玉在这文明境界里的见闻。

宝玉先遇见了自称老少年的男子。他起到了做宝玉向导的作用。

摘自《新石头记》。在天空里航行的“飞车”

摘自《新石头记》。在大海里航行的“猎船”

进入这文明境界前，先要由医生检查其性格，如若有野
蛮性，就要施行改良手术。这里的医学，是用让人联想起 X
光片和 CT 扫描的“玻璃镜”检查人体所有的组织，因为居
民的肉体不知病痛。不止如此，精神上也必须是健康的，没
98 有做坏事的冲动等。辞书里删除了“贼”、“盗”、“奸”等
单词，警察和刑罚的执行官也早已不存在。据说，曾经有位
伟大的哲学家，留下“德育普及、宪政可废”这句话便咽气

了。再仔细推敲这句话之后，结果在文明境界里，立宪制和共和制都没有采用。他们相信的是“文明”即礼节和道德，采用了称为“文明专制”的政体。

宝玉还驾驶着被称为“飞车”的飞翔机、鲸型“猎船”，经历了各种新奇的事物。吴趼人描写这些场景是非常轻松的。文中有地方叙述飞翔机在文明境界的发展史：

> 却说那“飞车”本来取象于鸟，并不用车轮。起先
> 是在两旁装成两翼，车内安置机轮，用电气转动，两 99
> 翼便迎风而起，进退自如。后来因为两翼展开，过于阔
> 大，恐怕碰撞误事，经科学名家改良了。免去两翼，在
> 车顶上装了一个升降机，车后装了一个进退机，车的四
> 面都装上机簧，纵然两车相碰，也不过相擦而过，绝无
> 碰撞之虞。（第二十五回）

这部作品分成前半部宝玉面对的清末现实和后半部的文明境界见闻录。前半部批判性、讽刺性地描写清朝当时活生生的

现实，用比较灰暗的笔触推进。人们在讨论这部作品时，常常
只在前半部里找出它的价值，却将后半部当作荒唐无稽毫无价
100 值来进行介绍。因为只想在描写社会现实这一点上找出文学的
价值，所以自然而然地就会得出这样的结论：这是多么乏味啊！
至少对我们来说，这部作品的阅读感、趣味性，宁可说就在后
半部。要写到后半部，就必须在前半部就渐渐地埋下伏笔。

《新纪元》

清朝末期作为“华工”被招募后卖到国外去的中国人，被称为“猪仔”，提供廉价的劳动力。1879年，加利福尼亚州一陷入恐慌，便兴起波及全国的反华工运动，以拯救美国工人。这一运动与对普通中国人的反感掺杂在一起，发展为限制中国人生活和行动的各种“禁令”。面对这样的状况，中国文坛开始创作反对禁令、描写华工悲惨生活和境况的小说。《黄金世界》（1907）是这一主题的代表作品，小说里有些片断描写得非常凄惨。

《黄金世界》的作者是个自称“碧荷馆主人”的人。该

作者于 1908 年创作的《新纪元》全二十回，是主题为黄种人与白种人的最后战争、完全像是清末的 SF。只是，有个问题：这本书第一页上印着“碧荷馆主人编”，版权页上却印着“编译者 碧荷馆主人”。现在已经无从考证，所以这里先从撰写的内容来进行类推，看作不是所谓的翻译小说，而是近似于原创的作品。

101

碧荷馆主人《新纪元》

1999 年大海战——高科技兵器的盛宴

公元 1999 年，曾经的外国租界全部夺回，走上了富国强兵的道路，如今中国的存在已经令世界各国胆寒。一天，中国皇帝出自便于记述历史的考虑，向全世界黄种人的国家发出通令，要使用黄帝纪元。可是，白种人各国对此强烈反对。

黄白混合国家匈牙利想要跟从中国政府的决定，以德国和法国为领导的西洋白人国家派出联军进攻匈牙利，企图阻止它。匈牙利要求中国派出援军，中国接受了匈牙利的请求。于是，海军大臣黄之盛率领的大舰队向西出发了。

102 中国舰队在南海上与欧洲联合舰队遭遇，展开激战。同时，世界各地的华工也积极起来响应。美国没有参战，因为在美洲大陆，中国人成立了“西支那共和国”，所以美国政府为了应付这件事而焦头烂额，顾不上参加在欧洲发生的战争。

中国舰队使用“行轮保险机”、“海战知觉器”、“洋面探险器”等高科技装置，不停地避开海中障碍物向前挺进。在中国舰队面前，敌人铺设的水雷等脸面丢尽。于是欧洲舰队使用“潜行雷艇”偷袭。黄之盛建设海底科学城市，借助与同伴们住在一起的南洋渔民总统洪继泉，用“洞九渊”宝镜探测海底的敌方潜水艇。于是敌兵乘坐比利时人发明的“水上步行器”进行攻击，但因为事先铺设了“如意艮止圈”这种电磁屏障，所以敌人全都因触碰“如意艮止圈”而被烧死。

白人军队又发射了国际法禁止使用的“毒弹绿气炮”，即氯气弹。对此有些胆怯的黄之盛借用了师傅刘绳祖这一老科学家的智慧。

两人乘坐气球飞向漂浮着敌舰的海洋上空，朝海面释放某种药品。这种药只要一瓶，周边的海水就会被分解成50万立方尺的氧气和氢气。这样一来，周围的海域一旦充满氢气，两人就放出“流质电射灯”。氢气因电光而瞬间爆炸，
可怜的敌舰成为火团。 103

唯独这个“化水为火法”，简直是魔鬼的发明。因为太残酷无情，所以师傅刘绳祖踌躇再三不敢贸然传授他人。这一点很有趣，好像与“因核武器开发而追问伦理观的科学家”这一现代性主题有关，但武侠小说里过分强悍的主人公不分青红皂白杀死对方后感到一抹悲伤，是作为绝佳表现而常被借用的模式，可能也汲取了这种文学样式。

可是，敌方白人军队也没有闲着，派出气球队进行空

战。中国军依靠“日光镜”这种光线炮，将敌方气球一个不剩地予以击毁。于是，中国军将战线一直推进到埃及。

焦急万分的欧洲联军请来法国科学家麦克。麦克放出“炭气瓶”，用碳酸气杀伤气球上的中国驾驶员，随之张开杀人屏障“电气法”包围中国舰队。如果想要从屏障中出来，立即就会被烧得焦黑。粮草也被攻占了。中国军队使用从泥土里抽取养分的方法总算确保了食物，但用无线电呼叫增援，电波在“电气法”中被中和，传递不到外面！

104 中国军进攻地中海

哎呀呀，不得了不得了！虽然原理不明，但看上去都是些很棒的科学技术！接二连三出场的高科技兵器的盛宴，简直让人联想起《封神演义》里的战斗场面。中国 SF 的血统果然是从神怪小说里来的。难道不是吗？

那么，读者诸君，一旦无线电也传递不出去，怎么办呢？穷极生智。虽然天空上方好像也有屏障，中国军队好歹放出了信鸽向本土报告困境。中国政府接到信鸽送来的信，召集科学家们开会商量对策。不久，远征军收到来自总部的联络，根据总部的指示，制作了“消电药水”以及“吸炭气电机”。靠着这些功能，“电气法”和“炭气瓶”完全失去了功效。接着，黄之盛的妻子金氏提供了化学武器“追魂砂”。一释放“追魂砂”，敌兵全都成为枯草，敌人阵地上尸骨累累……这果然就是神怪小说！

就这样，中国军进攻地中海，拯救了匈牙利。欧洲各国害怕中国的实力，全都争先恐后地来求和。中国皇帝同意他们的求和，签订了12个条约。黄帝纪元4707年正月即西历2000年3月，匈牙利进入中国的保护之下，此事得到全世界的承认。条约还规定了欧洲各国应该支付赔偿金、各国都要设立汉民族的租界、中国拥有在各国布孔子教的权利等。 105

然而，战争不会以中国的完胜而结束。因为只有英国和俄国拒绝在这条约上签字。他们还坚持着。白色人种不是有能与中国对抗的优秀科学家吗？而且中国只是进入地中海，美洲和欧洲两大洲都没有受到任何实质性的损害，所以没有必要在这种屈辱性的条约上签字。这个宣言引发了欧美各国反对条约的运动。

这就是世界 SF 战争《新纪元》的故事梗概。因为是用“欲知后事如何，请听下回分解”结尾，所以作者好像是准备写下篇的，但有没有出版，至今也不甚明了。

《新纪元》是怎样描述的

碧荷馆主人在《新纪元》第一回里说了件很有趣的事。即，他断言说：以前中国的小说不是描写以往的历史就是只将眼前的事件作为素材，从来没有把日后的事经仔细推敲而作为小说素材的。因此，即使有把未来作为舞台的小说，也
106 是扭曲而荒唐无稽的。接着他这样说道：

> 前几年读了外国人编的两部小说，一部叫作《未来之世界》，一部叫作《世界末日记》，却算得在小说里面别开生面的笔墨。编小说的意欲除去了过去现在两层，专就未来的世界着想，撰一部理想小说。因为未来世界中一定要发达到极点的乃是科学，所以就借这科学，做了这部

> 小说的材料。看官，要晓得编小说的，并不是科学的专家，这部小说也不是科学讲义。虽然就表面上看去是个科学小说，于立言的宗旨，看官看了这部书，自然明白。

假设前面列举的两本书是翻译作品，那么《世界末日记》大概就是梁启超翻译弗拉马利翁的？由此兴许可以探究中国近代SF小说产生的原因。就是说，在陈规旧套的神怪小说世界里，对描写未来的题材有了醒悟——这正如作者证实的那样，也是西洋小说带来的启示——时，未来世界主题的“科学小说”就被发现了。 107

新时代的科学“法宝”

在《新纪元》的文本里，还有以SF是从神怪小说发展而来的假设为依据的记述。中国军的某位军师这样说道：

> 十九世纪以后的战争，不是斗力，全是斗智。只要

> 有新奇的战具，胜敌可以操券……某以为，今日科学家造出的各种攻战器具，与古时小说上所言的法宝一般，有法宝的便胜，没有法宝的便败。设或彼此都有法宝，则优者胜，劣者败。（第八回）

“法宝”即神怪小说里荒唐无稽的魔法兵器替代了科学趣味的高科技兵器。当时作者们的构想不就是在这里表现出来了吗？《新纪元》里有趣的是，新兵器的由来和功能，以引用添加在兵器上的使用手册的形式体现出来。可见作者也是下了一
108 番苦功的。同时，气球进行的空战，还有下面这样的描写：

> 满天上的气球，映着日光，五彩陆离的，甚是好看。当初十九世纪出世的人，那晓得百年之后，世界上有如此奇异的战争，像这般的战争，岂不与《西游记》《封神传》上所说的话相仿佛？（第十六回）

《西游记》和《封神演义》等神怪小说里描写的战争，

在未来世界依靠科学技术而得以实现。这句话，证明当时的SF作家在创作中始终意识到神怪小说的世界。

除此之外，与《新纪元》同一年创作的以战争为题材的虚构故事，还有《蜗触蛮三国争地记》(1908)，小说将当时清、日、俄三国的情势寄托在虫子的世界里进行描写。因为书上印着“原作者活东、译述者虫天逸史”，所以也许会有 109
一些翻译，但在内容上只能认为是中国人的原创。这部小说描写触国（日本）和蛮国（俄国）试图阻止蜗牛国（中国）坚持变法运动的潮流，但读者诸君读到这里就已经看到了“空中飞艇”、“空中雷电”、“空中飞弹”等这些同样具有中华风格的高科技兵器。

公元2399年的船民——《冰山雪海》

有部小说题为《冰山雪海》，标签是“殖民小说”，1906年科学会社发行，全十二回。版权页上注明“编译者 李伯元”。提起李伯元，他是清末有名的编辑和作家，但有很多人对此持怀疑的态度。同时，与上述的《新纪元》等一样，兴许也不能断定既然是“编译者”就一定是翻译作品。读过小说，故事的构思是极具中华风格的SF，阅读起来相当愉悦，所以这里暂且将它当作原创作品来讨论。

时间是公元24世纪末，某年七月十五日的中元节。地方是中国福建省泉州。小说是从六名中国人围着熊熊燃烧的火炉瑟瑟颤抖地议论开始的。因为天太冷，所以他们开了瓶白兰地酒。他们是魏大郎、季二郎、范三郎、梁四郎、汪六郎、章七郎等。这时同伙田八郎成了个雪团回来了。

110 “离此只八九家，就碰着雪了。咳，我们泉州，就是八十岁老翁也不曾有今日哩。”

梁四郎笑道：

“八十岁老翁料不到，三岁小儿却料得到哩。”

窗外雪还在不停地下着。……

读者们会顿起疑窦，“喂喂，那家伙什么地方搞错了吧！福建可是地处台湾的对岸，七月份围着什么火炉，这可能吗？”其实这三年以来，我们地球遭遇从未有过的气候大变化，天气在快速变得寒冷刺骨！

这些福建的年轻人展开着这样的讨论：中国是脆弱的，极不平等，几乎都是穷人。而且这样寒冷……于是，大家提出了一个方案，那就是招募志愿者，出海去寻找新天地。

于是，纪元 2399 年 5 月 5 日，由大大小小 15 艘舰船组成的大型船队，载着 12983 名殖民志愿者和三年的粮食，驶出了泉州港。

冰冻行星的理想国 111

他们首先去向北极。可是，随着离北极越来越近，非但被冰山和结冰的海洋、浓雾、寒气挡住了去路，就连当作粮食的鱼、鸟也看不见，人类眼看着无法生活下去。船队决定放弃北极取道向南，目标南极。

在南纬 57 度的海域，船队突然感觉到灼热。那是熊熊燃

李伯元（？ ）《冰山雪海》

烧的火岛。那里是曾经的城市，是太阳毫不宽恕地倾注的“阳火”的热量和地底下喷出的可燃气体产生的“阴火”形成的火海。航行在船队前头的轮船对此经过确认后，立即与全船队联络，全速躲避。

船队再次在寒冷的海域前行。到达南纬 81 度时，船队终于望见一块陆地。上岸后一考察，那是一块东西横卧的土地，草木鸟兽生息的世界，唯独一点，就是没有人类居住。接着 2399 年 9 月 9 日，人们将这里定为新天地。

时隔 9 年以后，居住在美洲大陆的犹太人和非洲人合计
112 2840 人，摆脱以前受虐待的生活，向震旦人（中国人）学习，乘坐三艘犹太人船、四艘非洲船共七艘船，驶离纽约港，朝着南方驶去寻找新的土地。这里，用很多篇幅对非洲

人在美洲的屈辱历史进行了回顾。

他们受到冰山雪海的阻挡，还失去了四艘船。他们用剩下的三艘船继续前进寻找新天地，但一无所获。正当全体人员将要饿死的时候，他们突然听到大炮和螺旋桨的声响。那是五艘没有烟囱却以极猛烈的速度靠近的船队。也就是以前曾经在南极建立新天地的那些中国人的船。

得到救助的漂流者听到了有关中国人已在南极建立理想国的介绍。因此，读者自然也知道了中国人那以后的情况。

那些中国人从以“均产”（财产均等）为宗旨的社会起步，到一切都完全平等的“共同”社会，再向完美的理想国即“大同”社会进化。大同世界完成10年以后，人们从地球上的各地聚集过来，房屋已经达到50万户，其中9成是中国人。而且，纪念十周年的庆祝大会开幕，迁移到此的各国代表在演说会场诉说以前的艰辛，称赞眼下的“黄金世界”、“极乐世界”。这时，接到报告说南纬50度以北已完全被冰封闭。于是，他们的世界便完全与外界隔绝。113

正如封面上印着“殖民小说”的标签那样，全篇的主题的确是“殖民”的小说，在叙说去月球殖民、去极地殖民等清末时期的SF时，可以说“殖民”是重要的题材之一。殖民的前面，当然有一个理想国的建设在等待着。作者们在小说里是要描绘出空想社会主义色彩很浓的、清末的理想国。

作者是李伯元？

可是，文学史家对这部作品的评价却非常低。一个名叫杨世骥的人在《冰山雪海》（收入在《文苑谈往》一书里）的文章里说：“看了这颇为幼稚的故事，我相信李宝嘉（李伯元）一定是根据当时日本小说或日译俄小说为蓝本写出来的。”因为原作很糟糕，所以认定它丝毫没有“文学的价值”。尽管如此，第三回惊心动魄的描写却是出类拔萃的，他称赞说到底是只有李伯元才能写得出来。与此相反，正如开头时说的那样，也有人坚持认为《冰山雪海》是挂着李伯元名字的伪作。

不管如何，船队在洋面上的状况描写得让人提心吊胆，
作为当时的小说来说，我也认为这些描写是非常优秀的。可
以说，即使在当时的中国人能从小说的描写中享受到的“惊
险感”里，也是颇有新奇感的。主人公是始终富于进取思 114
想、值得爱戴的“震旦人”，得到他们救助的是非洲人和犹
太人，而且最后在庆祝大会上演讲的，还有菲律宾、越南、
缅甸、土耳其、波兰、朝鲜等亚洲民族、弱小民族的代表。
同时，无论在人名里使用数字的方法，还是用船进行冒险旅
行的主题，都有模仿《狮子血》的痕迹。

不管是原创的，还是李伯元所作，或是挂上大作家名字的某骗子先生创作的，总之，可以说作者其实是一名非常了不得的 SF 高手。凝炼成故事的理想国的描写，可以说是康有为《大同书》里描绘的那种未来社会的构想，代表着当时的思潮。

制造恐怖的破坏机械——《飞行之怪物》

《飞行之怪物》全八章，标签是“科学小说”，1908年1月由上海改良小说社发行。作者署名为“肝若”。肝若的原名是沈翀，江苏省无锡人，绰号强汉，还有笔名铁肝生。1904年在日本留过学，在秋瑾女士创办《白话》的时候帮过忙。其他作品还有小说《好梦醒来》等。

公元1999年11月
下旬，英国巡洋舰出航
加拿大，在太平洋上航
115 行，与超过舰艇七八倍
速度移动的黑色“怪
物”遭遇。怪物好像是
朝着舰艇移动的，船员
们慌忙采取回避措施，
但怪物也改变方向，朝
着舰艇驶来。这样下去

摘自《飞行之怪物》。出现在太平洋上的“怪物”

撞船不可避免。船员们以为会被某种兵器击沉而心灰意懒之时，不料怪物以极猛烈的速度掠过舰艇的上空径自飞去。这家伙不是在海面上航行，而是在空中飞行。可是怪物的身影速度太快，所以只看见是黑色的物体。舰艇内大家议论纷纷，有的说大概是新型飞艇，有的说也许是海中生物。

这年圣诞节，舰艇到达香港。乘务员韦理士大佐赶往报社想要报告与怪物遭遇的事，看到贴在报社墙壁上的报纸，想不到却接到令人吃惊的告示。因为上面印着“纽约毁灭！”的标题。 116

那是基于如下的原因：圣诞夜（节日的前夜），黑色物体从海面朝着旧金山市飞来，以为要在闹市区降落，不料它以极快的速度开始横冲直撞。无论多么坚固的建筑物，一碰上怪物便被捻得粉碎，不到半个小时，全市遭到毁灭，市民几乎都非死即伤。

怪物接着向东飞行，越过加利福尼亚、洛基山脉，在联结芝加哥和旧金山的铁道上疾走。驶出芝加哥的列车与它遭遇便被撞毁。黑色物体最终将纽约毁灭，杀伤市民无数，径

破坏美国城市的“怪物”

自消失在大西洋上。

面对这则报道，全世界震惊万分，人们围绕着它的真实面目进行各种猜测。这些“猜测”非常有趣。英国报道说是企图将地球设为殖民地的月球侵略者派来的，外星人首次攻击美国。德国报纸议论说是由于气候异常而使在寒带生存的未知生物借助冰块来到美国，甚至还刊登了怪兽可怕的想象图。日本的报纸社论也很有趣，他们猜测是漂浮在宇宙空间带磁性的岩块被地球吸附过来。因此，那
117 巨大的磁石跟随地球的旋转也在移动，沿着铁路移动，朝着铁石多的大城市飞来，都是因为其磁性的缘故。

这些猜测暂且不提，翌年公元 2000 年，神秘物体飞来欧洲。

2 月 32 日，英国爱尔兰西岸面对哥兰亚海峡地区的居民，

向政府递交了一份报告。据这份报告说，那天早晨，他们目击
到上述的怪物。那家伙从天空中飞来，离地面仅有二十余丈，
仰头望去，模样看得很清楚。物体呈长方形，两侧生翼扇动，
没有头、尾。从内部发出咯咯的机械声。翼的周围有三四个人
影在忙碌地活动着。海岸的居民没有带望远镜，所以无法仔细
观察，但抬头仰望之际，有什么东西从怪物身上掉下来，落到
地面上砸得粉碎。赶过去捡起来，发现无数碎片，全都是结晶 118
状的东西。同时找到一根约有半寸、用象牙制作的、折叠的针
和一块红宝石。宝石背面有个能穿过一根针的小孔。居民将它
们全部交给政府。政府立即将此事照会世界各国，召开会议，
最后估计这个怪物大概是地球上新发明的机械。

于是，神秘的遗留物碎片被运到柏林，全世界的科学家们都聚集在这座城市里，开始作鉴定。

> 一日本理学博士，将此碎块，潜心凑合，至一点钟之久，觉略有形式可稽，似一椭圆形之小瓶。半晌，忽起立宣言曰：

> “奇突！奇突！是实东亚中国老大邦之一服用品？”
>
> 在座者闻言惊起，群就询之。
>
> 日本博士曰：
>
> “中国人嗜好最深，面有烟癖者尤多。各种烟草之
> 119 外，复有鸦片及鼻烟两种。此物乃储鼻烟之用，形椭圆
> 而扁。”

从飞行的怪物上落下来的物体，竟然是中国人喜好的“鼻烟壶”，即“装闻烟的”！

大清帝国——再次陷入困境

“如果那样的话，驾驭那怪物的，莫非是中国人？那个会飞的怪物是大清国制造的？”这个假说，令全世界震惊。大家都认为大清国受到欧洲列强的侵略会完全变得脆弱，同时觉得它们的科学眼下只处在幼稚时代。然而，它们没有想到这个大清会拥有令人恐怖的秘密兵器。全世界将指责的矛

头对准了大清，认为惨无人道的黑色飞行怪物肯定是中国人操纵的。

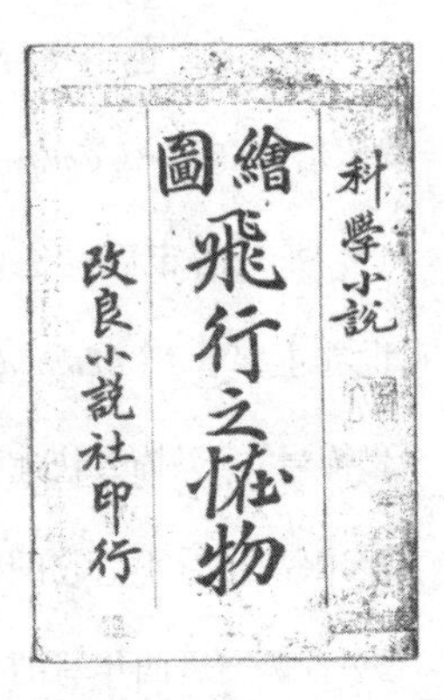

肝若《飞行之怪物》

以美国为首受到损害的国家并没有善罢甘休，向大清要求赔偿。在外交方面不能采取强硬姿态的大清政府对此屈服，想要悄悄地答应要求赔偿的草案，但此事被国民知道。热血志士们十分愤懑，结集在上海，要求解除赔偿条约。大清皇帝响应热血志士的要求交由外务大臣重新开始谈判。结果提出将全国铁路交由列强各
国铺设的条件，同时列强各国也知道大清与飞行怪物全无关 120
系，草案被废除。

此后，韦理士大佐乘坐小艇，他的朋友、科学家培根乘坐飞行艇，还没有看清飞行怪物的真面目便追赶上去，总之失败后被扔在海上昏迷过去……说到这里，很遗憾，作品没有完成。清末小说大部分都有头无尾。后面的情节是怎么样展开的？我们不是作者，只能凭空想象。

神秘的黑色“飞行怪物”，会让人想起凡尔纳《征服者罗比尔》（*Robur le Conquérant*，1886）里出现的空中战舰“信天翁号”，或者宁可说是它的续篇、凡尔纳大致最晚年的作品《世界主宰者》（*Maître du Monde*，1904）里出现的最先进机械“恐怖号”。恐怖号快速移动，破坏城市。因为速度太快，所以肉眼甚至看不清它的模样。但《飞行之怪物》是在《世界
121 主宰者》之后四年写的，以笔者之见，凡尔纳的这部作品当时还没有被翻译。但不能排除作者以某种形式读到过凡尔纳这部作品的可能性，这个问题就当作是作者稍稍明确之后的回家作业吧。

同时，这种宏大的构思是从哪里来的呢？怪物在前行的路上一路毁坏城市，恰如电影《独立日》（*Independence Day*）里外星人的破坏装置，英国报纸报道说它是外星人侵略地球，这些都是很有趣的。出场人物是外国人，舞台大致也在国外，看上去像是翻译作品，但作者和读者对这些地方的描写感觉很新奇，而且考虑到中心思想是中国因这起事件受到了列强的敲诈，所以估计作品还是出自中国人之手。

出现正宗的SF作家——陆士谔的作品

从清末到民国的小说家中，有个陆士谔（1878—1944），名守先，字云翔，也使用云间龙、沁梅子等笔名。他出生在现在属于上海市的江苏青浦朱家镇，起初时学医，到上海挂医生的招牌，后来成为专业作家，是一位作品达50多部的多产作家。SF作品很多，如果要列举作品的标题，有《新三国》、《新水浒》、《新野叟曝言》、《新中国》、《也是西游
记》等。这些全都是1910年前后清政府摇摇欲坠的年份里 122
创作的。到中华民国以后，他创作了大量的历史小说和武侠小说。

梦中看到的未来上海——《新中国》

先来看看《新中国》（1910）这部作品。这部作品描绘40年后宣统四十三年的玫瑰色中国。另有标题为《立宪四十年后之中国》，标明是“理想小说”。

宣统二年，既是作者本人又是小说主人公的陆云翔，和女朋友李友琴女士一起在上海的街头漫步，突然发现这上海已然不是平时的上海。道路宽广，没有印度巡捕，平时旁若无人的外国人也不知为何一副恭恭敬敬的模样。陆云翔感到奇怪，便问李友琴，这才知道现在是“宣统四十三年”。

这一年正值立宪成功40年后。上海这座大城市显示出美妙的发展。如果下雨的话，人们就走在仿佛是拱廊的“雨街”上避雨。电车全都移到地下铁道上，黄浦江上架起巨大的铁桥，黄浦江东侧浦东地区的繁荣明显超过上海地区。

法官和律师全都由中国人担当，不公平现象消失。中国
123 话与汉字成为世界通用的语言和文字。中国人发明的被称为“空行自由车”的飞翔机在空中可以自由飞行。两人立即乘上“空行自由车”飞到上海郊外陆士谔的家乡淀山湖，穿上水上步行机械“水行鞋”，在湖水的波浪间自由散步、游玩。突然看见渔船在浮动，仔细一观察，捕鱼方法已经全部机械化，使用了测水镜和听鱼机。

同时，用“除恶药”之类的东西可以消除人类的邪念。清国炫耀拥有世界最大的军事力量。而且，世界确立了和平，放弃战争……

这本书是以中国人最擅长的梦境来结尾的。最后还附着“本书构思的由来”，说：陆士谔醒来，如今正是宣统二年的正月元旦，李友琴伫立在边上，于是赶紧把梦境里的内容记下来，这个故事就这样完成了。顺便提一下，李友琴这位女性，在陆士谔的作品里频频出现，她是陆士谔原配妻子的名字，于1915年病逝。

清朝最后的年号“宣统”只有三年就结束了，要说“宣统四十三年”，换算成西历，就是1951年。将目光移到今日“现实中”的上海，1991年，巨大的南浦大桥架在黄浦江上，由于80年代起启动的浦东新区开发项目，使黄浦江东岸高楼林立，经济中心从原来的上海地区移到了浦东新区。而且最
早的地铁于1995年开通了。随着经济方面的改革开放，近年 124
来中国人自己也发出了“眼睛里只有钱”的批评，同时与金钱有关的犯罪也在增加。

如此看来，上海在表面上大致可说是正如陆士谔在宣统二年看见的“初梦”那样，至于什么“除恶药”，很遗憾直到现在好像还没有发明。作为构思来讲，是一部属于周游未来世界的作品，会让人联想起蔡元培的《新年梦》。

大清帝国征服世界——《新野叟曝言》

来看看陆士谔的另一部作品《新野叟曝言》（1909，改良小说社）。

标题是以前《野叟曝言》这部小说的续篇或新编的意思。据说《野叟曝言》是清代乾隆年间（1736—1795）完成的长篇小说，作者夏敬渠。以明代为舞台，通过追求理想的主人公文素臣周游世界的经历，描写了上到皇帝大臣、下至乞丐小偷多达520人以上的所有阶层。

陆士谔在《新野叟曝言》第一回里说：“因《野叟曝言》上只讲教民之道，不谈富民之方……士谔编撰《新野叟曝言》，无非欲纠正前书之谬误，增广未尽之意义，而使夏先生旧作成为完全无缺之政治书也。”

《新野叟曝言》的舞台是未来的清朝。中国拥有膨胀的人口，粮食供应无法满足全体国民的需要。拥有先进思想的 125
十名青年组成“拯庶会”试图解决这些问题。所谓的“拯庶会”，意思是救援人民的会议。《野叟曝言》的主人公、文素臣的曾孙文礽被选为“拯庶会”会长。他先向全国18个省派遣调查员。在这次调查中得知全国人口呈爆发性增长，街头巷尾充满着失业者，尤其在中国北方，以失业者为主的不满分子企图暴乱，情势十分危急。

这些年轻领导人的想法是这样的：国家能靠道德维持，这是不言而喻的，但如果不依靠科学就无法治理国家。因此文礽他们首先担忧中国的人口增加问题，摸索控制人口的方法。实行“计划生育”，禁止早婚、纳妾，只允许收入能保证扶养父母和孩子的人结婚。

其次，改良农业技术，计划增产粮食。因此，设立了农业试验场，努力增加耕地面积。同时，建造了设有水道和电梯的高层住宅。住在这里的男人们勤奋务农，女人们勤奋务工。吃饭由“公饭所”供给，洗涤由“浣衣房”管理，孩子们在“蒙养所”接受教育。作者描写了被认为是受到空想社会主义影响的理想社会。

那时，欧洲处在大清的控制之下，名叫日京的中国人由
126 清朝派遣，统治着整个欧洲。可是，一部分欧洲人秘密结社企图打倒清朝势力，不断地筹划着革命。日京事先觉察到这些，便逃出欧洲，摆脱生命的危机。

另一方面，文礽为了解决人口问题，建造巨型宇宙飞船“醒狮号”飞舰，将国人向金星、木星为主的太阳系各行星移民。考虑到节约经费，他特地不设立专门的工厂，而将零件的设计图分发到各家工厂，不分昼夜地加紧生产。

可是，文礽有了未婚妻，她听说做她丈夫的人要“升天”便产生误会，受到刺激而生病。家人让她去北京与文礽见面，一得知真相，她立即恢复了元气……而且一年以后，“飞舰”建成。

飞舰全长 250 米，高 15 米。找不到梯子和入口，但设有以乾、坎、艮、震、巽、离、坤、兑等八卦为名的门，按动

各自的按钮，门会自动打开，人进去后便又自动关闭。虽然没有窗，但墙壁本身会发光，所以舰内十分明亮。这是因为涂着文礽发明的、利用太阳能发光的“收光药”。室内还设置“空气箱”。这是吸收人们呼出的二氧化碳、同时提供新鲜空气的空气更新装置。

清朝皇帝任命文礽为“征欧大元帅”，下达了圣旨，说：
“飞舰造成后先行征欧，俟征服了欧洲再到他星球去。” 127

去外星球！拯救地球！——壮观的木星迁移计划

文礽率领五艘飞舰向欧洲挺进。以时速 500 公里的速度快速行驶，不到一昼夜便可到达。欧洲 72 国马上被中国征服，日京再次成为总监大臣而东山再起，统治着欧洲。文礽获得胜利后凯旋，被封为“无双公”。可是到这里为止，故事是以地球为舞台的。以后应该将舞台移到宇宙。

文礽终于结婚了。夫妇两人和两百名随行人员一起乘上“飞舰”离开地球。目标是月球！经过一个多月的飞行以后，飞舰抵达月球。月球上全都是琉璃山，树木全都是眼看就要到达天空的高度。湖泊里满溢着的不是水，而是水银。然而，那里看不见任何高等生物和鸟兽。他们将大清的国旗“黄龙旗”插在月球的山顶。

据说就连那位儒勒·凡尔纳也没有想出回到地球的实际方法，所以只好放弃而在月球着陆，不过“飞舰”恐怕是没有问题的。1969 年 7 月到达月球表面着陆的阿波罗十一号宇航员抢先在那里竖起美国国旗作为纪念，清国的宇宙飞行员竖起的是黄龙旗！

128 他们接着从月球起飞，花 10 天时间到达木星。木星的气候接近于地球的热带。到处都是黄金和钻石形成的山。地形酷似地球，鸟兽生息，但没有高等生物。生物全都很大，木星兔也有地球上的牛那么大，木星鸡体长 7 尺。木星文蛤有房顶那么高，木星苹果也有地球西瓜那么大。

文礽让部下回到地球，向皇帝报告探险的成果。皇帝大悦，这次封文礽为“木星总督”，随即招募希望移民去木星的年轻人，同时设立“皇家飞舰公司”命其大量建造飞舰，由 10 艘飞舰组成的船队，在地球和木星之间每月航行两次。以后要求移民的人急剧增加，所以每次航行增加到 50 艘。

大清实行的行星移民计划究竟如何呢？看它的构思和情节，也许只有陆士谔才适合中国近代 SF 小说家这个称号。不过，这样的构思到底是受什么启发而产生的呢？

不料，这部小说的结尾格外充满悲怆感。

那年，中国又遭遇大饥荒。清朝皇帝将由百艘飞舰组成
的输送舰队派遣到木星，想让他们满载着粮食回到地球。可
是，舰队没有安全回到地球，途中与慧星相撞，整个舰队变 129
成宇宙的尘埃。

发生这起惨祸以后，地球与木星之间的往来便完全中断了，并在地球上留下了两本残书。一本是文素臣的家谱，到了夏敬渠手上，推演出一部《野叟曝言》，现在还有一本是文礽的游记，落到小说家陆士谔手上，陆士谔以此为蓝本创作了这部小说《新野叟曝言》……

《西游记》的各种 SF 版本

古典小说《西游记》，其本身就是一部充满着 SF 构想的作品，清末还创作过几部配以近代科学小道具的新的《西游记》。

《也是西游记》以陆士谔在奚冕周的遗稿上加工的形式，于 1909 年在《华商联合报》上连载，1914 年出版单行本。

舞台是清末的上海。三藏法师转世再生的小唐僧接受如来菩萨的指令，来到近代的上海传教。悟空转世再生的小行者收下菩萨授予的无线电通讯机，也是去上海。两人邂逅的一刹那，小唐僧被什么人拐走，小悟空与不久赶到的小沙僧、小八戒一起，依靠菩萨授予的各种高科技仪器寻找师傅。

130 陈冷血（陈景韩）的《新西游记》（1909）全五回里，在三藏法师一行结束旅行的 1300 年以后，即清末当时，下界正在盛行类似于“新教”的东西，如来佛下令调查。贯穿全文的情节是四人到达上海后接触新事物发生的滑稽剧。这部作品写到第五回，还未完成。

煮梦（李小白）的《新西游记》(1909）全三十回，也是八戒下凡到与上海相似的城市里，变身女学生想要住进女生宿舍之类胡编乱造的故事。

尽管如此，1909年大概也是《西游记》高潮之年吧。这种拙劣模仿《西游记》的小说至少出现过三部。

科学执法者的武侠小说——《新七侠五义》

看看包拯这位可怕的仁兄吧。他是宋代的审判官，关于他，流传着各种各样的传说。他被称为包公，借助展昭等侠客的帮助，下达公正无私的判决，即使罪犯是皇亲国戚也毫不宽恕。

《三侠五义》是以《包公案》、《龙图公案》、《龙图耳录》等这些与包拯有关的说唱和短篇小说为基础，在清代创作的小说，标题后来也改为《七侠五义》。它是一部将审判主题的公案小说和武侠小说融为一体的小说。包公的故事博得了

人气，是一个至今如日本的水户黄门[1]和远山金[2]那样受到青
131 睐的题材，无论戏剧还是电影、电视剧等，都受到了人们的
喜爱。

《新七侠五义》(1909) 于清末问世。同样标题的小说还有一部，据介绍创作者名叫“治逸”，一个名叫“浊物”的人“润词”，标签注明为“社会小说”。

首先，开头叙述的是靠金钱坐上权力宝座的恶人张十全。这个人有玩弄稚儿的嗜好，他听说学堂里有很多美少年，便立即大肆贿赂，拿到某学堂校长的宝座，每天为所欲为地玩弄学生。

一天，正在房间里的张十全被什么人阉割了“子孙根”杀掉。凶手留下“巡行天吏江振治张十全相当之罪”的文字便消失了。

---

[1] 水户黄门，即德川光圀 (1628—1701)，日本江户时代的大名，水户藩第二代藩主。

[2] 远山金，即远山景元 (1793—1855)，通称金四郎。江户时代后期幕臣，官职为左卫门少尉。

一位仁义之士和两名弟子以及各自的家人一起居住在南洋某个小岛上。师傅名叫阴诩，一名弟子名叫朱洪，绰号“轻飞燕”。他使用“绢汽船”这种神技。眼下一名弟子名叫叶正，绰号“新弹子”，擅长的 132
技巧是“电光石”，并拥有500倍率的眼镜，即使在很遥远的地方，只要看得见就能将目标锁定并释放“电光石”，百发百中地予以击毁。

治逸《新七侠五义》

他们是“科学机械人”。他们的日常工作就是频频来到中国本土，发现不良之徒就进行诛杀。

会腾云驾雾的手绢

一天，来到广州的阴诩和朱洪发现西洋人欺骗、诱拐中国人，想要将中国人作为奴隶卖到外国去。两人便悄悄地跟踪他们到了香港，潜入西洋人的房间里想要将中国人救出来。可是走进房间里一看，西洋人已经被砍去脑袋死了。边上一位年轻人手持沾满血迹的宝剑站立着。原来这名青年正是向那张十全进行“天诛”的豪杰江振本人。三位英雄情投意合，坐上朱洪的“绢汽船”，决定返回秘密岛屿。可是，那艘所谓的“绢汽船”是什么样的东西呢？来看看实际的描写：

133 朱洪便从怀里拿出一卷白绢作的东西理了一理，放下三个兜子，每人坐了一个，又拿出一条一尺多长的皮袋，同一架约有三寸立方的小电机。将皮袋装好，把电机对着皮袋的口捏了一捏，招呼声“江壮士，坐稳些”，便觉得身子忽然腾空，渐升渐高，直升到半天里，但听得耳边呼呼风响，同乘云驾雾一般，又稳又快，毫不动摇。（第一卷）

“绢汽船”——竟然是折叠式的“手绢式电动飞船”！于

是，他们像哆啦A梦似的乘上从口袋里取出来的飞船朝岛屿飞去。安然到达以后，大家决定听江振讲讲他遭遇的奇闻。

听说，他曾经在美国芝加哥大学留学，研修所有门类的科学，尤其是电气学后回国。江振的祖先中有一位清初的大科学家江慎修（江永）。江慎修是一位现实中存在的学者，但在故事里却留下了与科学技术有关的秘籍。江振将此秘籍搞到手后经过苦心专研，完成了“电光剑”的研制。只要被那电光剑释放的光扫到，人立即就会丧命。据说他选择了终生带着这武器向邪恶不公替天行道的人生之路。江振讲述了第一次行动即暗杀张十全的始末和这次打退西洋人的经过。

后来，诛杀恶人的故事还在继续，这里不可能一一作介 134
绍。在开头的“弁言”里还放着《读新七侠五义须知》，这样写着：

> 是书于科学上多所发明。如朱侠之汽船，江侠之电光剑，叶侠之电光石。皆从声光化电各科学中所发明者。吾中国将来科学进步，发明各种器具，安知不与此书脗合。

作者极力坚持说“这个故事与旧《七侠五义》完全不同”，指责《封神演义》和《西游记》这些旧小说提起什么总是立即借助神仙鬼怪之手作荒唐无稽之谈。但是，这部《新七侠五义》说起来只是披着科学外衣的科技取代了神仙法术，如果说以劝善惩恶为旨意的情节展开很牵强，那也是大同小异。宁可说，作为武侠小说里不可缺少的小道具，不过是引入了新奇科学的魔法这种纯粹技巧上的新衣。如果借用《新纪元》作者的话，这些都是科学带来的“法宝”。

135 电王的理想国——《电世界》

要说清朝最后的佳作，还是要数作家许指严用笔名高阳氏不才子创作的《电世界》(1909)。

大清帝国宣统一〇一年，即公元2010年，[1] 帝都迁到上海。从清国昆仑省建立的大电厂和电学大学堂着手，不久便

[1] 查阅《电世界》原文为“中国宣统一百零一年，西历二千零九年。”

完成了全部电气化的“电世界”。建立“电世界”的，是有着“电王”美誉的天才科学家黄震球。这部作品全十六回，在《小说时报》杂志上一次刊完。作品围绕着电王的电世界，描写了各种各样的故事片断。

企图征服世界的西威国拿破仑十世率领空中舰队来到亚洲，要消灭黄色人种。电王在身上安装了称为“电翅”的飞翔装置，独自飞上天空，用高科技武器“电枪”歼灭拿破仑舰队。 136

电王将精力都倾注在交通工具的配置上。空中飞着被称为“电车”的飞翔机械，地面由十万马力的“平路电机”铺成像围棋棋盘似的漂亮道路。道路两侧往返行驶着只要人一坐上去就会移动的“电椅”。

在农业方面，“电犁”和“电气肥料”盛行，同时生物技术发达，饲养的猪像大象那么庞大。

由于发展电气化，煤炭已经不需要了。担心失业的煤矿工人举行暴动，企图暗杀电王。电王对事先没有想到会发生如此事态作出深刻反省，向工人们建议与景德镇合作从事瓷器生产或去非洲新兴农场的出路。工人们得到活路，对电王

摘自《电世界》。在太空飞翔的电王

充满着感激。

这个时代的电气是靠“空中电气”的，所以不用电线。
137 同时，气候靠电气调节，空气也靠电气的放射进行杀菌，完全不用担心传染病。关于疾病，《新石头记》里也出现过，依靠“电气分析镜”这种 CT 扫描似的仪器很快就能查出患部进行治疗。

向 10 岁左右的少年投放“绝欲药”，防止年轻人性犯罪。这是使性欲变得淡漠的药物，人类直到 50 岁才迎来思春期。与此同时，人类平均寿命延长到 120 岁。

于是，人怎么也死不了，人口不停增长，电王策划向海底移民，不久便建立了海底殖民地。就在这时，一天，电王用潜艇在太平洋进行考察时，从海底地壳变动中预言日本列岛也许将于近日沉没。但是，愚蠢的日本人不相信这一警

飞翔机械“电车”

使用 OHP 的地理教育

告。电王想出一计让日本人避难。果然，日本随着大地震一起崩塌而沉入海底。日本人对电王充满着感激。

再见吧，地球！出游的船…… 138

故事的结尾是这样的：想到大自然如此反复无常和人类的不完美，充满悲怆心情的电王，制造了能在地球外空间飞行的宇宙船“空气电球”。他决心独自离开地球。电王在全人类面前作了如下演讲：

> 鄙人从宣统一百零二年正月一日开办电厂以来，二百年间，承诸同胞的扶助，把世界整顿得略有功效。……今儿又是宣统三百零二年的正月初一日了，恰恰过足二百年。这里头第一件大事，便是统一世界，造成一个大同帝国。然而，诸同胞永永别忘记了原动力是一个电字！

电王还这样说道：

> ……我们不但用电，而且要学电的性质，方才可称完全世界，方才可称完全世界里的完全人。如今诸同胞看得世界好像已达到文明极点了，实在把电的性质比起
> 139 来，缺点还多着哩。
>
> ……所以要想周游行星世界，或者可得参观互镜采些法子回来，慢慢的补全缺陷也未可知，但是此行实

乘“电球”去宇宙旅行的电学大王

> 属创举，能得回来不能回来，自己并没把握……”（第十六回）

140 电王独自乘上“空气电球”，朝着未知的宇宙彼端旅行，去寻找向完美的人类进化的钥匙。

看上去很幸福的电世界里，几乎占据整个故事的“俗套”的发明思路，也许是值得进行各种验证的，但是即使拥有这些最新的科技，人类具有的劣根性也不可能得到矫正。这些状况，清末时也已经处在了临界点上，作者的意识，似乎已经比清末乌托邦小说进步了。

科学启蒙小说——《上下古今谈》

1911 年，有个名叫吴敬恒的人创作了一部标题为《上下古今谈》的科学小说。吴敬恒是一位有名的记者、政治家，清朝末期在巴黎提倡无政府主义。

《上下古今谈》全篇围绕着科学知识用对话进行，也许算不上是教育、启蒙性的，尤其是没有情节，是一部有些乏味的作品。但是，阿英在《晚清小说史》里将它作为“科学小说”进行介绍。中国人说的所谓“科学小说”就是这样的作品，作为典型例子是应该记住它的。

SF 戏剧——《电球游》和《月球游》 141

有个人叫洪炳文（184—1918），主要出版过号称中国最早航空力学书的《空中飞行原理》，另外除十几种与科技有关的著作之外，还写过一些戏曲。在凡尔纳盛行期间，洪炳文留下了这样的评语：

> 小说中有《环游月球》一种，已风行海内，不知人身在炮弹中岂不闷杀？在炮中发出岂不热杀？飞行空中岂不震杀？

好像科学家也在说些不通人情的话，但在远东拥有这样的读者，对凡尔纳来说应该是幸运的。不管如何，这位看来并不轻视外国SF局限的人，其实是在创作《电球游》、《月球游》这样的SF戏曲。

《电球游》里出现未来的交通工具“电球”，《电世界》里出现称为“电球”的宇宙船，这些联结着电缆的轻气球似的东西，靠着电力前进或后退。

一到《月球游》那里，展开的却是宇宙旅行的构想。作
142 者这么说：将来一定会诞生即使没有氧气也能生存的人类，同时也一定会制造出能大量储存氧气的气球。前者的设想也许更接近于人工智能或新型人类。

这些戏曲，全都像是1910年时的作品，在这之前1891年的著作《楝园杂篇》里，洪炳文说了这样的话：

> 气球升空必有新法。能行欲至之方向；电气迅速显其能力，可代用汽之舟车；行星之上有人物，或能往来。

做着这种梦想的科学家，在清朝末期的确是存在的。

包天笑的《世界末日记》和《空中战争未来记》

至此为止，我们看到的，全部以自古以来长篇通俗小说的脉络里较长的作品为主，但志怪小说、传奇小说那种短篇的脉络，在这个时代也没有中断过。

包天笑

前面作为凡尔纳和《法螺先生谭》的译者而提到过的包天笑，自己也在创作短篇 SF。与弗拉马利翁的作品同名的《世界末
日记》和《空中战争未来记》，都刊登在 1908 年的《月月小 143
说》上。

《世界末日记》是描写未来太阳将要消失、月球将与地球发生撞击时学者们的议论。人类得知毁灭的日子在临近，便设立新世界建设同盟会，为打开人类的活路而议论纷纷。种族之间的战争和贫富差别都已经消失，人类只是对这一重大问题感到恼烦。来听一听吧。

某男子说："宇宙万物全都不能摆脱轮回转世。纵然现在人类消亡，依着佛教的轮回，不久就会复活吧。"[1]

某老博士说："即使肉体消灭，灵魂也是不会死的。近年医学界报告说，人死后体重会减少。这就是灵魂存在的证明。即使太阳系消亡，我们的灵魂也在另一个世界里继续存在着。"[2]

年轻物理学家说："建造利用以太力量运动的新式宇宙船
144 吧，并移居到其他星球上去！"[3]

接着，又有一名谋士说："慧星曾经接近地球，威胁人类。彗星沿着椭圆型轨道飞行，所以也许是从太阳系以外的

---

[1] 中文原文：我盖笃信释氏轮回之说，即宇宙之万物，亦何能逃此流转生死之一关，故我念太阳统系，今虽灭亡，或遇时机，必且复活。

[2] 中文原文：躯壳虽亡，灵魂不死。……厥故何在何为医界一大疑问，今乃知此不可解之重量者，盖正魂灵之轻重也。……然则太阳系统，一时虽陷于灭亡之悲境，而我辈灵魂，或能飞行绝迹于他世界，再开活动之机……

[3] 中文原文：盖我将利用天空中以太之力，以造新式飞行之器，藉此足以飞渡他星。

世界飞来的。坐在彗星上去另一个世界旅行怎么样啊？”[1]

于是，从听众中传出激烈的嘘声：“你们浪费珍贵的时间，不是来听疯子讲话的！退席！退席！”[2]

于是，另一个人说：“集中科学的力量，让地球飞到太阳系外去怎么样啊？一定不是多么困难的事啊！”[3]

人们争论不休。在争执时，太阳眼看着失去光热，月球不停地撞击着地球。即使有什么方法也已经无法拯救人类……

这个毁灭主题的SF，采取了演说体小说的形式。虽然不是“翻译”，但内容酷似西蒙·纽康的《黑行星》（徐念慈译），所以也许是在那些外国作品的强大影响下创作的。

《空中战争未来记》这部作品是将1930年之前围绕着航

[1] 中文原文：诸君亦知我辈之过去时代中，恒有此慧星者，时时冲突地球，为全世界之人民所恐怖震慄者也。窃思此慧星者，或不属于太阳系，彼之轨道，盖循抛物线，不审其往何许，顾我辈第一先交通慧星，或可以附骥尾，得移向他世界。

[2] 中文原文：是殆痴人耳。我辈费此至可宝贵之光阴，以听此痴人说梦乎？下，趋下！

[3] 中文原文：集地球之力，使之飞逸太阳系统之外……今我辈浴文明之惠，科学发明，则出此人行星之轨道，谅亦非至难之事。

空机进行的战争和其技术革新的近未来史草草描述了一遍。德国和俄罗斯倾注全力开发空中战舰，争夺世界霸权，成为世界两大强国。同时中国也由于1919年签定的托木斯克条约
145 而将西伯利亚纳入版图，在强国中成为更稳定的国家。

1930年航空路线密集，西伯利亚成为航空路线的中心，在城市上空飞翔的空中飞行船比当时1907年在城市里行走的汽车还要多得多。在空中飞行船中，世界经济状况和新闻快报每小时由无线电接收五六次，在飞船内立即进行印刷。

包天笑评论说："二十世纪之世界，其空中世界乎。……今岁观于海内外报纸所载，经营此空际事业者，尤伙也。"这部作品又给人这样一种印象：包天笑阅读过与航空机有关的外国小说和评论，将它们按自己的思路重新编写。不知道与此有没有关联，包天笑在他的自传《钏影楼回忆录》里这样说过：

> 我在十二三岁的时候，上海出有一种石印的《点石斋画报》，我最喜欢看了。……有一次，画报上说：外

在《点石斋画报》上报道的美国“飞行艇”

> 国已有了飞艇，可是画出来的是有帆、有桨、有舵，还装上了两翅膀，人家以为飞艇就是如此，而不知这是画师的意匠。(摘自《面试》)

146 在《点石斋画报》里也可以看到让人联想起《世界末日记》的那种与世界终结有关的消息。我们观赏宇宙船和火箭的绘画，如果觉得“SF 心”受到了刺激，那么说包天笑幼年时期的视觉体验成为他后来创作这些作品的种子，也是有可能的吧。

鹦鹉学舌的毁灭主题 SF——吴趼人的《光绪万年》

《新石头记》的作者吴趼人（我佛山人）的短篇《光绪万年》(1908)，是模仿包天笑《世界末日记》的毁灭主题创作的。

如前所述，梁启超们的立宪派将立宪君主制作为理想，创作了《新中国未来记》。吴趼人是立宪派，却讽刺这场运动中的欺瞒行为而创作了描写天界立宪的《立宪万岁》（1907）和这部《光绪万年》。光绪三十二年（1906），西太后同意立宪，宣布准备立宪的旨意。于是清政府随声附和“准备立宪”，却同时又说“眼下制度不整、民智不启，所以不能马上实行宪政”，阻碍宪政的实现。

介绍一下《光绪万年》的情节。光绪三十二年以来，大家翘首盼望着立宪什么时候能够实现时，时间很快 148 流逝，一眨眼工夫，已经是光绪万年。

理想科學寓言 諷刺詼諧小說 光緒萬年（短篇） （我佛山人）

舊日之推步家。每分甲子爲上、中、下三元。且爲同治三年甲子。爲上元甲子。主張者持此說。質於講新學者。必爲所排斥。而持此說者。又言之成理。廣搜証據。以抨擊其排斥。新舊相爭。其勝敗正未可料。噫嘻。舊說勝矣。其言竟驗矣。今日已爲光緒萬年矣。自從光緒三十二年、七月十三日、詔天下臣民。預備立憲。於是在朝者。旅進旅退。揖讓相語曰。立憲立憲。在野者。晝眠夕寐。引頸以望曰。立憲。立憲。在朝者。對於在野者曰。「封」、「鎖」、「拿」、「打」、「遞」、「解」、「殺」。立憲。立憲。在野者。對於在朝者曰。「跪」、「伏」、「怕」、「受壓制」、「逃」、「避」、「入外籍」、「掛洋旗」。立憲立憲。如是者年復一年。以達於光緒萬年。

小說家之例語曰。「有事話長。無事話短」。自此之後。渾渾噩噩。不覺已到。光緒。九千九百七十年。此年中國。乃生下一奇偉之人。以衆人皆渾渾噩噩之故。

118 光緒萬年 一

《光绪万年》开头部分

一位“伟人”先生关在研究室里一天到晚只顾观察着天体，预测到近期彗星将会撞击地球。伟人先生大惊，将此事告诉朋友，有人相信，也有人不相信。尤其是中国人，一听这话便冷笑道:“自耶氏十九世纪以来，西人即喜为此谰言以惑愚人，不足信！不足信！”根本不予理睬。

于是伟人先生重新进行测算，算出彗星的正确轨道，确认彗星不会直接撞击地球，而只是险乎乎地擦着边儿过去，但是由于这次摩擦，地球将南北颠倒，气候逆转。

伟人先生为了让人们知道这一事实，再次走到屋外，发现街上的行人都与昨天意志消沉、满脸惆怅的表情截然不同，以欢快得令人嫉妒的神情行走着。伟人先生觉得不可思议，便去拜访朋友。朋友这样回答:

> 子日言天文，而不知人命，舍近求远，果何为哉？子不知宪法已组织完备，今日已实行立宪耶？！

——这就是《光绪万年》的梗概，文本几乎是以“伟
149 人”计算轨道的描写构成的。标签是“理想科学寓言讽讽诙谐小说”，作品将经过一万年才实现立宪的讽刺寄托在未来记和毁灭主题的SF里。

吴趼人说西洋人喜欢说星球与地球发生撞击，这也许是指纽康的《黑行星》那些毁灭主题的SF。顺便说一下，凡尔纳的小说《太阳系历险记》（*Hector Servadac*，1877），说慧星与地球撞击，部分土地随着土地上的人们一起被慧星吸附走了，描写大变动以后日出和日没的方向相反，发生了重力与气压降低等突变。《太阳系历险记》至今还没有当时被翻译过的信息，但不能否定以某种形式介绍过凡尔纳小说的梗概的可能性。

《未来世界》

前面提到过的春飒的《未来世界》（1907年，《月月小说》第10—24期），标签是"立宪小说"，全二十六回，看标题就知道是描写立宪不久后未来的中国。女性解放运动兴起，留学归来的女学生在街头昂首挺胸地大步行走。男女关系和结婚的形式也有了改变，产生了滑稽悲喜剧。作品同时描写旧时代结婚不自由引发的悲剧和新时代自由过头带来的悲剧， 150

立憲小說 未來世界

春颿著

第一回　恋議論反觀立憲鏡　噴熱血呼起中國魂

立憲！立憲!! 速立憲!!! 這個立憲是我們四萬萬同胞黃種的一個緊要的問題一個存亡的關鍵到了這個時候還能像從前一樣吞聲忍氣糊糊塗塗的過去麼若不振作些自治的精神激發些自強的思想久而久之日復一日不到二十年只怕這個中國的情形也就不可問了看官試想我們中國自從組織了完全的政體以來直到現在四千餘年也不知經了幾場的滄桑換了許多的朝代一班皇家貴族裏頭的人不曉得一些儆戒始終還是這樣的冥然不動頑固不靈也沒有一點改良政體的思想只曉得用著那專制的君權施著那強硬的壓力把那一班同胞的百姓黃種的國民弄得個塞了耳目窒了心思那裏曉得什麼叫作自由什麼叫作立憲只把一個君主大皇帝當作

未來世界　一　一四三

《未来世界》开头部分

归根到底是“过犹不及”，这也许正是作者真正的心声。

心中暗恋着的女性和别的男人结婚了，男子出于嫉妒杀害了那个男人，伪造现场嫁祸于亲友，作伪证证明自己不在现场。犯罪行为经过周密策划。这起事件成为小说的主要情节之一，把它当作侦探小说来读也是很有趣的。它作为讲述未来的作品，要比《新中国未来记》等更是有趣得多。虽然丝毫没有提及令人憧憬的未来科技，但这个内容反而能让人感觉到真实。可以说是社会派 SF 的一种。

151 清末的“科学小说”论

作为清末 SF 的总结，从当时撰写的文学理论文章里出现的“科学小说”这个词汇的用例，不难窥见当时的“科学小说”观。

可以说，清末时期的小说特征之一就是理论先行。可是，它与理论（很多文学理论对创作行为本身有着苛刻的压力）绝不可能是一致的。正因为有梁启超等人的理论，大家才去写在某种意义上“被逼着跳舞”的小说，在序言里也结合梁启超式的理论来叙述小说的功效。但开始阅读时如果探究作品本身与作者信奉的理论是否一致的话，恐怕会得出否定的结论。

《镜花缘》和 SF 论

《新小说》杂志连载了由多名评论者以接力形式撰写的文艺评论《小说丛话》。里面也经常出现“科学小说”这个词。

先来读一下署名“侠人”的文章（1905 年，《新小说》第 13 期）。他对西洋小说和中国小说作了比较，列举两者的长处和短处，关于“科学小说”作了如下叙述。

152 或曰：西洋小说尚有一特色，则科学小说是也。中国向无此种，安得谓其胜于西洋乎？

应之曰：此乃中国科学不兴之咎，不当在小说界中论胜负。若以中国大小说家之笔叙科学，吾知其佳必远过于西洋。且小说者，一种之文学也。文学之性，宜于凌虚，不宜于征实。故科学小说，终不得在小说界中占第一席。且中国如《镜花缘》、《荡寇志》之备载异闻，《西游记》之暗证医理，亦不可谓非科学小说也。特惜《镜花缘》、《荡寇志》去实用太远，而《西游记》又太蒙头盖面而已。然谓我先民之无此思想，固重诬也。

同时，在署名“定一”的文章（1905年，《新小说》第15期）里写着如下的话。

153 中国无科学小说，惟《镜花缘》一书足以当之。其中所载医方，旨发人之所未发，屡试屡效，浙人沈氏所

> 刊《经验方》一书多采之《镜花缘》。以吾度之，著者欲以之传于后世，不作俗医为秘方之举，故列入小说。小说有医方，自《镜花缘》始。以小说之医方施人而足见效，尤为亘古所未有也。虽然，著者岂仅精于医理而已耳，且能除诲盗诲淫之习惯性，则又不啻足为中国之科学小说，且实中国一切小说之铮铮者也。……吾意以为哲理小说实与科学小说相转移，互有关系：科学明，哲理必明；科学小说多，哲理小说亦随之而夥。

可见，在清末的小说评论里，清代小说《镜花缘》作为中国的“科学小说”而经常被人提起。吴趼人的《杂说》（1907年，《月月小说》第8期）里所见的《镜花缘》评论如下：

> 《镜花缘》一书，可谓之理想小说，亦可谓之科学 154
> 小说。其所叙海外各国皆依据《山海经》，无异为《山海经》加一注疏。而其讽世、理想、科学等，遂借以寓

于其中。

关于《镜花缘》，因为里面出现“飞车”，本书已经提及过，读者大概还记得吧。可是，他们清代末期的中国人强调的“《镜花缘》是科学小说”的理由，与我们所强调的理由，好像相差极远。他们主要是着眼于《镜花缘》里出现的医疗信息。

作为“理想”的SF

再回到《小说丛话》里，在署名“趼”（吴趼人）的文章（1905年，《新小说》第19期）里，有如下的片段：

> 理想为实行之母，斯言信哉。周桂笙屡为余言，封神榜之千里眼、顺风耳，即今之测远镜、电话机。西游记之哪吒风火轮，即今之自行车，云云。

这种对“科学小说”和“理想”的理解方式，在当时的 155
论著中屡见不鲜。

这里提到的周桂笙，在吴趼人的时候是有名的翻译家，他在其译著亨利·莱特·哈葛德《神女再生奇缘》的自序（1905 年，《新小说》第 22 期）里，说起上述吴趼人引用过的话，说:“西游记一书作者之理想（想象）亦未尝不高，惜乎后人不竞，科举不明，故不能一一见诸实事耳。然西人所制之物多有与之暗合者矣。如电话机之为顺风耳，望远镜之千里眼，脚踏车之为风火轮之类不胜枚举。”周桂笙接着这样说道:

> 西儒有言曰，“朝为理想夕成实事”。盖天下事必先有理想，而后乃有实事焉。故彼泰西之科学家，至有此种理想小说，以为研究实事之问题资料者，其重视之，
> 亦可想矣。 156

周桂笙在该篇文章里介绍哈葛德的小说“兼顾探险、游

记、理想、科学、地理诸门而组织一气者也”。要从这些论述来判断，“科学小说”，就是将重点放在提供科学知识、提供科学带来的惊喜这一点上的术语。“理想小说”，就是与科学密切相关、将重点放在当时被称为“理想”的“空想、想象”行为上的术语。

翻译家周桂笙

从标题中偏离

接着，来追溯一下“科学小说”和其相关的词汇。

在小说林社刊发的《车中美人》(1905)这部小说本子里，刊登着一篇《谨告小说林社最近之趣意》的文章，列举出版物中各文学类型的特征和书名。文学类型是历史小说、地理小说、科学小说、军事小说、侦探小说、言情小说、国民小说、家庭小说、社会小说、冒险小说、神怪小说、滑稽小说等十二种。在“科学小说”的地方附加了“启智密钥、阐理玄灯”的说明。

假如对照前面介绍过的、以梁启超为主的若干“小说
论”，那么当时被称为“科学小说”和“理想小说”等的文 157
学类型，夸张地说就是借助小说的形式通俗易懂地讲述科学知识，着眼在助科学知识普及一臂之力的地位上。

正如前述，在将无所不能的神怪小说和武侠小说当作根基并添加科学意义的多数清末 SF 小说里，还常常设置“序文”“弁言”作为议题。正如在鲁迅年轻时翻译的《月界旅行》弁言里可以看到的典型一样，里面隐隐地显现出对科学发展的质朴的信赖、畏惧，偶尔表现出兴奋等，同时也陈述科学知识的普及、启蒙等科学小说的优点。然而说归说，还是应该承认，在很多场合中，作品和序文之间都是大相径庭的。同时，作为商业出版物来说，即使不说这是应有的状态，它也不该受到指责。

正如前面简略浏览用故事梗概介绍的一系列 SF 小说看到的那样，这样的“议题”终究是作为“议题”而被架空

的。要说实际创作的文本，尽管有完成和未完成的差异，但还可以算是在追求故事的趣味性，以及从神怪小说传承过来作为SF小道具的“法宝”带来的“惊险感”。

第五章　民国时期的 SF 翻译 159

在政治史方面，1911 年到 1912 年，清朝灭亡，中华民 160
国成立。政体和皇朝的交替，虽然在国家的文学史上是连续的，却也不得不带来急剧且实实在在的变化。以笔者之管见，清朝末期众多规模宏大、具有孩子般梦想和理想的长篇 SF 小说，在民国时期很少看得见。

民主和科学

1919 年 5 月 4 日，由北京大学学生发起的游行带来的新文化运动，即所谓的“五四运动”，高举民主与科学的口号。

其领导人之一陈独秀，在《新青年》杂志上发表《本志罪案之答辩书》，这样写道：

> 要拥护那德先生，便不能不反对孔教、礼法、贞节、旧伦理、旧政治；要拥护那赛先生，便不得不反对旧艺术、旧宗教。要拥护德先生又要拥护赛先生，便不得不反对国粹和旧文学。

所谓的德先生和赛先生，就是德莫克拉西（*Democracy*）
161 和赛因斯（*Science*）。赛先生得到新世代的拥护，但说起“science fiction”的执笔是否由新时代的作家们继承，事实却恰恰相反。

正如前面提到的SF里已经窥见的那样，作为实用技术的科学价值，在清末时也是被提倡的。新文化运动提倡的东西因人而异，不能一概而论，但宁可说是对传统文化综合性的科学思考。既是星际探险文学风格又是章回小说体裁的清末“SF”，宁可说是被看作科学神怪小说或科学迷信小说，陈独秀说的“旧文学”，也许被理解为是戴着科学技术假面具的作品。

民国时期屡屡撰写的“科学小说”里，试图借小说形式普及科学知识的作品很多归类于以后所谓的“科普文艺”，有时它是伴随着“科学救国”的使命而创作的。而且，这种状态基本上没有得到改变，一直持续到20世纪80年代。

鸳鸯蝴蝶派、礼拜六派、旧派文艺

民国时期的通俗小说从新文学的实力派那里得到了“鸳鸯蝴蝶派”的蔑称。因为它们大多是讲述悲情恋爱故事的小说，所以取了个“鸳鸯”、“蝴蝶”作为它们的象征。因为是每周礼拜六发行，冠以这个名字的小说杂志《礼拜六》（前期1914—1916，后期1921—1923）是此类小说的发表阵地， 162
所以也有“礼拜六派”的称呼。“鸳鸯蝴蝶派”和“礼拜六派”在今天都作为文学史上的用词而被固定下来。从新文学的立场出发，它们又常常被总称为“民国旧派文艺”，但实际上它们的形式复杂，有传统的章回小说，有文言笔记小说，还有现代派的，不管怎么说，被人划归这一类型的作家们，同时也在尝试SF作品的翻译和创作。

对笔者来说，眼下对这一时期的SF状况还处在一头雾水之中，期待将来的发掘和研究，先从翻译小说的状况开始谈起吧。

在这以后的凡尔纳

凡尔纳作品的清末译本得到再版，同时也出现了新的译本，人气长盛不衰，但曾经有过的高潮却已经不再重现。

《海底二万里》的新译本被翻译成《鹦鹉螺》（孙毓修译，1914）和《海中人》（悾悾译，1915年，《礼拜六》第48—56期）。此外，《八十日》（叔子译，1914）、《十五少年》（远生译，1931）、《十五小豪杰》（施落英译，1940）等也出版了新的译本。

但是，如果将凡尔纳当作一种外国文学的知识，有关凡
尔纳的信息，与清末时相比却有了长足的进步。孙毓修的
《欧美小说丛谈》（1916）介绍了凡尔纳和他的作品，1924 163
年小说日报社发行的《法国文学研究》刊登了凡尔纳小传。
于是，曾经介绍说是美国人或英国人，以及用汉字进行各
种音译的凡尔纳，终于有了正确的信息，渐渐地得到了校
正并固定下来。

柯南·道尔和福尔摩斯系列

民国时期SF翻译的一大特征，大概是英国作家阿瑟·柯南道尔（Conan Doyle）的作品得到了介绍。柯尔道南的作品尤其是《夏洛克·福尔摩斯》（*Sherlock Holmes*）从清末时起就被大量翻译，很受中国人欢迎。如果要追溯时代、在这里作简单的介绍，最初的翻译该是刊登在《时务报》（1896—1897）上题为《歇洛克呵尔唔斯笔记》等几篇。这些作品于1899年以《新译包探案》为题由上海素隐书屋发

行。1901 年，柯尔道南的七部福尔摩斯作品得到了译介，题为《泰西说部丛书之一》，以后福尔摩斯作品陆续得到了介绍。

《洪荒鸟兽记》

可是，清末时期福尔摩斯作品的译介是断断续续的。真正开始全面介绍，是进入民国以后。

164 中国最初的福尔摩斯作品集，是 1916 年（民国五年）4 月由中华书局发行的译本，题为《福尔摩斯侦探案全集》，用文言文翻译。在 60 多部福尔摩斯的小说中，书里收录了 44 部。这些作品集据说到抗日战争前反复出版了 20 版，可见中国人对福尔摩斯的喜欢程度。

1925 年（民国十四年）大东书局用白话文译介了九部作品，题为《福尔摩斯新探案全集》。顺便提一下，与福尔摩斯齐名的法国作家莫理斯·勒布朗（Maurice Leblanc）的亚森·罗平作品，也同样由大东书局出版，题为《亚森罗平探案全集》。接着，由中国著名侦探小说家程小青他们重新直译成白话文的《福尔摩斯探案大全集》，于1927年（民国十六年）由世界书局出版。在中国，罗平的人气似乎没有福尔摩斯那么足。

有趣的是，程小青模仿柯南道尔塑造了被称为“中国福尔摩斯”的中国侦探“霍桑”系列，另有一位侦探小说家孙了红塑造了被称为“东方罗平”的怪盗“鲁平”系列。正如勒布朗拉来福尔摩斯写了 *Arsène Lupin contre Herlock Sholmès*[1] 一样，孙了红在《鬼手》这部小说里让霍桑出场，165
与鲁平对峙。

好像有些偏题了。民国时期，福尔摩斯和罗平这些推理的通俗文学，被集中介绍给中国人阅读。作为具有SF阅读背景的通俗文学史，这一点应该预先记在脑海里。

柯尔道南的SF作品，1915年（民国四年）*The Lost World* 由李薇香翻译，中译本标题为《洪荒鸟兽记》，翌年 *The Poison Belt* 被翻译成中文出版，题为《毒带》。

---

[1] 中文译名有《怪盗与名侦探》、《罗平智斗福尔摩斯》等。

摘自《人耶非耶》

H. G. 威尔斯

英国小说家赫伯特·乔治·威尔斯（Herbert George Wells）的作品，虽然在清末时没有得到太多介绍，但到了民国以后，还是或多或少被人获知。

1915 年 4 月，威尔斯的 *Time Machine* 被译为《八十万年后之世界》（杨心一译）[1]，标签“理想小说”；*The War of the*

[1] 现有译本名为《时间机器》。

Worlds 被译为《火星与地球之战争》（李薇香译）[1]，标签“怪异小说”，都由上海进步书局出版。同年，《小说大观》杂志上又刊登了《人耶非耶》（定九、蔼庐译，天笑修辞），标签“科学小说”，这就是人们熟悉的《隐身人》，原作标题 *The Invisible Man*。因为有幽默图，估计是中国人绘画的，所以作 166
一下介绍。

威尔斯另外还有多部作品被译介，如《一个末日裁判的幻梦》（虚白译，1917）、《新加速剂》（更新译，1939）、《莫洛博士岛》（李林、黄裳译，1948）等。

茅盾的 SF 翻译

提起威尔斯，他的短篇《巨鸟岛》由因《子夜》而闻名的作家茅盾（沈雁冰）翻译，译名为《三百年后孵化之卵》，作为“科学小说”在《学生杂志》（1917）上连载。当时的茅

[1] 现有译本名为《星际战争》、《地球争霸战》等。

盾热衷于儿童文学的译

167 介，对这类“科学小说”

也颇为关注。这个故事讲述在无人岛上漂流的男子孵化出在土中被埋了 300 年的巨鸟蛋。译文随意性较大，估计是译自日译本。

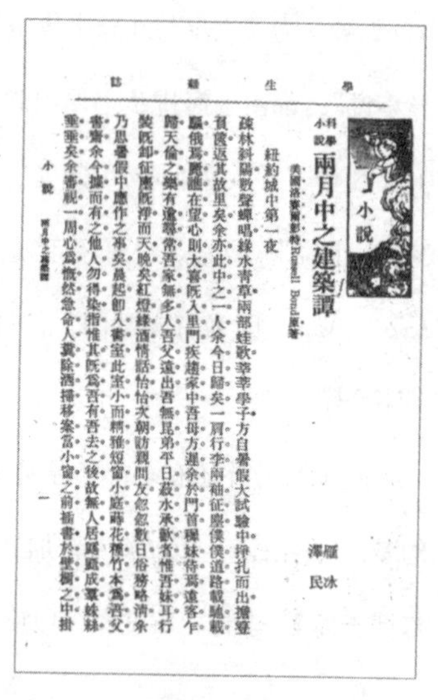

學生雜誌

科學小說 兩月中之建築譚

美國洛賽爾彭特Russell Bond原著

雁冰 澤民

紐約城中第一夜

疏林斜陽數聲蟬噪綠水青草兩部蛙歌莘莘學子方自暑假大試驗中掙扎而出擔簦負笈返其故里矣余亦此中之一人余今日歸矣一肩行李兩袖征塵僕僕道路載馳載驅俄焉麗譙在望心則大喜既入里門疾趨家中吾母方迎余於門首稺妹侍焉遠客乍歸天倫之樂有逾尋常吾家無多人吾父遠出吾無昆弟平日菽水承歡者惟吾妹耳行裝既卸征塵既淨而天晚矣紅燈綠酒情話怡怡次朝訪親問友忽忽數日俗務略清余乃思暑假中應作之事矣晨起即入書室此室小而精雅短窗小庭蒔花種竹本爲吾父書齋余今據而有之他人勿得染指惟其既爲吾有吾去之後故無人居鼯鼪成羣蛛絲垂垂矣余審視一周心爲惻然急命人糞除灑掃移案當小窗之前插書於壁櫥之中掛

小說 兩月中之建築譚 一

《两月中之建筑谭》开头部分

茅盾还以与弟弟沈泽民共译的形式在《学生杂志》上刊登了《两月中之建筑谭》（原著作者美国拉塞尔·布兰德（Russell Bond）），标签为“科学小说”。这个故事讲两名少年暑假期间在纽约参观各种建筑，介绍当时最新的建筑技术。

茅盾还在该杂志 1918 年第 7 期上以“雁冰”的署名刊登了题为《二十世纪后之南极》的短篇，虽然没有写明是翻译，但估计应该是外国小说。故事是说，从 1914 年起长达

85 年的世界战争结束以后，以詹姆斯和塞缪尔这两名冒险家 168
为主的探险队，驾驶高性能飞行机穿越南极的暴风雪，终于到达终点。而且到 26 世纪，南极建立了名为“极乐国”的理想国，并为两位英雄竖立了铜像。

凡尔纳和威尔斯

1935 年，有一篇以“小溪”署名撰写的《理想小说》（《中法大学月刊》第 7 卷第 3 期）的文章。他们作为当时 30 年代中国人撰写的 SF 论来介绍一下。

作者说“科学小说”（作者说它也可以称为“理想小说”）这种文艺完全不入纯文学批评家的法眼，却又说作为文艺的入门作品是适宜的，同时具有培养对自然界兴趣的价值。作者爱好的所谓“理想小说”，就是儒勒·凡尔纳的作品。作者还解释说，那些说科学小说荒唐无稽的人，大概是因为读过了威尔斯和柯南道尔的作品。

凡尔纳和威尔斯在想象力上的差异是，前者追求从当下的科学技术推测新科技发明的可能性，与此相反，后者的追求则在于发明新技术。作者指出这一点，好像还是因为偏爱凡尔纳的缘故。

169 从这个评论可见，当时即使在中国，也已经发现凡尔纳和威尔斯在风格上的不同，据说已经有 SF 粉丝指出了这一点，不过 SF 还是没有受到文艺界的重视。从“读威尔斯小说的人很多啊”这句话可以看出，尽管文艺评论家没有把这些作品放在眼里，但在通俗文学的领域里，读者还是比较多的。同时，从努力宣传威尔斯作品的笔致来看，仿佛在暗示这样一个事实，即在当时 30 年代，威尔斯和柯南道尔的新译本受到人们的青睐，曾经的凡尔纳高潮已经越过巅峰，正从中国人的记忆里消失。

泰山走红、爆棚——译介巴勒斯

前面提到过的亨利·莱特·哈葛德的幻想小说，在清末以后直到民国，由林纾他们特地介绍到了中国。受这位哈葛德的影响，不断构筑新世界的人气作家里，有一位美国作家埃德加·赖斯·巴勒斯（Edgar Rice Burroughs）。

巴勒斯于1912年因《火星公主》（*Under the Moons of Mars*）确立了作家的地位，因“火星系列”、“金星系列”、“月球系列”、“地底世界系列”及“泰山系列”而闻名，是一位多产的冒险SF作家。即使日本的SF粉丝，也有不少人就是从巴勒斯入门喜欢上科幻的。

自《人猿泰山》（*Tarzan of the Apes*，1914）开始的这个系 170
列，全二十六卷。中国人对“Tarzan”有两个对应的词，即“泰山”和“太山”。“泰山”是位于山东省的名山，这个词可以说与英雄很相配。要说猴子英雄，不就等同于孙悟空吗？所以中国人好像特别喜欢读这个泰山系列。

中国最早期的翻译有1923年在周刊杂志《小说世界》上连载的《野人记》（胡宪生译），原作是*Tarzan of the Apes*。第一回里还印着编辑部的宣传文字：“未曾看过这部影片的人，不可不读这部小说，已看过这部影片的人，更不可不读这部小说。”

它似乎得到了极高的评价，在《小说世界》读者栏里，常常刊登着读者对《野人记》的敬慕之情。上海某读者说非常喜欢《小说世界》杂志，尤其称赞《野人记》非常棒：

> 最爱的是《野人记》一篇。这篇虽然没完结，但是
> 他的结干很好！这篇的体材，就是将冒险、义侠、侦
> 探、爱情等等，混合一炉的写出来，没有什么如通非通
> 的之乎者也的一套老文章的，所以我在各种杂志来的时
> 171 候，总管先拿这《小说世界》里的《野人记》先细细地
> 看他，不忍离手，只觉觉得每期刊登太短了罢，希望以
> 后的《野人记》多登些，图也多一些才好。（摘自《小
> 说世界》第四卷第五期“交换”栏目）

因为是难得的佳作，所以文章内还插进了图片。顺便说一下，在连载初期，还刊登着与泰山故事无关、以“世界猿人”为主的珍稀动物照片，就当作“为增添读者的临场感并增强知识性”的图，这也令读者十分喜欢。即使不是“之乎

者也”的文言文，也赢得了读者的赞赏。从梁启超不辞辛劳地使用口译体的《十五小豪杰》起已经过了二十年，可以说梁启超他们的努力绝没有白费。 172

《野人记》在《小说世界》中连载，但不知为何，在“上卷”结束的地方中断了。读者对此不堪忍受：

> 我最佩服最爱看的，就是《野人记》。……现在做到上半段，下半段还没有登出来，使我心很闷闷不乐！不知道几时登出来？使我再看一个舒畅呢？（摘自《小说世界》第四卷第十三期“交换”栏目）

也许是为了迎合这样的人气，泰山作品的全译本终于出版了。那就是1925年商务印书馆出版的《野人记》（胡宪生译）以及《还乡记》（曹梁厦译）。以后，商务印书馆先后出版了《古城得宝录》（俞天游译）、《弱岁投荒录》（俞天游译）、《兽王豪杰录》（李毓芬译）、《猿虎记》（俞天游译）、《复巢记》（俞天游译）、《重圆记》（张碧梧译）等。到1936

年，这些作品被收进《野人记》十卷里。

《野人记》图（《小说世界》）

泰山大概很符合中国人的嗜好。1938 年，上海的百新书局出版了
173 《人猿泰山丛书·第一辑》（章铎声译），收录了《人猿泰山》、《泰山情侣》、《泰山伏虎》、《泰山之子》、《泰山得宝》、《兽王泰山》、《泰山蒙难》、《泰山出险》、《泰山训师》、《泰山漫游小人国》等。此前一年，卢沟桥事件爆发，中国进入抗战文学兴起的时代。1945 年，国共两党进入内战状态。翌年即 1946 年，这套丛书再版。

百新书局出版的泰山系列，1948 年出版了《人猿泰山丛书·第二辑》（章铎声译），收录了《丛林之王》、《义猴救主》、《地窟探险》、《草莽英雄》、《丛林凯旋》、《黄金城》、《猩猩王国》、《豹人国》等。关于“火星系列”、“金星系列”的翻译情况，至今还不详。

泰山在好莱坞被拍成了电影，在中国也是先于小说翻译很早就上映了。[1] 鲁迅非常爱看泰山系列的电影。1933 年在上海第一次看到前一年拍摄上映、由熟悉的约翰尼·韦斯默勒（Johnny Weissmuller）主演的《猿人泰山》以后，鲁迅就经常去观赏泰山电影。不只如此，他还劝后辈女作家萧红等去观赏泰山电影，说：“虽然不怎么有趣，但可以增加动物知识。”也许这应该说是曾经的科学启蒙少年的真实写照，或者应该看作是成年人苦涩的自我辩解。总之，一想起《小说世界》连载时以“增加知识”的理由插入鸟兽图片，当时的中国人以科学启蒙的名义和目的接触泰山系列的人，也许为 174
数还真不少。

顺便说一句，提起当时的美国电影，迪斯尼的动画片好

[1] 《人猿泰山》第一次在美国上映是 1918 年。

像也来了。在《野人记》系列问世时，《米老鼠漂流记》（鲍维湘译，1936）也已经出版，以后还出版了《米老鼠开报馆》（凌山译，1947）那样的书。这真是泰山隆隆动，米奇[1]悠悠来。欲知后事如何，且听下回分解……

其他 SF 翻译

前面介绍了大部头的翻译作品，最后列举几个因 SF 作品而引人注目的人物。

英国作家罗伯特·路易斯·史蒂文森（Robert Louis Stevenson）的 *The Strange Case of Dr. Jekyll and Mr. Hyde*（1886）也是 SF 经典名作。在中国，清朝末期以《易形奇术》（商务印书馆编译所译，1908）为题作过译介。到了民国时期，又先后以《革心记》（陈家麟译，1917）、《化身博士》（许席珍译，1946）、《化身博士》（李霁野译，1947）的标题重新翻译

[1] 米老鼠的别名。

出版。现在中国就将标题统一为《化身博士》。

美国作家爱伦·坡的短篇到了民国以后才频频被翻译过 175
来，却以《金甲虫》[1]等推理作品为主。在中华人民共和国诞生即1949年之前，就已经出版了焦菊隐翻译的《爱伦坡故事集》和《海上历险记》等单行本。

从清末到民国，有名的幻想文学和有着SF构思的童话也得到了译介，这里集中提一提。

乔纳森·斯威夫特（Jonathan Swift）的《格列佛游记》是一部虚构的游记杰作，清末时已有译本。这一时期翻译的标题还有《海外轩渠录》(《大人国游记》和《小人国游记》，范景新译，1932)、《大人国和小人国》(马仁驹、方正重译，1933)、《格列佛游记》(范泉摘译，1948)等，所以在此提一下。

---

[1] 英文原名 *The Gold-Bug*。是爱伦·坡第一部被译介到中国的作品，当时由周作人翻译，题为《玉虫缘》。

收录在美国作家华盛顿·欧文（Washington Irving）短篇集 *A Sketch Book*（《见闻札记》）里的 *Rip van Winkle*，在日本于 1889 年由森鸥外以《新世界の浦島》为题作了译介，至今已经家喻户晓，但在中国却在较早时候的 1872 年就进行了译介，译名为《一睡七十年》，在《申报》上连载。到 20 世纪，林纾和魏易将 *A Sketch Book* 翻译为《拊掌录》，其中的 *Rip van Winkle* 译名为《李迫大梦》。以后又将标题译为《烂柯小史》（李思纯译，1914）、《吕伯温梦游记》（张慎伯译，
176 1936）等作了介绍。它的主题很像《枕中记》和《南柯太守传》，所以他们阅读起来兴许也觉得很有趣味。[1]

另外，美国儿童文学作家休·洛夫廷（Hugh Lofting）的 *Dr. Dolittle*，中文译名有《陶立德博士》（蒋学楷译，1931 年，开明书店）、《兽医历险记》（陈伯吹译，1949 年，商务印书馆）等。[2] 另外，英国作家乔治·奥威尔（George Orwell）的

[1] 现在有译名《瑞普·凡·温克尔》。

[2] 现在有译名《怪医杜立德》。

Animal Farm，译名为《动物农庄》（任稚羽译，1948 年，商务印书馆）。

在短篇中，《雌威》（原著不详。幻新译。1914 年，《礼拜六》第 24 期）描写了 1923 年未来“女人强大起来”的纽约。《微生物趣谈》（原著不详。史九成译。1915 年，《礼拜六》第 35 期）是一部生物技术兵器的故事，讲的是装着霍乱病菌的试验管从伦敦微生物研究室被无政府主义者偷走。

爱丽丝来到中国

刘易斯·卡罗尔（Lewis Carroll）的“爱丽丝”系列被翻译成《阿丽思漫游奇境记》（赵元任译，1922 年）、《镜中世界》（程鹤西译，1929 年）、《阿丽斯的奇梦》（徐应昶译，1933 年）、《阿丽思漫游奇境记》（何君莲摘译，1936 年）、《爱丽思漫游奇境记》（范泉摘译，1948 年）等而大受欢迎。

有趣的是，因《边城》等小说而闻名的作家沈从文，借此创作了他的第一部长篇小说《阿丽思中国游记》（1928）。

爱丽丝登陆中国，见闻当时负面性
177 的现实，其创作方法模仿了清末游
记形式的小说，如贾宝玉见闻社会
的《新石头记》等。但是，只要是
将爱丽丝设为主要角色，就与刘易
斯·卡罗尔的数学荒诞世界无法相
比，因此“爱丽丝”这样水平的作
品，到底是不能拙劣地模仿的。

《阿丽思中国游记》。这是近年发行的

沈从文借用“爱丽丝”的构思，宁可说更接近于清末的“拟旧小说”。当时作品出现时遭到了人们的严厉批评，沈从文自己也说是“失败”的。类似于主题为讽刺现实的老舍《猫城记》(1932)，作者自己也说是“败作”。为什么都想说这类作品是“败作”，我颇感兴趣。但当时中国人都用带着讽刺意味创作长篇小说的手法，大概是用这种游记的形式更容易写，何况这一现象不仅在中国，全世界的幻想性游记小说都有这个通病。

第六章　民国时期的SF创作 179

进入民国时期，称为SF的作品中很少看到长篇，而志 180
怪、传奇的短篇小说多起来。同时，晚清时期很多作品都是描写光明的未来要依靠科学技术达到，但在民国，小说的基调大致都很灰暗，好像利用科学进行犯罪的主题很多。先来看几则这类主题的短篇。

出现令人毛骨悚然的毁灭主题

笔者在清末一章里，怀疑毁灭主题是不是适合中国人。到民国时期，还有一些作者尝试这一题材的创作。

杨心一的《黑暗世界》（1911年，《小说时报》第10期），是说1925年有颗星球停留在地球与太阳引力的中间点上，太阳光被遮挡，地球变成一个黑暗世界，描写了人类在这个黑暗世界里的生存状况。世界末日临近，所以怀有厌世情绪的人群组成了“备死者会”，发生掠夺和暴行。有一天，世界渐渐地变得明亮起来。星星开始错位，平衡也失去了。本以为是星球扎入太阳里，不料却是朝着地球飞来。地球渐渐发热，狂风顿起。不久，星球与地球发生碰撞。

舞台是伦敦，出场人物也变成西洋人，所以看上去像是翻译作品，但没有这样注明标签。吴趼人曾经模仿过的欧美
181 人的毁灭主题，这次是用有些阴冷的笔致和文言文撰写的。

峡猿的《可怕的大行星》（1914年，《礼拜六》第24期），是一万年后的九月，一颗有太阳一千倍的大行星接近地球时的短剧。人类全部都绝望地自杀了，不料星球没有与地球碰撞。故事是说地球在人类灭亡以后，实现了动物们快乐生活的理想国。

催眠术和动物电气的神秘故事

徐卓呆的《秘密室》(1912年,《小说月报》第3年第3期）里写了催眠术：一名男子在被催眠以后因为催眠师突然猝死而无法苏醒过来，84年后靠复苏术才得以醒来。这是一部现代版的浦岛故事。故事说这名催眠师是在催眠的状态下学习催眠术的。后来于止（叶至善）使用同样的题材创作了笔法非常明快的《失踪的哥哥》(1957)，但《秘密室》却是以苏醒男子的悲剧为主题的。 182

《小说时报》以《电世界》为主，刊登了若干篇SF作品

俞天愤《思儿电》(1915年，《礼拜六》第32期）讲述幼年时去世的儿子打电话给父亲的故事。父亲觉得奇怪便去电话局查询，得知这个时间里没有人打来过电话。小说用妻子的口气解释说，父亲是思儿心切，所以脑内的电流对电话机的电气作出了反

应。小说虽然是科学恐怖小说的构思，但结尾处刊有父亲写的“悼儿诗”，比起恐怖，更让人感到憋屈。

硫化氢是捣乱分子——《元素大会》

端生的《元素大会》(1914年，《东方杂志》第10卷第11期)应该是一种科学启蒙童话。

某个晴朗的日子，“我”在学校里上完化学课后走在田间的小路上。“我”对大自然和科学满怀着兴趣，嘴里喃喃说着：“宇宙间之森罗万象，远非人智所可思议啊……”“我”在山中的破庙里休息时，从破庙的后山传来笑声。忽见那里有个洞窟。往里窥探，好像聚集着很多人。我惊诧地以为是野人聚会或是秘密结社的巢穴，有人招呼我进去，他向“我”介绍道：

> 君非某校之学生乎？今日之会，恰与君有密切之关
> 183 系。某等为八十余元素，各率其眷属开大会于此。

以后，是各元素的介绍。比如……

> 一黑面大汉，持身严重，举止笃实，知为铁氏，氏之能力，举世罕有其大，小之刀剑斧斤，大之枪炮船舰，无不赖之以成。虽谓今日之文明，由氏缔造，亦无不可。

> 一极华贵之老汉，由正门入，众皆直立致敬。老汉颔首就坐，作王公骄人态。据言此汉号黄金，在社会上操生杀予夺之权，能左右一国之兴亡，一家之贫富。

> 以上旧会员之外，有新会员陆锹梅者。系法人居里夫妇介绍入会。年虽幼而贡献于学问界不少。某观其神采焕发，洵将来理学界最有望之人才，宜元素中群目之为后生可畏也。

诸如此类。元素大会的会长是最有威望的“氧先生”。 184
氧先生进行演说，为诸会员的健康领头干杯。接着歌舞酒宴继续，突然一名莽汉闯了进来，一边大声叫喊着“让开让开，硫化氢到了！”一听到它的声音，会场里顿时安静下来。金属派最害怕的，就是这硫化氢。

只有一个格鲁林（氯）夫人，毫不变色，指着硫化氢骂道：“你不知道是在侮辱朋友们啊！如果知道自己有体臭，就赶紧出去！你再磨磨蹭蹭的，我就把你分解了！”[1] 夫人提着裙摆走上前来，激烈得眼看就要格斗起来。“我”害怕地逃到外面，忽然发现自己还在破庙里。

日本也有《碳素太閤記》（1926）之类阅读起来颇感轻松的科学启蒙童话，但中国讲述化学元素的童话却非常牵强。它的主题，大概是在志怪小说经常写到的、动植物和器具的妖精变成人形显现的“灵异类”系谱上的。尽管如此，没想到散发着臭蛋般气味的硫化氢，被当作发出刺鼻体臭的无赖。真是长见识了。

---

[1] 中文原文：汝可厌之匹夫，汝品性恶劣，不知自臭，强欲厕身我可贵之元素盛会，侮辱同人。汝何人斯？速去。不者，我必杀汝而分解之。

脑袋会飞的故事——连荒谬的 SF 都会有 185

周刊《礼拜六》经常刊登中国人创作的短篇 SF 和幻想小说。

1914 年，以“野民”署名刊登了连载 3 期的小说《空中坠头记》（第 7 期）、《无身之国》（第 10 期）以及《亚尼蒙城记》（第 12 期）。

先说《空中坠头记》。名叫邹生的学生在校园里和同伴踢足球，脚被人误踢了一下跌倒在草丛里，突然发现什么东西从天空中掉下来。是陨石还是偶尔坠落的飞艇？它渐渐地变大。凝目望去，那是一个美女的脑袋。接着，请看下回分解！

然后是《无身之国》。这个美女对邹生搭腔道：“侬本无 186
身国中倾城之姝……郎如有志，侬当携郎往？”邹生原本就是一个喜欢冒险、好奇心旺盛的少年，一旦“应允其请”，美女便让他口含一粒药。邹生立即感到脑袋迷迷糊糊的，刚觉得在打雷，便变成了一颗脑袋。可是，眼睛痒想揉揉却没有手。他眨眨眼睛皱皱眉头，但还是痒。于是美女教他“提菩罗神，速如予意”的咒语。如此这般一试，眼睛便不痒了。接着美女念咒语，一说“速为予备飞车”，飞车便从天而降。两颗脑袋乘着飞车飞向无身国。

在无身国，当然全都只是脑袋。在美女家住了将近一个月的时候，邹生独自走到花园里。一不留神，一只巨鹰突然飞下，衔着他的脑袋飞走。面对这突如奇来的意外，邹生竟然忘记了咒文的神名，眼看要成为鹰的饵食。原本是出自好奇心才来到无身国的，一想到这里，他的眼泪就止不住流出

《礼拜六》。刊登短篇SF和荒谬小说的《礼拜六》封面大多是喜剧性的绘画

来。正在这时，他忽然想起“提菩罗”的名字。大声地一念咒文，便出现一名神兵，将巨鹰击落。故事还在继续。

接着是《亚尼蒙城记》。邹生的脑袋就这样径直落在大
海里。又因为忘了咒文，海水直灌鼻腔和耳朵，邹生觉得
极其痛苦，提心吊胆地想“断头既可不死，则海水亦不足
死予”，一边却非常笃定。邹生忽然看见军舰在远处航行， 187
心想好不容易得救了，不料舰艇上的水兵把脑袋错当成水
雷，便开始炮击。

这时，脑袋挂上了渔民的渔网。这里据说是亚尼蒙国。邹生骗渔民说“予为上帝部下之神”，渔民敬畏，将他放置在家中。邹生渐渐地被大家尊为神，终于甚至连大王都来请他祈祷治疗王妃的病。他恰如其分地一忽悠，又碰巧治愈了王妃的病，于是大王愈发信仰这个神。可是，大王一去世，反对迷信的王子继位。王子和大臣想要烧掉邹生的脑袋，碰巧下雨火被浇灭。愤怒的大臣将脑袋扔进石臼里，想用杵一口气捣烂它。正在这千钧一发之际，邹生醒来了。学校里的时钟告诉他是下午 4 点。

这是一部荒诞SF的代表作，在1910年代中期的《礼拜六》杂志里，这类荒诞作品比较多且很有乐趣。野民另有《仙枕环游记》（1915，第38期），是描写战火下的伤兵员的幻想的。

狂热的科学家喜欢伦敦？——《贼博士》和《消灭机》

默儿的《贼博士》（1915年，《礼拜六》第57期）里出场的科学家是一个伦敦怪人，他会改变金属原子的排列，使黄金产生磁性并将它吸过来偷走。默儿的《白眉佳人》（1915，《礼拜六》第42期）则是一部描写硫化氢的化学喜剧。

秋山的《消灭机》（1916年，《中华小说界》第3卷第3期）描写发明消灭物质机器的伦敦科学家实施的犯罪。小说中的“消灭机”首先是像特殊写真机那样的机器，必须将想要消灭的物体的“魄像”拍摄下来。将映现物体魄像的魄片插进摄魄箱，对准消灭机的焦点，然后朝着物体启动，物
191 体就会消失。说是消失，好像是被移到另一个次元中，还能

够重新复原。机器的功能和作为生物的生理活动，在消失期间也仍在继续着。科学家开始拍摄政府要人和建筑物、军队、群众的“魄像”，准备征服世界……

《中华小说界》

尽管如此，这一时期的科学犯罪作品里，有很多作品感觉不像是翻译的但舞台也设在欧美、尤其是雾都伦敦，这也许是因为受到福尔摩斯的影响。

快乐的隐身人——《科学的隐形术》

谢直君《科学的隐形术》（1917 年，《小说月报》第 8 卷第 9 期）是一部非常富有个性的、以隐形人为主题的 SF 小说。

“笔者”王衡甫的朋友许伯达在南洋暹罗的热带丛林里与英国科学家史迭笙熟识。听说博士科学家史迭笙按照光学

的原理成功开发了黑色不反射的“真黑色”颜料。眼睛能看见物体是靠着光线反射，但如果将这颜料涂满全身，就不会
192 产生反射，任何人都看不见。“我”从他那里学到了这种隐形的方法。“我”隐形以后十分快乐，便隐身出去旅行，经历了各种非常有趣且诡异的冒险。

小说开头引用新闻报道，说在广州，相信使用道术即“非科学隐身术”会隐形的男子唐景文遭到逮捕，被当作“妖人”处以刑罚，引发了世上是否存在妖怪的议论，构思非常独特。隐形人这个构思在中国自古就有，但与后来叶永烈创作的以隐形人为主题的《神秘衣》（1979）等相比较，也许会很有趣。

威尔斯的著名的《隐身人》于1915年被译成中文，但在《科学的隐形术》这部作品里，丝毫也找不到对威尔斯描绘的那种人是否真的存在的质疑和苦恼，只是一个劲地陶醉在隐形里。阅读起来，又非常轻快。谢直君另外还有《中国之女飞行家》（1918年，商务印书馆《妇女杂志》第4卷第1期）之类的科学传记。

潜水艇系列，无奇不有

清末时期，“气球”和“飞行艇”是SF构思的“宠儿”，一到民国，将潜水艇当作题材的作品变得很引人注目，而且 193
它还不是作为令尼摩船长踌躇满志的那种海底探险之用，而是当作兵器来用的。气球和飞行艇也都很实用，但是人们将关注点从空中飞行的、理想的交通工具，转向了对战争来说更为实用的兵器。清末和民国分别拥有不同的SF情调，用象征性的语言来说，也许可以说是从朝着明亮的天空的“飞翔”，转向朝着黑暗的海底的“潜航”。

比如，孙剑秋的《潜行艇》(1916年，《礼拜六》第87期)，使用潜水艇击沉敌人巡洋舰同归于尽的情节，与其说是SF小说，更像是军事小说。这里可以看到作战结束前“高呼帝国万岁”这一与押川春浪《海底军舰》里一模一样的场景，不过《潜行艇》这部小说却充满着悲怆感。

梅梦的《水底潜航艇》(1918年，《小说月报》第9卷第8期)是一篇与潜水艇有关的科学启蒙小说，小说对潜水艇的构造、机能以及在战争时的重要性等进行了讲解。

该作者同年还创作了《月世界》(《小说月报》第9卷第9期)、《中秋月》(商务印书馆《妇女杂志》第4卷第10期)等小小说。在《月世界》里，它不仅仅提供了与月亮有关的知识，还像下面这样热情洋溢地诉说宇宙旅行的可能性:

> ……没有空气的地方，却有乙脱[1](Ether)满布
> 194 天空，只要发明在乙脱中可以航行的特别器具，不要
> 说环游月世界，太阳系统各大行星，如水星咧、金星
> 咧、火星咧、木星咧、土星咧、海王星咧、天王星咧，
> 均可去那边游玩。与各星球的人类交通往来，倒很有
> 趣味。

志云《烟卷军舰》(1915年,《礼拜六》第50期)讲的不是潜水艇，而是全体中国国民节约以烟草为主的无用东

[1] 乙脱，即以太。

西，最后建立由新式无敌舰艇组成的强大舰队，并将一号舰命名为“雪却累耻”的故事。这是一部战争时期的口号式小说。顺便说一句，“雪却累耻”这个名字里，寄托着“完全扫除多余耻辱”的意思。

很久以后，许地山创作了一部应该称为潜水艇杰作的小说《铁鱼底鳃》（1941），关于这部小说，后面再作介绍。

无敌中国！不能依赖你——《十年后的中国》

劲风《十年后的中国》（1923 年，《小说世界》第 1 卷第 1 期）讲的是 10 年后的“1932 年”未来的故事。

10 年前的中国受尽洋人欺压，即使在国际会议上也没 195
有话语权，但现在大不一样了。全中国没有外国人的势力范围，也没有租界。同时，无论走到世界上哪个国家，没有人不向中国人表示敬意。

10 年前，“我”亲眼目睹外国人的暴行而感到愤慨不已。“我”在一本杂志上看到说西洋人发明了能将物体化成无形的

十年後的中國

勁風

《十年后的中国》开头部分

双倍X光，接着希望能发现三四倍的X光，于是我决定奋发研究。

5年后，中国中部出现的神秘光线惊动了世界。那里映出世界里五彩缤纷的图像，如海市蜃楼一般，从中还传出各种各样的声响。全世界的科学家们纷纷述说自己的猜想，这就是“我”发明的W光。“我”继续研究，又发明了拥有X光12倍功率的光线，因为发光器太笨重，所以又研制了小型发光器，最后终于开发出一个人能随身提携的发光器。

1931年，原型像是日本岛国的“啊哪哒国”开始侵入中
196 国，数百艘军舰和众多飞艇攻打进来。“我”乘上带有两枚旋翼的飞艇，从飞艇上发射出光线，击毁敌人的飞艇，烧毁

敌人的战舰。一直飞到敌国的上空，往下一看，下面不正在举行“中国已经是我国领土”之类的庆功会吗?

……我可气极了，于是对准了他那全国唯一的火药库，发出了一道光。只听得天崩地塌的一声响，全岛上都震动了。一时附近的地方着了火。接着又连放射了两道光，再烧了两个小些的火药库。他们才不庆祝了。

敌人立刻又派出五百艘飞艇，一百艘战舰，可怜还没出发，就触光而融化了。几百年没有喷发的大火山，被光线吸引，顿时喷发起来。敌国像是要塌下去一样。“我”这才发出一张告示：限令三日内把所有兵器都抛到大海里去；从中国抢去的一切权利，都要悉数退还……然后，“我”又发了两道光，止住火山的喷吐。欧美各国害怕中国拥有的科学能力，慌不迭地赶来要求和平。

……不才刚刚写到这里，忽然瞧见门开处，我的

197 “伊”跑了进来，嘻嘻哈哈地嚷着道：

“你又在那里发什么胡说，少瞎诌点罢！……就凭你这么一个人，也想发明什么发射器来……兴国强种，原来是要大家大伙儿齐心努力，研究学问的研究学问，发展实业的发展实业，那么才能把中国弄得富强起来……”

……我被“伊”这么一来，弄得耳根都红了……搭讪着说道：

“这算什么呢？我不过说说玩玩罢咧。况且中国这么大，人才这么多，你怎就晓得没有几个人出来，替中国做这么一番事业呢？”

“伊”道：“等着瞧罢。”

我也道：“等着瞧罢。”

这部SF小说是清末SF风格的、适逢其时地歌唱灿烂的祖国万岁的SF，但是实验神秘光等的情节，简直和《新法螺先生谭》一模一样。一个人打败敌军的设想，就是照搬了

《电世界》。就因为最后有个插科打诨的部分，才使它与这两部作品截然不同，作者创作时大概是意识到这两部作品的。顺便提一下，1931 年日本侵略中国，正如作者在小说中预言的差不多的时间里，日本发动的侵略战争变成了现实。

火星上的猫们——老舍的《猫城记》 198

在那个预言中的十年后的中国，老舍（1899—1966）创作了《猫城记》。这部作品是以讽刺政治、社会为目的而创作的，在《现代》杂志上从 1932 年连载到第二年。

“我”乘坐的宇宙船意外地撞到了火星。机毁人亡，只剩下“我”幸存下来，不久“我”便遇到了长着猫脸的火星人。火星资本家栽培类似于鸦片的珍贵植物“迷叶”当作他们的主食。据说它能使猫人消除劳动的意欲，提高作诗的能力……

老舍在《我怎样写〈猫城记〉》（1935）一文中坦承这部作品是“失败之作”、“荒唐的作品”，主要是缺乏作为文学手段的讽刺手法，甚至连幽默也没有。中国的文学家对自己

老舍

《猫城记》

的作品常常会这样絮絮叨叨地想要作出解释，要想看出其真意在哪里，就必须执着地在字里行间寻找答案。

不管如何，在撰写现代中国的小说史、至少在撰写 SF
199 小说史时，这部作品绝不是“荒唐的作品”。尤其在“文化大革命”结束之后，中国开始提倡“科学幻想小说”，《猫城记》便作为“像老舍这样以前的伟大的文学家也写过 SF”，被硬拖到权威的地位上。这样，它又被硬抬到与鲁迅的《月界旅行》同等的重要程度。

可是，老舍在《我怎样写〈猫城记〉》里，关于这部小说的体裁——换句话说，这个词语是被称为古典SF的西洋小说经常使用的——作了解释。

> 《猫城记》的体裁，不用说，是讽刺文章最容易用
> 而曾经被文人们用熟了的。用个猫或人去冒险或游历，
> 看见什么写什么就好了。冒险者到月球上去，或到地狱
> 里去，都没什么关系。他是个批评家，也许是个伤感的
> 新闻记者。《猫城记》的探险者分明是后一流的，他不
> 善于批评，而有不少浮浅的感慨；他的报告于是显着像 200
> 赴宴而没吃饱的老太婆那样回到家中瞎唠叨。

有人说这部作品是受到了美国作家巴罗兹“火星系列”的影响。读上面的引文，老舍也许熟知欧美以讽刺为目的虚构的旅行记——这类作品的佳作有斯威夫特的《格列佛游记》和西哈诺·德·贝热拉克（Cyrano de Bergerac）的《另一个世界或月球帝国》（*L'Autre monde ou les Etats et Empires de la Lune*）等。在中国，不仅是SF，清末小说大多喜欢使用这个体裁。可以说，《猫城记》作为一部褒贬不一且受时代捉弄的作品，同时又作为现代中国创作的虚构游记，是一部极其重要且趣味横生的作品。也许正是这个原因，它在日本也作为优秀的“中国SF”而被译介。

滑稽童话的旗手——张天翼的《好兄弟》和《秃秃大王》

中国著名儿童文学家里有位作家名叫张天翼（1906--1985）。在这里，我将他视为滑稽幻想文学的旗手进行介绍。

张天翼

提起张天翼，他在中国文学史中
是一位无可争辩的儿童文学大家。代
表作有中华人民共和国成立以后创作
的《宝葫芦的秘密》（1957）等。这
201 部作品我也十分喜欢，归到民国时期
的作品里，读着会让人感到非常可
怕。作为这一类作品的代表作，我们

《秃秃大王》

《大林和小林》（中国少年儿童出版社版）

介绍一下《好兄弟》。

《好兄弟》又名《大林与小林》，是张天翼最早的长篇童话小说，1932年由杂志《北斗》连载，1939年以《好兄弟》的标题由上海文化生活出版社发行，到中华人民共和国之后的1956年，更是经过大幅度修改，以《大林与小林》的标题由中国少年儿童出版社发行。

这是一个讲述大林与小林这对孪生兄弟分道扬镳，哥哥走资本家之道、弟弟走劳动者之路的故事，出场的还有会说话的古怪的动物们。这部作品里穿插着很多卡罗尔“爱丽丝”式的荒唐游戏，尤其是还有逆向采用活字印刷术等的情节，十分有趣。

可是，与民国时期的作品修订本相比，可以说两者是截
然不同的作品。中国的文学作品，例来都会根据不同的情势
经常进行修订，这里推荐的是民国时期的版本。修订版显然
202 是用作新中国的宣传而进行修订的。将旧版《好兄弟》翻译
成日文的伊东贵麿，在他的“解说”里这样说道：

> 这部小说整部作品都在讴歌劳动者的胜利。可是，战后修订过的，劳动者最后又气宇轩昂地当众演说，洋洋得意。但我认为这是蛇足。洋洋得意，在一流的作品里是没有的。这是喜好的问题。……我再说一遍，这部作品是一部很棒的作品。我确信，这部作品，即使将日本战后的童话全部加起来，也无法望其项背。

张天翼的其他作品，还有暴君“秃秃大王”的恐怖政治
故事《秃秃大王》(1933)，在空旷的空气中描写嗜好污物、 203
嗜食人肉的主题。此外，还有《金鸭帝国》(1943)这一类似
的作品。

我这样的人读着张天翼的这些作品，会联想起也同样颇为喜欢的筒井康隆的绘画本《三丁目が戦争です》等作品。在儿童文学的领域里，一般都很忌讳残酷的描写，但张天翼的残酷童话，宁可说好像与中国文学的本质性元素有关。三部作品全都是以中华风格的“讽刺”为目的的，但那种“讽刺”，加上原本就是“儿童文学”和“童话”，与西洋的那些元素本质上就是不同的，难道不是吗？从这个前提开始阅读，也会很有趣的吧。

六十年后的大同世界

再列举一个同样是1932年的作品。那就是韩之湘创作的预言小说《六十年后之世界》。

韩之湘《六十年后之世界》

故事是说有个老人乘坐模仿仙鹤的飞行机降落，姬太玄在老人的引导下被邀请到山中的庵堂
204 里与周靖侯认识。两人决定远航国外，研究各种科学，这时遇见了傅春江、卫道生两人，两人又与从洪水中被救出来的孤儿孝儿相识。孝儿很关注火山的研究。他们远航美国，在船里救起投水自杀的中国少女明珠并与她成为朋友。他们在美国见识了各种各样的奇怪现状，同时悉心进行钻研，回国创造新的世界。

近未来的内战小说

1932年发表的长篇理想小说《滑稽英雄》，作者署以“海上客”的笔名。故事的舞台是5年后的中华民国三十一年

（1942）这个不远的未来。

虽说是三权分立，但事实上政府处在立法院的专制之下。立法院里名叫王希望的人设立了独裁体制，在行政院和司法院里安插了仰立法院鼻息的官员，政治极其混乱。

然而不久，反对行政院的地方政府对中央高举叛旗，中央出动军队，派遣年长的政治家去策反，反而被说服而成为反叛军的同党。于是，反叛军的势力占据优势，最后革命成功。

这是一部描写不远的未来中国内战的小说，刻画政治家和军人们的讨价还价，以及与“法宝”相关的高科技武器的使用场景。

不过，不太理解作者为什么会使用《滑稽英雄》这个标 205
题，而且封面上弹奏小提琴的哥哥，也与这部小说没有丝毫关系。

顾均正的“科学小说”

从 1939 年起到翌年，顾均正（1902—1980）创作了四部

顾均正《和平的梦》

海上客《滑稽英雄》

SF小说，有《和平的梦》、《在北极底下》、《伦敦奇疫》以及《性变》。

顾均正1923年在商务印书馆理化部当编辑，同时开始翻译以安徒生为主的外国童话和小说。他在上海大学也进行有关世界童话的讲课，后来在开明书店任《中学生》杂志编
206 辑，为该杂志翻译法布尔（Jean-Henri Casimir Fabre）的《化学奇谈》。除此之外，他还在《太白》和《读书生活》等杂

志刊登被称为“科学小品”的科学启蒙文章。

顾均正

《和平的梦》的内容如下：

好像是指日本的某极东帝国非法要求割让美国南部，两国处于战争状态。战况对美国有利，胜利触手可及，但潜入极东国进行间谍活动的马林查明那里已经发明了神秘的新式武器，恐怕已经投入使用。他回国将这一情报向本国作了报告，但不知为何，国民的舆论却是叫喊着同情和拥护极东国，甚至还有议论说他们的要求是正当的。马林感到怀疑却依然还是向谍报部作了汇报，但他当场就被解职了。

不得已，马林只好独自进行调查，查明国民感情的变化其实是敌国工作人员混入美国的收音机广播里，用一种催眠音乐造成的效果，人们在毫无知觉的状态下接受它的暗示而被洗脑了。极东国神秘的新式武器，其实就是这精神控制广播。马林坐飞机查找电波的发信源头，终于查出隐藏的秘密

207 广播局，消灭了那里的工作人员，逮捕了发明这新式武器的极东国李谷尔博士。

“你是美国的军事侦探！”李谷尔大声说，两眼不住地凝视着马林的面孔。然后在他灰白色的脸上露出了一种胜利的笑容，“你找到了我的电台——但是太迟了。我的计划已经成功了。”

“现在就要你由成功而变为失败。”马林坚决地说。他肩上的刨口在作痛，但是他熬着这痛苦，还是直挺挺地站着。

李谷尔微笑点了点头，显然表示出一种骄傲藐视的神情。

“现在你已没有方法来推翻我的计划了。这几天来，我已用催眠的命令向美国民众移植对极东亲善的意识，你们的国会已经决定在明天早上就投票表决停战和接受极东国要求的事。纵使你向全国传布你的新闻，可是决不会有人相信你。总之，现在你已没有方法来改变我移植在贵国人民心底里的意识了。”

“这个我知道，”马林也狞笑地说，“不过现在还有一个方法可以推翻你的计划。你可以自己去推翻它。”

马林使出全身的力气将李谷尔打倒，硬逼着晕倒的博士 208
进行新的精神控制。李谷尔不得已进行了内容为“极东国是美国的仇敌，美国决不能向极东国屈服”的洗脑广播。于是，美国再次向极东国燃起了斗志。

《在北极底下》中，某科学家破坏地球磁性之源的北极磁铁矿床，取而代之的是他自己发明的人工磁石。他以保护地球磁性、启动人工磁石为条件，向世界索要巨额报酬。这个要求因为科学家的计算失误而以失败告终。小说描写了主人公潜入秘密基地企图阻止计划的过程，是一个悬疑的结构。

《伦敦奇疫》是一个讲述散布在伦敦空气中的细菌武器的故事。

《性变》这部作品在科学犯罪的故事上，加入性转换这一在中国志怪小说里频繁出现过的主题。

从顾均正作品的粗略介绍中，也许有人会想起日本海野十三和中山峰太郎的军事科学小说。收录顾均正最初三部作品的单行本《和平的梦》于1940年出版。当时中国正兴起抵抗日本侵略的抗战文艺。翌年1941年，由于日军攻击夏威夷珍珠港，日本与美国进入了战争状态。

209 据顾均正《〈和平的梦〉序文》说，在继“八·一三”即卢沟桥事变之后的1937年8月13日，日军进攻上海[1]以后，人们都开始饶有兴趣地阅读威尔斯的*The Shape of Things to Come*（1933）。[2]要说为什么，是因为里面已经预言日本与中国将发生战争。顾均正认为，威尔斯的正确预言是靠着其丰富的想象力和科学的思考得来的，于是对“科学小说”产生了很大的兴趣。而且，顾均正贪婪地阅读美国*Amazing Stories*[3]和*Thrilling Wonder Stories*[4]等美国SF杂志，但这些都缺乏科学要

---

[1] 指淞沪战役。

[2] 现有译名《未来互联网纾》、《抽丝剥茧》等。

[3] 《惊奇志》。

[4] 《颤栗冒险故事》。

素，他感到很失望，最后终于亲自执笔，结果结出了《和平的梦》等作品的果实。

但是，研究中国当代文学的上原香在2015年9月的研究年报《现代中国》第89号上发表的文章《顧均正における米国SFの受容——『在北極底下』を中心に》说，据最新考证，顾均正的部分作品不是原创，而是对美国SF作品进行了编译。如《和平的梦》，原作 *The Conqueror's Voice*，作者罗伯特·卡斯尔（埃德蒙·穆尔·汉密尔顿）（Robert Castle [Edmond Moore Hamilton]），刊登在 *Sciense Fiction* 1939年第1卷第1号上;《伦敦奇疫》，原作《The Invisible Invasion（《无形入侵》），作者弗雷德里·阿诺德·库梅尔（Frederic Arnold Kummer, JR），刊登在 A*mazing Stories* 1939年第13卷第4号上;《在北极底下》，原作 *Under the North Pole*，作者埃德·厄尔·雷珀（Ed Earl Repp），刊登在 *Dynamic Science Stories* 1939年第1卷第2号上。

上原香仔细比对了原作和顾均正的作品，认为这三部都不是完整的翻译，而是经过了加工，如补充科学知识、删除人物对话等。

悲哀的高科技——许地山《铁鱼底鳃》

不过，另外还有以科学发明为主题并表现得更为深刻的作品，就是在《和平的梦》发表的第二年许地山创作的《铁鱼底鳃》（1941）。许地山（1893—1941年，笔名“落花生”）
210 是著名的作家、学者，在日本也因《巣を作る蜘蛛》[1]和刘晓庆主演的电影《春桃》等作品而闻名。

在一个空袭警报不绝、混乱不堪的大城市的街道上，主人公黄先生与老朋友雷老人相遇。雷老人说发明了新产品，将黄先生带到家里。黄先生走去一看，那是潜艇模型。据雷老人说，这上面设有新发明的人造“鳃”，能从海里吸取氧气，排出二氧化碳。接着他还开发了遥控的“游目”（水中摄像机）。因此，如果大量建造新型潜艇，中国就是无敌

[1] 中文标题《缀网劳蛛》。

许地山

的。雷老人一边这样解说着，一边十分谨慎地让他看“鳃”的部分试制品和潜艇的设计图。

雷老人希望开发这项发明能拯救祖国。他想将这项发明奉献给国家，使祖国变成强国。黄先生善意地劝告他说，既然如此可以向当局提出申请，雷老人却摇着头说，即使向现在的当局提出申请，官员们也尽是些昏官，不会理睬的。

几天后，城市因侵略者入侵而陷于混乱之中。不久，黄先生再次遇见雷老人。雷老人只带着设计图和“鳃”模型逃难而来。黄先生对雷老人表示出善意，但无法做到根本性的解决。那天，黄先生送走了坐船出去旅行的雷老人。过了一段时间以后，黄先生听到一个传闻，说雷老人不小心将模型从手上滑入到大海里。雷老人也紧追着模型跳进了大海里，之后就没有从海里浮上来……

《新纪元》、《电世界》以及《十年后之中国》等一系列

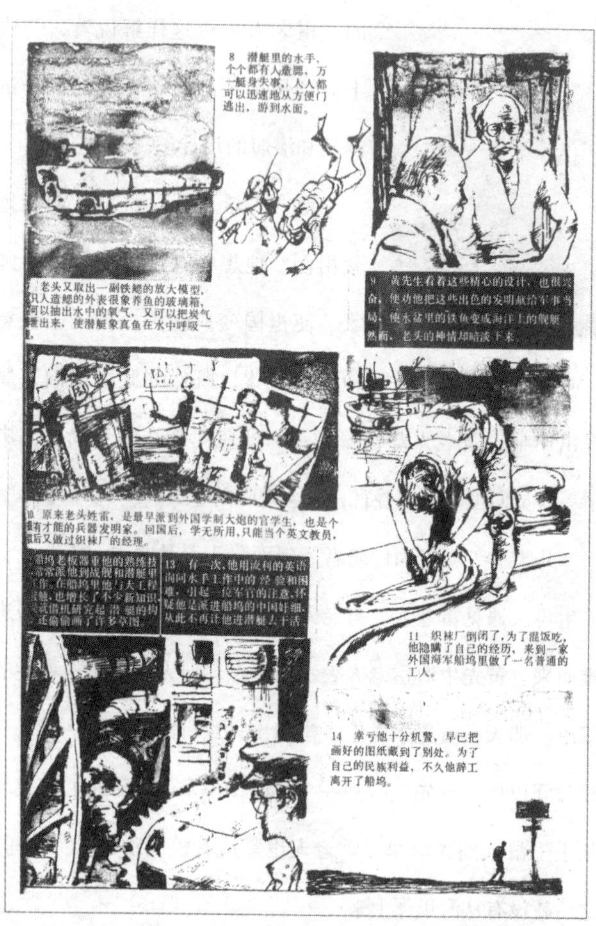
老头又取出一副铁鳃的放大模型，
只人造鳃的外表很象养鱼的玻璃箱，
可以抽出水中的氧气，又可以把炭气
出来，使潜艇象真鱼在水中呼吸一
8 潜艇里的水手，
个个都有人造鳃，万
一艇身失事，人人都
可以迅速地从方便门
逃出，游到水面。
9 黄先生看着这些精心的设计，也很兴
奋，便劝他把这些出色的发明献给军事当
局，使水盆里的铁鱼变成海洋上的舰艇。
然而，老头的神情却暗淡下来。
10 原来老头姓雷，是最早派到外国学制大炮的官学生，也是个
有才能的兵器发明家。回国后，学无所用，只能当个英文教员，
后又做过织袜厂的经理。
11 织袜厂倒闭了，为了混饭吃，
他隐瞒了自己的经历，来到一家
外国海军船坞里做了一名普通的
工人。
船坞老板器重他的熟练技
常常派他到战舰和潜艇里
工作。在船坞里他与大工程
触，也增长了不少新知识
就借机研究起潜艇的构
还偷偷画了许多草图。
13 有一次，他用流利的英语
询问水手工作中的经验和困
难，引起一位军官的注意，怀
疑他是派进船坞的中国奸细，
从此不再让他进潜艇去干活。
14 幸亏他十分机警，早已把
画好的图纸藏到了别处。为了
自己的民族利益，不久他辞工
离开了船坞。

连环画《铁鱼底鳃》

“强大中国”的梦想故事，全都是优秀的“法宝”带来的。212
《新纪元》是中国依靠汇集科技精粹的“法宝”而君临世界;《电世界》是向宇宙请求“法宝”拯救光靠技术无法得到拯救的人类;《十年后之中国》是说发明“法宝”的优秀人材终于出现、拯救祖国。可是,《铁鱼底鳃》的主题讲述的却是国家不用带有“法宝”的优秀人材这一已入膏肓的病态悲剧。

清末小说里的民族英雄们，很多人都姓“黄”，表示炎黄子孙，是黄种人。《新法螺先生谭》里的黄老人、《新世纪》里的黄之盛、《电世界》的黄震球……《铁鱼底鳃》的黄先生只能目睹着雷老人和其“法宝”葬身海底。不幸的是，许地山是在创作《铁鱼底鳃》那年去世的。

发生在月球上的经济恐慌童话——《月球旅行记》

在 20 世纪 40 年代初期极具个性的作品中，就有周楞伽创作的《月球旅行记》。1941 年 5 月，它作为上海山城书店

“创作童话新刊”丛书之一而出版。这部作品是196页的长篇。1947年，上海光明书局将作者名改成“林志石”，重新包装设计后出版发行。

林志石《月球旅行记》

作者周楞伽1915年出生，江苏人，是作家、编辑，作为古典文学研究家而闻名。除“林志石”之外，他还拥有很多笔名。1931年以后，他在《小学生》杂志里发
213 表了大量的童话。在日本占领下的上海，他坚持抗战文学，
提倡文艺的大众化，当过好几家文艺类杂志的编辑。中华人民共和国建国以后，他负责出版社的经营和编辑，专门校订和研究中国古典文学。他童话作品，有短篇集《小泥人历险记》等。

看看光明书局版本的封面：在某座城市的蓝色夜空里，画着闪着耀眼光芒的弯月和星星，一架双翼飞机掠过那片夜空。

第一章是这样开始的：

> 十月十五日，是小冬的生日。十月是冬天的第一个月。小冬生在十月里，所以他的爹爹妈妈给他取名为“小冬”。

这名少年小冬是这部作品的主人公。如果在生日那天收到礼物，有件东西他无论如何都想要得到，那就是用铝制作的飞机玩具。一年前，他与父母一起去了“儿童世界”百货 214
商店。他就是在那里看见了那架铮亮的飞机模型，价格是十元。小冬一直纠缠不休，于是父亲便说：

> 花十元钱买一件玩具，太浪费了，还是买一件价钱比较便宜些的吧，反正玩玩就要坏的。

于是，便宜归便宜，但是小冬得到了并非特别想要的玩具，他的心情无法平静。不把那架漂亮的飞机弄到手，他就不甘心。

今天是生日，应该能收到礼物。亲戚也会来访，为他购买那架飞机的可能性也陡然增加。可是，期望一个接一个地落空。父母什么也没有为他买，只是为他做了碗生日面。亲戚来是来了，但带来的尽是些令他感到很扫兴的玩具。最后来的是爷爷。他心想：爷爷也不会理解我的心事。小冬几乎已经死心，不料爷爷带来的礼物，竟然是那架模型飞机。小冬面对这料想不到的礼物，欣喜若狂。爷爷对小冬这样说道："哎，你坐着这架飞机飞给我看看。"

215 这部作品开始得像一个天衣无缝的神话，但读者诸君，你不能受它的欺骗！

他们坐上不知为何如此巨大的飞机，就这样起飞了，朝着高处、再高处飞去。而且，他们使用从青蛙身上获取的"氧气袋"顺利通过真空空间，毫不辜负小说的标题，两人顺利飞到月球。他们着陆的地方是个名叫"梦城"的都市国家！

月球上居住着高智慧的生物，形成了文明社会。首先是"梦城"的月球人，他们长着像猫一样的面容。小冬和爷爷很快记住了他们的语言。月球人没有名字，用表示其特征的文字产生的姓和号码称呼。比如，他们最早见到的是“一〇一朋”，负责接待他们、操持着太阳系各行星语言的导游名叫“三六九月”。

不凑巧的是，“梦城”与被称为“雄城”的都市国家正陷入交战状态。雄城人长着狗一样的面容，很好战。两个地球人被卷入到月球的战争里。

月球上没有铁，竹子拥有铁一般的价值。竹炸弹的威力极其厉害。两人与月球人一起逃出梦城，跑进太阳系各行星人的居住地——“悬空岛”避难，因为“雄城”唯独不能攻打悬空岛。可是，在“悬空岛”的生活也非常艰辛，总之
难民拥挤不堪极其混乱。物价飞腾，就连居住的房屋都找不 216
到。梦城的货币不断贬值。幸好小冬凑巧带着地球的低廉硬币，在月球上具有珍稀的价值。小冬将它们换成钱，破解了一个接一个袭来的经济难题。

因为篇幅关系，不能详细介绍这部作品，要大致感受到它的内容，可以看一看下面提示的目录。

“小冬生日的礼物”

“小飞机飞起来了”

“月亮里的城”

“梦城和雄城的战争”

“小冬叔侄观战”

“惊人的渡江费”

“房屋恐慌”

“百物腾贵”

“外汇紧缩”

“黑市场”

“一〇一囤货”

“小冬顶房子”

“租屋投标”

“戏院观光”

“无线电封锁”

“小冬救济穷人”

“金星参战”

“大水淹没悬空岛”

最后自夸在太阳系拥有最强大经济力量和军事力量的金星，对雄城发出“再不后退，金星将要介入战争”的警告，雄城不得不有所收敛而停止战争。可是，刚觉得已经平静下来，大水又向悬空岛袭来。这座岛渐渐地被水淹没……

就在这个时候小冬醒来了。原来是以前经常出现、并且是中国伟大的传统——梦境。小冬的身边，爷爷买给他的模型飞机在闪闪发光。

这简直是模仿老舍《猫城记》的构思。不管怎样，月球 218
人也长着一张猫脸。梗概像是在读将舞台设在不远未来的经济恐慌小说。

作品开头设了个“小引”，作者这么说道：

> 我希望小读者们千万不要误会，以为这部月球旅行记是什么科学小品。这其实是一部童话。像你们平时所常看的新奇有趣的童话一样，绝无丝毫枯燥乏味的地

方。这里面自然大部份都充满了幻想，但也不是全无根据的，聪明的小读者在读完全书以后，一定会明瞭这月球里的地点，像地球上的什么地方。

可是，在我看到的上海图书馆所藏的山城书店初版本里，有一段手写的文字不知是根据什么东西写的。这里引用一下：

> 读者们，当你们看完此书后感觉怎样？是不是代表
> 219 第二次世界大战的描写？我看是对的。他拿“梦城”比作中国人，“雄城”比作日本，“金星”比作美国，而以金星的飞行堡垒比作原子弹，“一〇一”比作发国难财的奸商。金星国的“金币”比作金，“梦币”是法币，等等不计。

同时，这么写的人最后还这样写道：

> 中国能否办得到真民主？我很希望能办到这点，那我就甘愿牺牲一切。

SF和图解——画报和连环画

民国时期创刊了许多科学启蒙杂志。除了《科学大众》、《科学世界》、《科学画报》、《科学的中国》等以启蒙为主的杂志之外，甚至还有《化学世界》、《电世界》、《工程界》等分门别类的科学类专业杂志，分门别类，五花八门。这些杂志刊登了大量带有图解的、介绍世界发明、或不远的将来将要完成的机械想象图等。它们本身不是SF，
但却刺激了读者们的“惊险感”，不久便将离SF只差一步 220
的各种故事，投影到读者们的脑海里。也就是说，这些杂志达到了与清末《点石斋画报》同样的刺激视觉的可能性，这是不容置疑的。

中国有一种被称为“连环画”的漫画。翻阅民国时期的目录，可以发现不少标着《电人》、《电机人》、《电国秘

杂志《科学的中国》(1934)

杂志《科学大众》(1948)

密》、《科学飞行车》、《科学飞行炮》、《科学怪人》、《科学炮》、《科学研究炮》、《科学侦探》、《科学原子 ABC 的秘密》、《科学梦游记》等带有科学启蒙意味、或者标有 SF 标题的作品。

陈光镒的《科学封神榜》(1946)里，在神怪小说《封
220 神演义》里出现的兵器全都摇身一变而成为高科技兵器。你看！装上翅膀的人在胸部安装着火箭喷射式飞行推理器（见

连环画《科学封神榜》

上图）。妲己的带子一接触到机械操作杆，她就会处在光线的照射下（见下图）。

222 SF 电影

中国电影的历史始于 1905 年。在长达百年的中国电影史中，SF 电影是以何种样式存在的呢？不得不说这个问题至今还是不能太乐观，不过 SF 构思的作品还是应该介绍一下。

提起中国制作的 SF 电影，经常提到的是《珊瑚岛上的死光》（1980），其实在这之前也制作过几部拥有 SF 旨趣作品。

先介绍一部《六十年后上海滩》（1938，新华影业公司）。

上海的工薪族韩某、刘某一对伙伴，两人都家庭经济拮据却在外生活放纵。那年岁末除夕，两人在舞厅寻欢被妻子们发觉，各自被拉回家关在阁楼里。两人枯坐无聊作了反省，甚至洗心革面想到要改造家庭、改造世界，少顷便鼾然入梦。

忽然地球开始高速自转，光阴荏苒，已是六十年后的上

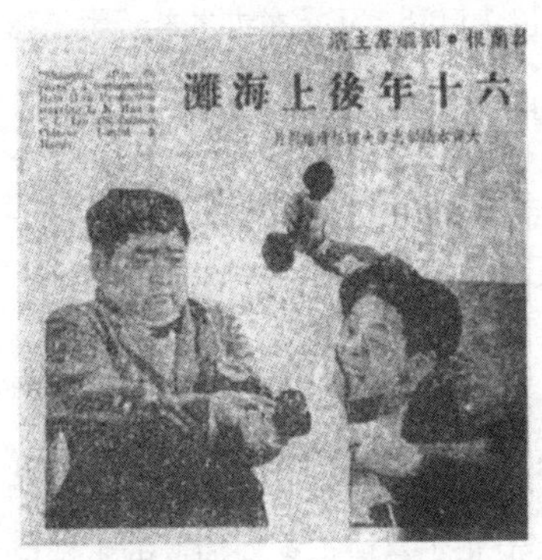

电影《六十年后上海滩》海报

海滩。此刻广场工地上掘出两具人的尸体，经某大学教授检验，方知为六十年前死去的韩某和刘某。两具尸体依靠科学的方法得以复活。

教授叮嘱两人不要 223
回家之后，给他们的孩子打了电话。闻讯赶来的孩子们皆已白发，相见愕然。两人回家心切，乘人不备溜出研究室，但面对时代的变迁，两人不知所措，频频失态。

在这个时代，人们已经没有姓名，全部都用数字称呼。气候也已经可以人工设定。两人任意扳动设定气候的机械，天气或冷或热、或雨或雪，愤怒的市民们涌入市政局将这两人抓住。教授决定再次让两人入眠，两人恐怖之极，在大声叫喊时醒了过来。

定神一看，他们正身穿殓衣，家人围在边上哀哭，原来两人长卧数日不醒，家人以为已死，正要举办葬礼。滑稽搭档是当时著名的喜剧演员韩兰根和刘继群，用真名演出。

《长恨天》（1942）是一个悲壮的恋爱故事，大地主的儿子沈泓和童养媳阿珍相爱，后来他离开阿珍与外交总长的女儿结婚并做了外交次长，因得罪妻子而遭到外交部长的侮辱，于是又到处寻找阿珍……在开头和结尾出现两个幽灵
224 在歌唱的场面，画面下还正儿八经地出现歌词。电影结尾是事件发生的几年以后。这对情侣听说宅地里会出现两个因为恋爱悲剧而殉情的幽灵，便议论“人有没有灵魂”。男子说:“在二十世纪的科学时代，不会有这种灵魂的。”这时，两个唱着歌白影出现，虽然并不十分吓人，但的确营造出了一种惊悚感。

马徐维邦是一位另类风格的电影导演。其代表作是《歌剧魅影》（*Le Fantôme de l'Opéra*）的中国版《夜半歌声》（1937）。革命志士宋丹萍当上剧团演员后隐退，但他的歌声却颇受欢迎。他与富豪之女李晓霞陷入恋情，遭到富豪的阻挠。他的脸被暗恋富豪女的恶霸洒上硫酸，面容变丑，变成一个戴着

面罩的男人。面对精神失常的李晓霞，他每到夜半时分，便躲在戏院顶楼唱歌。十年后，某剧团的青年孙小鸥在破烂不堪的剧场里练习唱歌，与面罩男人宋丹萍相遇，受宋丹萍嘱托为李晓霞唱歌……

在它的续篇《夜半歌声·续集》（1941）里，宋丹萍请痛恨美丽事物的科学狂人施行整形手术“恢复原来的面容”，不料取下包扎带一看，变成了一张更加可怕的骷髅般的脸。与玛丽·雪莱《弗兰肯斯坦》等怪物主题相联的作品，在这个时代的中国也在创作。除此之外，马徐维邦还创作了小说《麻风女》（1939），刻画了一个因荒唐的迷信而受到社会排斥的麻风病女人。 225

在这些作品之前，马徐维邦就导演过无声电影《空谷猿声》（1930），是一个讲述诱拐少女的大猩猩的故事。原以为是改编自埃德加·爱伦·坡（Edgar Allan Poe）的《莫格路上的暗杀案》（*The Murders in the Rue Morgue*），其实却是伪装成大猩猩的科学狂人想利用年轻女人的肉体制成长生不老之妙药。无论《夜半歌声·续集》还是《空谷猿声》，都是描写科

摘自电影《夜半歌声》。被抓住的主人公

摘自电影《夜半歌声·续集》。骷髅男

《夜半歌声》也有连环画版

学狂人和他们的实验室，故事的构想很值得一看。 226

除此之外，在当时的武侠电影里，怪人和怪物频频出现，在战斗等场面里经常使用初级阶段的摄影特技。

“科学文艺”的坚守者们

在叙述中国SF史的时候，SF向来被归到“科学文艺”这个艺术类型里。在“科学文艺”里，不仅仅是SF小说，也包括科学启蒙文章。这一类科学启蒙文章稍稍偏离了本书的关注范围，但还是有必要提及一下。在中华民国时期，此类作品被有意识且大量地创作，是因为一位名叫陈望道的人在1934年创刊的杂志《太白》上开设了“科学小品”栏目。杂志的主要执笔者中，有高士其、贾祖璋、董纯才以及前面介绍过的《和平的梦》等SF小说的作者顾均正等人。

高士其（1905—1988）的代表作是《菌儿自传》（1936年在《中学生》杂志连载，1941年开明书店发行），作者自

高士其

已都说这“不是科学小品而是科学小227 说”，是模仿鲁迅的《阿Q正传》，拟人化地描写细菌“菌儿”的。

贾祖璋（1901—1988）的代表作有《鸟与文学》（1935）、《生命素描》（1936）、《碧血丹心》（1942）等，大多是一些宣传抗日救国色彩很浓的作品。

董纯才（1905—1990）除了翻译法布尔《昆虫记》以及苏联儿童文学家伊林的作品之外，还有受这些作品的影响而创作的《动物漫话》（1935）、科学童话《狐狸夫妇历险记》（1937）、《麝牛抗敌记》（1937）等。它们全都是介绍动物的习性，强调动物的牺牲精神和勇于面对敌人的大无畏精神等。

董纯才

这些都不是所谓的SF小说，但是在后来提倡“科学幻想小说”时，都被划入“科学文艺”的范畴，要求借助科学知识的启蒙或科学知识的兴趣起到灌输政治意识的作用。但是，在文艺界这样的“常识”背后，由这些民国时期的“科学文艺”作品传承下来的鲜明形象，不是还完整地保留着吗？

神童眼里的宇宙地理学《大千图说》

此外，虽然不能算是所谓的SF小说，但在西洋传入的
天文学知识的明显影响下，民国初期的1916年，诞生了一部
题为《大千图说》的神秘作品。作者江希张，据说当时只有
10岁，是位神童。因为《大同书》的作者康有为也称赞他
为“奇才”，所以他也许是有名的毛头小子。这本书是一种
宇宙谱。书里将传统的道教宇宙观和近代天文学浑然一体 229
地表现出来。有趣的也许是星球的目录。从太阳系的行星
到宇宙深处的某颗星球，到星球的地理学和栖息的生物以
及它们的语言文字，都描写得十分详细。这仿佛是神童与

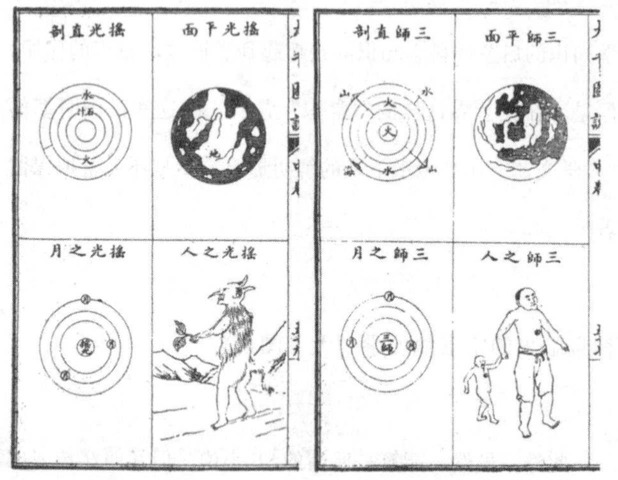

摘自《大千图说》。星球的目录

宇宙的知性相互感应的结果而带来的信息，归根到底是布拉瓦茨基夫人（Helena Petrovna Blavatsky）和伊曼纽·史威登堡（Emanuel Swedenborg）的中国版，无论如何也属于一本超自然的书吧。

中华民国时期的“科学小说”论

最后，了解一下中华民国时期写的“科学小说”论。

还是刚进入民国的时候，管达如就在《说小说》(1912年,《小说月报》第3卷第5、7—11期）一文里，尝试给当时的小说进行分类。在那个“(丙）性质上分类”项目里，他提出了“武力的”、“写情的”、“神怪的”、“社会的”、“历史的”、“科学的”、“侦探的”、“冒险的”、“军事的”等各种文学类型的名称，来看看他的“科学的”吧：

> 此种小说，中国旧时无之。近来译事勃兴，始出见
> 于社会。盖由吾国科学思想不发达故也。夫小说之性
> 质，贵于凌虚。科学之性质，贵于徵实。两者似不相 230
> 容。(省略）苟有深通科学兼长文学之士，覃精著述。
> 未始不足于小说界中，别开一生面矣。

SF是试图将“科学”和“文学”这一对不相融的东西进

行融合，回想起来，对此感到困惑的议论，在日本也曾经出现过。

“中国SF不发达”之类的议论，其原因不就是由于不了解“已经有人创作了许多SF小说和具有SF元素的作品，尤其是在清末”这个事实而产生的误解么？同时，在中国还有一种说法，即“因为科学和科学思想不发达，所以科学小说也不发达”。这样的说法很容易让人产生认同感，但是太公式化了。

在成之的《小说丛话》里（1914,《中华小说界》第一年第3—8期），可以看见这样的文字：

> 科学小说，此为近年之新产物。借小说以输进科学
> 知识，亦杂文学也。较之纯文学，趣味减少。然较之读
> 231 科学书，则趣味浓深多矣。亦未始非输入智识之一种趣
> 味教育也。惜国人科学程度太低，自著者甚少。

再来看看许与澄的《关于小说月报之一得》（1915年，

《小说月报》第 6 卷第 12 期）：

> ……三曰宜注重国学的科学小说也。科学小说最有益于学子。然近世所传科学小说，大致限于医理各科，无涉及国学者。宜按照游记体裁，作为地理小说。按照笔记体裁，作为历史经学等小说。

所谓“国学的科学小说”，究竟是什么样的作品呢？其实是在 SF 里构筑中国的传统学问的小说。请读者们再来读一篇文章。

周作人对“科学小说”论的怀疑 232

翻译凡尔纳的鲁迅有个弟弟叫周作人。他写过一篇题为《科学小说》（1924）的有趣文章。其中，他对《杰克与仙豆》（*Jack and the Beanstalk*）这样的“童话”教孩子说谎、“科学小说”要给予正确的科学知识的想法提出了疑问。

前面已经提到过，弗拉马利翁的《世界末日记》在清末已经由梁启超翻译。周作人在写这篇文章的那年，弗拉马利翁的作品再次被译介，标题为《二十五世纪的推测》以及《世界如何终局》。看来周作人读过这些作品。

> 法阑玛利埯[1]的《世界如何终局》当然是一部好的科学小说，比焦尔·士威奴[2]或者要好一点了，但我见第二篇一章里有这样的几句话：
>
> "街上没有雨水，也没有泥水；因为雨一下，天空中就布满了一种玻璃的雨伞，所以没有各自拿伞的必要。"
>
> 这与童话里的法宝似乎没有什么差别，只是更笨相
> 233 一点罢了。这种玻璃雨伞或者自有做法，在我辈不懂科学的人却实在看了茫然，只觉得同（孙悟空的）金箍棒一样的古怪。

[1] 法国天文学家弗拉马利翁的早期译名。

[2] 儒勒·凡尔纳的早期译名。

周作人

周作人阐述了“童话”在儿童精神成长方面的重要性，对声称给予科学性知识的“科学小说”持怀疑态度。他说，读了凡尔纳的小说，如果孩子们相信人类其实可以用大炮去月球的话，那么这不就是不“科学”了吗？

这在SF爱好者看来会觉得“这是对SF的误解”，但在另一方面，不同于周作人的本意，也可以解读为对试图将科学启蒙的使命强加给“科学小说”的狭隘的旧观念进行强烈的讽刺。总之，即使到了20世纪80年代，在中国，还是强调SF（科学幻想小说）的使命之一是“普及科学知识”，这虽然有些荒唐，但就是因为“SF还不太令人满意”所以才提 234
出来的。

中华理想国的去向

正如开始时就事先说过的那样，关于中华民国时期的SF

状况，不确定的因素太多了。1911 年清朝被推翻以后的政治、社会的混乱；1931 年以后日本对中国的侵略；1937 年卢沟桥事变以后真正的侵略与反侵略的战争；政府所在地在北京、南京、武汉、重庆之间辗转；1941 年以后的抗日战争，紧接着国内战争；到 1949 年建立中华人民共和国……列举这些大事，可以说民国时代的确全国硝烟不断，混乱不堪。

理想的机械、理想的兵器这些恰到好处的 SF 主题，产生了与抗战、国防、爱国等主题相结合的作品。但众所周知，此类作品不只在中国，无论在哪个国家，处于战争状态之下，都是作为政策大力提倡的。在这样的氛围下受到追捧的，就是顾均正之类的军事科学题材。

可是，正如读者们看到的那样，即使在那样的时代里，毫无意义的作品还是被大量地创作出来，泰山作品受到了狂热的追捧。要将这一现象断定为仅仅是逃避现实的结果，还为时过早。

235 只是，在这个时期，几乎看不见清末时曾经出现过的、波澜壮阔得令人瞠目的宇宙小说，和呼唤中华腾飞之类的小说。遗憾的是，在“清朝末期”的时代里，因为那是某个王朝的“末期”，所以“不管怎样转变，这个世界都必须改变”的信念，仿佛是各个流派共同的、作为理想社会的幻想而存在的。

比方说，“讽刺”这种创作手法。清末时期的“讽刺”，是由已经完成各种设计图的乌托邦提倡者发出的、既扬眉吐气又时而轻松的社会批评和未来设想。与此相反，民国时期的“讽刺”是由不满分子发出的、总是带着绝望的喃语般的话语，作者们常常自己早早地就宣称是“失败之作”。

清末以来围绕着“理想社会”的争辩，在20世纪中叶实现两个不同选项之后，以地理上完全分隔的两个空间为舞台展开着。SF也同时在这两个地方里获得了各自不同的发展。

上卷年表（古代—1949年）

时代	公元（年号）	创作作品·事项	翻译作品
汉以前		《穆天子传》 《山海经》 《楚辞》 东方朔《神异经》《十洲记》 刘向《列仙传》《汉武洞冥记》	
六朝		张华《博物志》 王嘉《拾遗记》 葛洪《抱朴子》《神仙传》 干宝《搜神记》 陶渊明《搜神后记》 刘义庆《幽明录》 刘敬叔《异苑》 任昉《述异记》	

宋·元·唐		类书《太平广记》(978年)《补江总白猿传》《离魂记》《阴隐客》《枕中记》《南柯太守传》《昆仑奴》《聂隐娘》《叶法善》《罗公远》	
明	 约1570年 1597年 约1619年 1658年 17世纪中期 1720年以前	屠隆《彩毫记》 《西游记》 罗懋登《西洋记》 《封神演义》 李渔《十二楼》 张岱《陶庵梦忆》 云间子《草木春秋演义》	
清(19世纪以前)	1671年 1788年 1800年	蒲松龄《聊斋志异》 袁枚《子不语》 纪昀《阅微草堂笔记》	
清末	1818年(嘉庆二十三年) 1840年(道光二十年) 1853年? 1861年(咸丰十一年) 1872年(同治十年)	李汝珍《镜花缘》 鸦片战争 俞万春《荡寇志》 洋务运动开始	 欧文(?)《一睡七十年》

清末	1878年（光绪四年）	《格致汇编》创刊	
	1884年（光绪十年）	《点石斋画报》创刊 王韬《淞隐漫录》开始连载（《点石斋画报》）	
	1891年（光绪十七年）		贝拉米《回头看纪略》
	1894年（光绪二十年）		贝拉米《百年一觉》
	1895年（光绪二十一年）	康有为上书变法自强	
	1897年（光绪二十三年）	严复、夏穗卿《本馆附印说部缘起》	
	1898年（光绪二十四年）	《清议报》创刊 梁启超《译印政治小说序》 严复《天演论》	哈葛德《长生术》（曾广铨译）
	1899年（光绪二十五年）	义和团运动 张小川《平金川全传》	
	1900年（光绪二十六年）		凡尔纳《八十日环游记》（薛绍徽、陈逸儒译）
	1901年（光绪二十七年）		凡尔纳《十五小豪杰》（梁启超译）
	1902年（光绪二十八年）	《新小说》、《新民丛报》创刊 梁启超《论小说	凡尔纳《海底旅行》（卢藉东、红溪生译） 凡尔纳《海底漫游记》

清末		与群治之关系》	（海外山人译）
		梁启超《中国唯一之文学报新小说》（《新民丛报》第14期）	凡尔纳《十五小豪杰》（梁启超译）
		梁启超《新中国未来记》	弗拉马利翁《世界末日记》（梁启超译）
	1903年（光绪二十九年）	《绣像小说》创刊	凡尔纳《铁世界》（包天笑译）、凡尔纳《地底旅行》（鲁迅译） 凡尔纳《月界旅行》（鲁迅译） 凡尔纳《空中旅行记》（译者不详） 狄欧斯考里德斯《梦游二十一世纪》（杨德森等译） 高安龟次郎《未来战国志》（老骥译） 押川春浪《空中飞艇》（海上独啸子译） 井上圆了《星球游行记》（戴赞译） 矢野龙溪《极乐世界》（披雪洞主译） 菊池幽芳《电术奇谭》（吴趼人译）
	1904年（光绪三十年）	蔡培元《新年梦》 荒江钓叟《月球殖民地小说》	贝拉米《回头看》（《绣像小说》） 凡尔纳《环游月球》

清末		海上独啸子《女娲石》	凡尔纳《秘密使者》（包天笑译） 凡尔纳《无名之英雄》（包天笑译） 西蒙·纽康《黑行星》（徐念慈译） 押川春浪《新舞台》（徐念慈译） 押川春浪《千年后之世界》（包天笑译）
	1905年（光绪三十一年）	徐念慈《新法螺先生谭》 何迥《狮子血》	凡尔纳《秘密海岛》（奚若、蒋维乔译） 哈葛特《埃及金塔剖尸记》（林纾译） 哈葛特《斐洲烟水愁城录》（林纾译） 押川春浪《银山女王》（黄摩西译） 押川春浪《白云塔》（陈冷血译） 押川春浪《俄探》（觼觼子译） 押川春浪《新舞台二》（徐念慈译） 原作者不详《生生袋》（支明译） 路易斯·斯特朗《造人术》（鲁迅译） 原作者不详《幻想翼》（译者不详）

			原作者不详《窃贼俱乐部》（周桂笙译）
清末	1906年（光绪三十二）	《月月小说》创刊 萧然忧生《乌托邦游记》 李伯元（？）《冰山雪海》	《著作林》刊登凡尔纳的肖像和小传 凡尔纳《地底旅行》（鲁迅译） 凡尔纳《地心旅行》（周桂笙译） 凡尔纳《一捻红》（包天笑译） 凡尔纳《寰球旅行记》（陈绎如译） 凡尔纳《寰球旅行记》（雨泽译） 原作者不详《北极探险记》（鲁迅译） 押川春浪《秘密电光艇》（金石、诸嘉献译） 押川春浪《大魔窟》（吴弱男译） 长田秋涛《大地球未来记》（译者不详） 江见忠功《地中秘》（凰仙女史译） 原作者不详《伦敦新世界》（周桂笙译） 菲利浦《新再生缘》（陈无我等译） 原作者不详《飞访木星》（周桂笙译）

清末	1907年（光绪三十三）	《小说林》创刊 春（马风）《未来世界》 思绮斋《女子权》 沈伯新《探险小说》 萧然忧生《新镜花缘》 吴趼人《光绪万年》 肝若《飞行之怪物》	《小说林》刊登凡尔纳的肖像和小传 凡尔纳《飞行记》（谢忻译） 凡尔纳《秘密党魁》（包天笑译） 哈葛特《钟乳髑髅》（林纾译） 欧文《李迫大梦》（林纾译） 押川春浪《新舞台三》（徐念慈译） 原作者不详《电冠》（陈鸿璧译）
	1908（光绪三十四年）	徐念慈《余之小说观》 洪泽如（？）《电幻奇谈》 碧荷馆主人《新纪元》 不详《蜗触蛮三国争地记》 包天笑《世界末日记》、《空中战争示来记》 吴趼人《光绪万年》	史蒂文森《易形奇术》（商务印书馆编译所译）
	1909年（宣统一年）	陆士谔《新野叟曝言》	

清末	1910年（宣统二年） 1911年（宣统三年）	奚冕周、陆士谔《也是西游记》 陈冷血《新西游记》 煮梦《新西游记》 治逸《新七侠五义》 许指严《电世界》 陆士谔《新中国》 洪炳文《电球游》、《月球游》（大约是这个时候） 吴敬恒《上下古今谈》 杨心一《黑暗世界》	哈葛特《三千年艳尸记》（林纾译） 原作者不详《新造人术》（包天笑译）
中华民国	1912年（民国一年） 1913年（民国二年） 1914年（民国三年）	中华民国临时政府成立 徐卓呆《秘密室》 康有为《大同书》发行 《礼拜六》创刊 第一次世界大战 峡猿《可怕的大行星》 端生《元素大会》 野民《空中坠头记》、《无身之国》、《亚尼蒙城记》	凡尔纳《鹦鹉螺》（孙毓修译） 凡尔纳《八十日》（叔子译） 欧文《烂柯小史》（李思纯译） 原作者不详《雌威》（幻新译）

中华民国	1915 年（民国四年）	陈侠民《美人之贻》 俞天愤《思儿电》 野民《仙枕环游记》 默儿《盗贼博士》 默儿《白眉佳人》 志云《烟卷军舰》	凡尔纳《海中人》（悾悾译） 柯尔道南《洪荒鸟兽记》（李薇香译） 威尔斯《八十万年后之世界》（杨心一译） 威尔斯《火星与地球之战争》（李薇香译） 威尔斯《人耶非耶》（定九、蔼庐译） 原作者不详《微生物趣谈》（史九成译）
	1916（民国五年）	秋山《消灭机》 孙剑秋《潜行艇》 江希张《大千图说》	孙毓修《欧美小说丛谈》介绍凡尔纳作品 柯尔道南《毒带》（常见、小蝶译） 柯尔道南《毒带》（袁若常译）
	1917（民国六年）	俄国革命 文学革命运动 谢直君《科学的隐形术》	威尔斯《一个末日裁判的幻梦》（虚白译） 威尔斯《三百年后孵化之卵》（茅盾译） 史蒂文森《革心记》（陈家麟译）
	1918（民国七年）	谢直君《中国之女飞行家》	拉塞尔·布兰德《两月中之建筑谭》（茅盾译）

		梅梦《水底潜航艇》、《月世界》、《中秋月》	原作者不详《二十世纪后之南极》
	1919（民国八年）	五四新文化运动	
	1920（民国九年）	周作人等成立文学研究会	
	1921（民国十年）	中国共产党成立	
	1922（民国十一年）		卡罗尔《爱丽思漫游奇境记》（赵元任译）
	1923（民国十二年）	劲风《十年后之中国》	弗拉马利翁《世界如何终局》（山木译） 巴勒斯《野人记》（胡宪生译）开始连载
中华民国	1924（民国十三年）	第一次国共合作 周作人《科学小说》	《法国文学研究》（小说日报社）刊登凡尔纳小传
	1925（民国十四年）		巴勒斯《野人记》、《还乡记》（胡宪生译）
	1927（民国十六年）	四月，蒋介石反共政变。南京国民政府成立 十月，毛泽东在井冈山建立革命根据地	
	1928（民国十七年）	沈从文《阿丽思中国游记》	
	1929（民国十八年）		卡罗尔《镜中世界》（程鹤西译）

中华民国	1930（民国十九年）	中国左翼作家联盟成立。民族主义文学运动 电影《怪奇猿男》	
	1931（民国二十年）	九·一八事变。中华苏维埃共和国成立	凡尔纳《十五少年》（远生译） 休·洛夫廷《陶立德博士》（蒋学楷译）
	1932（民国二十一年）	老舍《猫城记》 张天翼《好兄弟》 韩之湘《六十年后之世界》	乔纳森·斯威夫特《海外轩渠录》（吴景新译）
	1933（民国二十二年）	张天翼《秃秃大王》	乔纳森·斯威夫特《大人国与小人国》（马仁驹、方正重译） 卡罗尔《阿丽斯的奇梦》（徐应昶译）
	1934（民国二十三年）	陈望道创办《太白》，设“科学小品”栏目	
	1935（民国二十四年）	小奚《理想小说》 贾祖璋《鸟与文学》 董纯才《动物漫话》	
	1936（民国二十五年）	西安事变 高士其《菌儿自传》 贾祖璋《生命素描》	巴勒斯《野人记》（胡宪生译）10卷发行 欧文（张慎伯）《吕伯漫梦游记》

中华民国			卡罗尔（何君莲）《阿丽思漫游奇境记》
	1937（民国二十六年）	卢沟桥事件，中国全面抗战 抗日民族统一战线成立。第二次同共合作。兴起抗战文学 海上客《滑稽英雄》 董纯才《狐狸夫妇历险记》、《麝牛抗敌记》 电影《夜半歌声》	
	1938（民国二十七年）	成立中华全国文艺界抗敌协会 电影《六十年后上海滩》	巴勒斯《人猿泰山丛书·第一辑》（章铎声译）
	1939（民国二十八年）	顾均正《和平的梦》、《在北极下》、《伦敦奇疫》、《性变》 电影《麻疯女》	威尔斯《新加速剂》（更新译）
	1940（民国二十九年）		凡尔纳《十五小豪杰》（施洛英译）
	1941（民国三十年）	许地山《铁鱼底鳃》 周楞伽《月球旅行记》	

中华民国		电影《夜半歌声·续集》	
	1942（民国三十一年）	张天翼《金鸭帝国》 贾祖璋《碧血丹心》 电影《长恨天》	
	1945（民国三十四年）	国共内战开始	
	1946（民国三十五年）	国共内战全面爆发 陈光镒《科学封神榜》	史蒂文森《化身博士》（许席珍译）
	1947（民国三十六年）		史蒂文森（李霁野）《化身博士》
	1948（民国三十七年）		威尔斯《莫洛博士岛》（李林、黄裳译） 巴勒斯《人猿泰山丛书·第二辑》（章铎声译）

上卷参考资料

本书介绍的中国SF，除了与此有关的古代神话和小说，几乎没有日译本。虽然我希望《中国SF全集》这样的计划早晚能够得以实现，但只要没有遇见好的出版商，就始终是个愿望。

在这里，有关用日译本或原作能阅读到的作品和参照的评论、资料等，按各个章节，只列出主要的部分。排列的顺序为【作品】(日译本和原作比较容易搞到的)、【评论】(日文、中文、其他)。

◆与全书有关的部分

【作品】

1.《中国近代文学大系》（上海书店出版社，1990—1991）

2.《中国近代珍稀本小说》（春风文艺出版社，1997）

3.《清末民初小说书系·科学卷》（中国文联出版公司，1997）

4.《中国科幻小说世纪回眸丛书·第一卷·大人国》（叶永烈主编，福建少年儿童出版社，1999）

【评论】

1. 樽本照雄編《新編清末民初小説目録》（清末小説研究會，1997）

2. 樽本照雄編《清末民初小説年表》（清末小説研究會，1999）

3. 横田順彌《日本 SF こてん古典》（早川書店，1981）

4. 横田順彌、會津信吾《新·日本 SF こてん古典》（德間書店，1988）

5. 阿英《晚清小説史》(飯塚朗，中野美代子訳。平凡社東洋文庫，1979)

6. 葉永烈《中国 SF 小説発展史》(武田雅哉訳注。《イスカーチェリ》27、28，1986、1987)

7. 江苏省社会科学院明清小说研究中心文学研究所编《中国通俗小说总目提要》(中国文联出版公司，1990)

8. 欧阳健《中国神怪小说通史》(江苏教育出版社，1997)

9. 欧阳健《晚清小说史》(浙江古籍出版社，1997)

10. 张俊《清代小说史》(浙江古籍出版社，1997)

11. 齐裕焜《明代小说史》(浙江古籍出版社，1997)

12. 郭延礼《中国近代翻译文学概论》(湖北教育出版社，1998)

13. 马祖毅《中国翻译史(上卷)》(湖北教育出版社，1999)

14. 叶永烈《论科学文艺》(科学普及出版社，1980)

15. 叶永烈《中国科学幻想小说发展史》(《科学幻想小说

创作参考资料》3，1981）

16. 黄伊《论科学幻想小说》（科学普及出版社，1981）

17. 王德威《小说中国：晚清到当代的中文小说》（麦田出版（台北），1993）

18. 王德威《想像中国的方法：历史 · 小说 · 叙事》（生活 · 读书 · 新知三联书店，1998）

19. David Der-wei Wang（王德威）,. *Fin-de-Siecle Splendor, Repressed Modernities of Late Qing Fiction,1848–1911*.Stanfofd Univ,Press, 1997.

20. 林健群《晚清科幻小说研究（1904—1911）》（学位论文，台湾 SF 迷平台《新客星站 · 科幻时空》，http://www.thinkerstar.com/sci-f1/ching/a_content,html.）

◆第一章　中国 SF 前史

【作品】

1. 袁珂《中国の神話伝説》（鈴木博訳。青土社，1993）

2.《山海経》（高馬三良訳。平凡社書庫，1994）

3.《捜神記》（竹田晃訳。平凡社東洋文庫，1964）

4.《幽明錄·遊仙窟他》（前野直彬、尾上兼英等訳。平凡社文庫，1954）

5.《唐代伝奇集》（前野直彬訳。平凡社東洋文庫，1988）

6.《唐宋伝奇集》（今村与志雄訳。岩波文庫，1988）

7.《西遊記》（第1—3冊，小野忍訳；第4—10冊，中野美代子訳。岩波文庫，1977—1998）

8.《封神演義》（八木原一惠訳（節訳）。集英社文庫，1999）

9.《平妖伝》（佐藤春夫訳。ちくま文庫，1993）

10.《聊斎志異》（立間祥介編訳。岩波文庫，1997）

【评论】

1.伊藤清司《中国の神兽·悪鬼たち 山海経の世界》（東方書店，1986）

2.伊藤清司《中国の神話伝説》（東方書店，1996）

3.袁珂《中國神話伝説大事典》（鈴木博訳，大修館書

店，1999）

4. 川口秀樹《中国古小説に見える〈科学小説〉的記述について—ロボット篇》(《ハード SF 研究所公報》65，1996）

5. 武田雅哉《星への筏—黄河幻視行》(角川春樹事務所，1997）

6. 武田雅哉《新千年図像晚會》(作品社，2001）

7. 武田雅哉《八月の筏—中国飛翔文学史序説》(《幻想文学》第 44 期，1995）

8. 武田雅哉《三宝太監の大冒険》(《月刊しにか》1997 年 7 月号）

9. 武田雅哉《お宝は西方にあり—〈西遊記〉VS〈西洋記〉》(《ユリイカ》1998 年 9 月号）

10. 二阶堂善行《〈 封神演義〉の世界》(大修馆書店，1998）

11. 贝特霍尔德·劳费尔（Berthold Laufer）《飛行の古代史》(杉山刚訳，博品社，1994）

12. 鲁迅《中国小説史略》(今村与志雄訳，ちくま学芸文庫，1997)

13. 鲁迅《中國小説史略》(中島長文訳注，平凡社東洋文庫，1997)

14. 王强模、陈显耀、袁昌文《谈科普文学的创作》(花城出版社，1985)

15. 倪波《我国古代文献中的机械人——读史札记》(《文献》第 13 辑，1982)

16. 饶忠华主编《中国科幻小说大全》(海洋出版社，1982)

17. 刘兴诗《中外科幻小说大观》(少年儿童出版社，1991)

◆第二章　清朝后期——SF 的萌动

【作品】

1. 康有為《大同書》(坂出祥伸訳（節訳），明德出版社，1976)

2. 李汝珍《則天武后外伝 鏡花縁》（藤林広超訳，講談社，1980）

3.《世纪末中国のかわら版—絵入新聞〈点石斎画報〉の世界》（中野美代子、武田雅哉編訳，中公文庫，1999）

4. 王韬《淞隐漫录》（人民文学出版社，1983）

5. 张小山《平金川〈年大将军平西传〉》（《中国神怪小说大系 · 史话卷 1》，巴蜀书社，1989）

【评论】

1. 欧阳健《从〈薛丁山西征传〉到〈年大将军平西传〉——谈讲史与神怪因素的杂糅及神怪小说向科幻小说的过渡》（《明清小说采正》，贯雅文化事业有限公司，1992）

◆第三章　清朝末期的 SF 翻译

【作品】

1.《火星与地球之战争》（《中国近代文学大系 ·27· 翻译文学集 3》）

2.《三千年艳尸记》(《中国近代文学大系·27·翻译文学集3》)

3.《潜艇魔影》(《中国近代文学大系·27·翻译文学集3》)

4.《八十日环游记》(《中国近代文学大系·26·翻译文学集2》)

5.《李迫大梦》(《中国近代文学大系·26·翻译文学集2》)

【评论】

1. 井波律子《中国近代翻訳事情》(《国際日本文化センター共同研究報告 文学における近代—転換期の諸相》, 2001)

2. 岩上治《鲁迅の提唱した"科学小説"その後》(《中国哲学文学科紀要》2，1994)

3. 大谷通順《鲁迅訳〈月界旅行〉と〈地底旅行〉—そこに表われた牢獄脱出のイメージについて》(《日本中国学会報》35，1983)

4. 神田一三《汉訳ヴェルヌ〈海底旅行〉の原作》(《清

末小説から》2，1986）

5. 工藤貴正《魯迅の的翻訳研究（5）外国文学の受容と思想形成への的影響，そして展開—日本留学期（ヴェルヌ作品受容の状況）》(《大阪教育大学紀要第一部門》42-2，1994）

6. 坂出祥伸《井上圓了〈星界想遊記〉と康有為》(《阿頼耶順宏·伊原澤周两先生退休紀念論集 アジアの歴史と文化》，汲古書院，1997）

7. 武田雅哉《ヴェルヌの中国と中国のヴェルヌ》(《ユネスコアジア文化ニュース》276，1996）

8. 富田仁《ジュール·ヴェルヌと日本》(花林書房，1984）

9. 中村忠行《清末の文壇と明治の少年文—資料を中心として（1）（2）》(《山辺道》9—10，1962-64）

10. 中村忠行《清末探偵小説史稿（1）（2）（3）》(《清末小説研究》2—4，1978—1980）

11. 胡从经《晚清儿童文学钩沉》(少年儿童出版社，

1982）

12. 孙继林《凡尔纳科幻小说在晚清的传播》（复旦大学中文系近代文学研究室编《中国近代文学研究》1，百花洲文艺出版社，1991）

13. 刘再复、金秋鹏、汪子春《鲁迅与自然科学》（科学出版社，1976）

◆第四章　清朝末期的SF创作

【作品】

1. 荒江钓叟《月球殖民地小说》(《中国近代珍稀本小说》4、《中国科幻小说世纪回眸丛书·第一卷·大人国》及其他）

2. 海上独啸子《女娲石》(《中国近代珍稀本小说3》)

3. 碧荷馆主人《新纪元》(《中国近代孤本小说精品大系·无耻奴、烈女惊魂传、新纪元》，内蒙古人民出版社，1998）

4. 陈景韩《新西游记》(《中国近代文学大系·8·小说集6》、《中国近代珍稀本小说》18）

5. 吴趼人《新石头记》(中州古籍出版社，1989)、《中国近代文学大系》)

6. 徐念慈《新法螺先生谭》(《中国近代文学大系·8·小说集6》、《中国科幻小说世纪回眸丛书·第一卷·大人国》及其他)

7. 许指严《电世界》(《中国科幻小说世纪回眸丛书·第一卷·大人国》)

8. 春飒《未来世界》(《中国近代珍稀本小说10》、《中国科幻小说世纪回眸丛书·第一卷·大人国》)

【评论】

1. 陈平原《从科学读物到科学小说——以"飞车"为中心的考察》(《陈平原小说史论集·下》，河北人民出版社)

2. 陈方《论中国近代乌托邦小说的意义》(《明清小说研究》1995-2)

3. 汤哲声《中国现代通俗小说流变史》(重庆出版社，1999)

4. 杨世骥《文苑谈往》（中华书局，1945）

5.《明清小说研究》2001-1，以 2000 年 10 月召开的“上海近代小说暨陆士谔国际研讨会”为基础汇编的特集。

◆第五章　民国时期的 SF 翻译

【作品】

1. 孔海珠编《茅盾和儿童文学》（少年儿童出版社，1984）

◆第六章　民国时期的 SF 创作

【作品】

1. 张天翼《あっぱれ弟》（伊藤貴麿訳《少年少女新世界文学全集 35》，講談社，1965）

2. 老舍《猫城記》（日下恒夫訳《老舍小説全集》，学習研究社，1982/ 稲葉昭二訳，サンリオ SF 文庫，1980）

3.《中国怪談集》（中野美代子、武田雅哉編訳，河出文庫，1992）

4. 上原かおり《顧均正における米国 SF の受容——『在北極底下』を中心に》(研究年報《現代中国》第 89 号 ,2015 年 9 月)

5. 许地山《铁鱼底鳃》(《中国科幻小说世纪回眸丛书·第一卷·大人国》/《许地山选集》，人民文学出版社)

6. 劲风《十年后之中国》(《中国科幻小说世纪回眸丛书·第一卷·大人国》)

7. 顾均正《和平的梦》(湖南教育出版社，1999)

8. 顾均正《和平的梦》《在北极底下》《伦敦奇疫》《性变》(《中国科幻小说世纪回眸丛书·第一卷·大人国》)

9. 顾均正《顾均正科普创作选集》(科学普及出版社，1981)

10. 吴敬恒《上下古今谈》(传记文学社，1970)

11. 高士其《高士其科普创作选集》(科学普及出版社，1980)

12. 董纯才《董纯才科普创作选集》(科学普及出版社，1980)

【评论】

1. 高士其《高士其科普创作选集》（内蒙古人民出版社，1981）

2. 叶永烈《高士其爷爷》（少年儿童出版社，1979）

3. 刘为民《“赛先生”与五四新文学》（山东大学出版社，1997）

4. 刘为民《科学与现代中国文学》（安徽教育出版社，2000）

上卷后记

我是在1978年第8期的《人民文学》上看到童恩正《珊瑚岛上的死光》的时候，才知道中国也有SF文学。我读大学时选择的专业正好是中国文学。后来我弄到了SF专业杂志《科学文艺》创刊号（1979）。当时我是北海道大学二年级学生，老师给我看这本杂志，我像抢似的说“借我看几天”就带回了家。那个时候我还一无所知，无论读小说还是读论文，总怀疑中国的文学会不会很没趣，所以初生牛犊不怕虎，还暗自窃笑着说:“行了行了，我的毕业论文就写这个吧？嘻嘻嘻……”

要写的内容我十分熟悉，因为我有着读过无数次简直能背诵出来的经典书。读中学时我的经典是筒井康隆编的《SF 教室》。这是一本由筒井康隆以及丰田有恒、伊藤典夫执笔、面向儿童却十分豪华的 SF 启蒙书。当时我非常忠实地遵循这本书里介绍的图书名单来阅读。稍稍成熟以后，我还读了福岛正实的《SF 入門》、野田昌宏的《SF 英雄群像》、石川乔司的《SF の時代》等。至今我还常常会将《SF 教室》拿过来翻阅。关于筒井康隆的小说，如今已经不需要作解说了，但我直到现在，在随意翻阅《SF 教室》时，对他文章朗朗上口和吊足胃口的写作技巧，还会感到回味无穷。

我不是 SF 的铁杆粉丝。兴许以前也有过那样的时代，但是说实话，如今我已经很少遇见能让我感到心动的作品。也许是我在变吧。接触到现代中国的 SF 时，我感到很惊喜，心想："咦？中国人在写 SF？"但是这并不是觉得作品本身有趣。那个时候，我开始关注起清朝末期的小说。在这个恰似日本明治时期的时代里，我发现了疑似 SF 的作品。这方

面的作品本身是令人感到愉悦的。横田顺弥的《日本 SF こてん古典》在《SF マガジン》杂志连载时是我最值得期盼的，我贪婪地读着清末时期的 SF 小说时，唤醒了我阅读《日本 SF こてん古典》时的那种兴奋感。

在 1980、1981 年即我的学生时代，我就将介绍中国 SF 的文章投寄给了《SF マガジン》杂志和《SF 宝石》杂志。也因为正好获得中国留学机会的缘故，我还向那家《科学文艺》杂志投寄过介绍清末 SF 的文章，也开始与叶永烈、萧建亨、郑文光（郑文光先生已于 2003 年去世）。以及现在已经去世的童恩正这些与中国 SF 有关的老师们通信或当面求教。尤其是上海的叶永烈，我在留学期间经常上门打搅他，在他家里将资料拍摄下来。在替日本的杂志写稿的作者中，也有人一篇不落地读过我的文章，期间因为气味相投而取得了联络，比如野口真己。我留学结束回国的当天，他特地赶到东京来与我初次见面，所以能说是一段经岁月历练弥久不衰的美谈。那天晚上，我们只顾着喝酒唱歌，一晚上便结成了像是百年之久的朋友。同时野口真已还介绍我结识了 SF 同人杂志《イスカーチェリ》的波津博明，和现在已经去世的翻译家、俄罗斯科幻文学专家深见弹。野口真已制作的蜡纸油印版《中国 SF 年表》这类东西，在日本可能也是第一次尝试。我翻译的叶永烈《中国 SF 小说发展史》在刊登时，还受到了波津博明的关照。

深见弹还是一位致力于介绍中国 SF 的人。中国与俄罗斯关系颇深，要研究中国的 SF，他的知识储备是不可缺少的。关于建国后翻译俄罗斯 SF 的情况，尽管我的调研已经有了结果，但还是要想向他请教各种问题。令人遗憾的是，1992 年他回唐山了。因此接到他的讣报时，我倍感失落。

我与中国 SF 研究会会长、出版 SF 杂志《科幻情報》的、本书下卷的执笔者林久之先生，也长期保持着联系。

在个人研究之前，我早就想出一本介绍中国 SF 的图书。我向大修馆书店的小笠原周征求意见，他答应向我提供帮助。我向了解中国 SF 最新动态并与中国的作家和编辑们都关系密切的林久之提出，希望他负责后半部分的撰稿，林久之也一口承诺，全书的结构大致就定了下来。本书的缺憾还有很多，比如有的地方还远远没有写透，有的作品本书中没有提及，有的地方还想挖掘得更深，等等，但因有字数的限制而不得不忍痛割爱了。这些就留给其他的稿子吧。这次是打算出个“中国SF原貌”的洋相。

若论上世纪80年代的出版物，我从学生时代起还收藏着一些，但涉及到清末和民国，这些资料是一个几乎可以说是令人绝望的领域。如果不是近年来中国的图书馆变得更加便利，以及正在中国留学的朋友们的鼎力相助，这个问题也许永远都得不到解决。尤其是北海道大学研究生、先后在华东师范大学留学的高桥俊和加部勇一郎，他们无数次地去上海图书馆帮我复印资料。还有樱木阳子（大阪市立大学研究生、在中央戏剧学院留学）在北京为我复印资料。我借此机会向他们表达谢意。托电子邮件的福，这些联络都变得十分方便，因此我也心怀感激。

同时，上海复旦大学的恩师王国安老师以及王继权老师，可称为中国SF史的前辈、福建师范大学的欧阳健老师，在资料搜集和信息提供等方面，给了我极大的帮助。我也借此机会表示感谢。

在日本，关于中国SF小说的现代部分，想方设法收集到的全集还在出版，很容易就能看到，但稍稍以前的作品，大多难以找到。如果有读者对中国的SF怀有兴趣，想要读到原文的话，请不要顾虑，可以向我提出来。有奢望“想要写论文”的学生，务必向我打个招呼，我很乐意把手头的书和资料借给你。

我的下一个计划是编辑、翻译《中国SF全集》，但这还是一个很遥远的设想。眼下还处于整理、构思的阶段，我陶醉其中，自得其乐。

好了，向下卷的执笔者林久之先生交班了！

武田雅哉

2001年9月于札幌

索　引[*]

* 索引页码为原书页码，即本书页边码。

【か】

【さ】

【た】

【ま】

【や】

【ら】

【わ】

启真馆 出品

中国科学幻想文学史

[下卷]

[日] 武田雅哉　林久之　著

李重民　译

ZHEJIANG UNIVERSITY PRESS

浙江大学出版社

在中文版出版之际

本书是为日本的科幻迷撰写的，没有想过中国的科幻迷会喜欢。当然，拙作我早就赠送给有深交的挚友，但从来没有奢望过会被翻译出版。因此，当这次负责翻译的李重民向我提出要翻译时，我感到非常荣幸，同时也感到不安，这也是事实。本书是面向日本读者写的，我担心中国的读者是否能够接受。况且现在中国的科幻小说发展迅猛，专业杂志《科幻世界》的发行数量雄居世界第一，年少气盛的作家不断诞生，中国的学者已经发表了更加精确的研究成果，所以我很担心本书的存在意义是否会降低。但是，李重民同意我修正初版谬误的要求，并向出版社推荐出版，直至这次终于出版中文版。同时，我也接受李重民的要求补充了最后一章。我决定提及一下与科幻小说邻接的领域。于是，尽管是日本的出版物，却在中国率先出版了它的修订本。如今数量庞大的资料和作品已经公开，但本书以有限的资料为基础，它的存在价值究竟有多大？我作为原作者，内心诚恐诚惶，但不管如何，我都希望能得到贤达之士的指正。

林久之

2014年腊月于日本

目 录

第一章　光明的理想国家的诞生 1

在苏联的影响下

新中国从苏联老大哥那里汲取了各种新技术、新概念，这是不容置疑的。其中之一就是“科学文艺”这个文学类型。

据说第一次提出“科学文艺”这个概念的，是苏联的高尔基（1868—1936）。在他的短评《关于主题》里，就能找到这样的话：“在我们的文学里，文艺作品和通俗科学作品之
间，不应该有显著的差异。”这是在论述儿童文学创作方面 4
想象力的重要性这一部分最后出现的。他接着说，由于真正

的科学家和对语言积累了高度素养的文学家的参与，才第一次能够着手出版具有艺术性的启蒙书籍。在毛泽东的“文艺讲话”里，也可以看见意思大致相同的话。最符合高尔基期望的是伊林（1895—1953）的科学启蒙书，在中国得到了广泛的传播，对各方面都产生了很大的影响。据叶永烈《论科学文艺》（科学普及出版社，1980）说，从 1953 年开始发行的《伊林选集》（中国青年出版社）长达九卷，还增添了由伊林自己为中文版撰写的序言。这也许就是因为借助了当时学习苏联的这股潮流。

由高尔基提倡、伊林的著作显示的那种“科学文艺”，虽说是科学小说，其实更讲究儿童启蒙的方法。可是，这个“科学文艺”的概念在中国明显地被误解并扩大化了，认为与科学有关的作品，无论随笔还是小说，抑或相声的台词，一律全都是“科学文艺”。不久，由中国人自己创作科学文艺的浪潮骤起，科学小说也被定义为科学文艺的一种，甚至出现了一大批作品。这种科学文艺的内容、题材都非常狭窄，即被限定在对

叶永烈《论科学文艺》

少年儿童进行科学知识普及的脉络里。

"SF"和它的译名

在中国，清朝末期就已经在使用"科学小说"这个词，并将它作为表示"SF"这个概念的用词。查看我手头 1981 年版的百科辞典《辞海》，有"科学幻想小说"这个词条，它被作了如下的定义：

> 依据科学技术上某些新发现、新成就以及在这些基础上可能达到的预见，用幻想的方式描述人类利用这些发现，完成某些奇迹的小说。优秀的科学幻想小说，把科学和艺术很好地结合起来，能培养青少年读者对科学和文学的兴趣和爱好，促进他们智力的发展。

这个定义处在清末以来科学小说的发展轨迹上，这大致
6 是不会有错的。但是，科学小说从什么时候起被称为科学幻

想小说（简称“科幻小说”）？我即便向与中国有关的专家讨教，还是得不到明确的回答。不过，1976年叶永烈创作《石油蛋白》这部短篇小说时有一个插曲，当初本应该标上“科学幻想小说”标签，但编辑部提出要求，删除了“幻想”两个字。据推算，“科学幻想小说”这个词作为SF的译语被固定下来，应该是在这以后。

用什么样的汉语词汇可以契合这个西欧的用词呢？中国人没有片假名这个便利的文字，因此大费周章，这个问题有时也使我们这些要把它翻译成日语的日本人很伤脑筋。

香港编辑杜渐[1]强调说，“小说”这个词里已经包含着虚构的意思，所以用“科学小说”就完全足够了（《关于中国科学小说创作的若干问题》,《开卷》1980年第5期）。但是在大陆，在以后将要提到的争论中，最后总是落实在“科学

---

[1] 杜渐（1935— ），原名李文健，中国作家协会会员。历任香港《大公报》《新晚报》编辑，香港《开卷》《读者良友》《科学与科幻》杂志主编，香港三联书店特约编辑。著有长诗《牛仔》，小说《雁痕》《樱都谍影》，纪实文学《苏联秘密警察》《新俄罗斯帝国》，《杜渐科幻小说集》等。

幻想小说”上，即使在中国的香港、台湾，这个用词也已经固定下来。自那以后，谈及译词得以固定之前的作品时，往往也称之为“科学幻想小说”，所以现实中这个译名究竟是从什么时候得以固定的，无法作出再更的论证。中文的“幻想”与日本的“空想”意思大致相同，想到日本曾经也把 SF 称为“空想科学小说”，可以说，它首先就是处在一个恰如其分的文脉上。

7 不过，《辞海》里的定义和我们头脑中的 SF 之间，好像还有着很大的分歧。根据我的理解，所谓的 SF，就只能是“这样的现象如果真的出现，会发生什么样的状况呢”这些由探究人类的兴趣作为支撑的作品。然而《辞海》里的定义被“科学知识的普及”这一实用主义粉饰着，只是设定了“怎么做才能使它得以实现”这一涉及 SF 前阶段的要素就戛然而止了。所以，按《辞海》里的定义创作的作品，也许就应该称为“普及科学知识的小说”，即“科普小说”。

因此，要把中华人民共和国成立以后的中国科幻小说全部称为 SF，我觉得很勉强。在执笔撰写本书稿时，在中国被称为“科幻小说”的大部分，就只能是浮现在我头脑里（并在欧美得到广泛认可）的SF，这是不言而喻的。中国SF怎样才能从“科学文艺”和“科普小说”中摆脱出来，巩固其独立的地位呢？本书接下来试图对这个问题进行探讨。

科学普及和梦境——《梦游太阳系》

新中国成立后不久，中国人开始发表自己创作的作品，
现在要找到这一时期的作品很困难。幸好手头有一本北京海
洋出版社出版的《中国科幻小说大全》（1982），里面收录着 8
1980年之前发表的值得一读的作品目录及其提要。以这个目
录为基础，我们看一看里面收录的都是一些什么样的故事。
对不能参照原文的作品，我就根据《中国科幻小说大全》来
介绍它的内容。

首先在1950年12月，早早地就出现了在大宇宙里驰骋梦想的作品，那就是由张然（生卒不详）创作的《梦游太阳系》（天津知识出版社）。故事的结构碰巧与徐念慈写于清末

《中国科幻小说大全》

的《新法螺先生谭》很相似，但这是一部面向儿童的长篇，全书12章。我先介绍一下它的梗概：

望着中秋的明月，老祖母将孙儿们都召集过来，给他们讲故事。对静儿来说，这些故事都已经听腻了。尽是些嫦娥奔月或吴刚砍伐月球上桂树的故事。还是姐姐讲的关于月亮、太阳、地球和其他八颗行星的故事有趣得多，但夜已很深了，必须睡觉了。

静儿上床后，看见月亮在悄悄地对她说话： 9

“静儿，到这里来玩呀！”

于是，静儿变成了猴子，朝着月亮的方向翻了两个跟斗，才七八秒钟就登上了月球。

静儿落在月球的高山上。四周尽是石头，没有泉水和瀑布，连树木、花草都没有，更不必说飞禽走兽了。简直是一个死寂的世界，多乏味呀！走不多远，到一块广阔的平地上。这里如果有个运动场，那月球上一定会热闹起来的。

他正这么想着时，眼前果真出现了一个运动场，聚集着很多朋友。他从人缝中挤进去，看见一群人正在比赛篮球。

篮球队的队员个个跳得比房子还高，时而在空中撞了个满怀。静儿想起姐姐的话:“月球的引力只有地球的六分之一，跳一下就可以高达十米！”

球赛结束后，大家都回到教室里。静儿跟着过去一看。教室没有屋顶，四周只有一圈矮墙。教静儿的陈老师走进教室，朝静儿笑了笑，在黑板上这样写着:

“月球上没有空气，说话听不见，所以大家只能用手语说话。”

聪明的静儿很快就学会手语。

这天的学习是关于没有空气的世界。老师一边做着实验一边给他们讲课。薄纸和铅笔以同样的速度落到地上。只要用钨丝联接电极，电灯就会亮。就连真空管都不需要密封，坏了的话很容易就能修好。不过，在月球上也有许多坏处。因为没有空气，所以必须随身带着液体空气用于呼吸。因为没有虹吸作用，所以钢笔也不能使用了。不能烧火、煮饭。白天和黑夜的温差很大，不知道该穿怎样的衣服合适。

“其他还有什么样的问题，你们自己去想吧！”陈老师这么说道，结束了这天的讲课。下课后，柏英受静儿的邀请，两人一起又变成小猴子，一连翻了两千多个跟斗，才来到太阳跟前。太阳上面竟然有那么多黑疤，还有一些时隐时现的怪东西。那是什么呢?

……如此这般，两人变成小猴（好像想当孙悟空），赶往别的天体，或而被太阳的日珥刮起，或而与火星人搏斗。期间，终于来到了天王星。

天王星的寒冷比地球的北极还厉害，而且荒凉得很，什么也没有。有一颗明亮、闪烁的星星升起来。亮得在地球上从来没有见过。

“这是什么呀！”

“是太阳呀！天王星离太阳的距离是地球离太阳的二十倍，所以看起来太阳就只有麻雀蛋那么大了。”

他们寻找了几个小时，连一个人影也没有发现，脚也冻得失去了知觉。因为很没趣，所以静儿赌气要走，柏英把他叫住了。

“静儿你别生气。你知道别的恒星离我们有多远？即使 11

一秒钟能跑六十万里的光，到最近的一颗恒星也要跑四年半呢！”

“什么人也没有。我已经烦了！”

“说不定住在洞里，因为洞里会暖和些。”

两人又开始寻找起来，但仍然没有找到。

“我不愿意在这么冷的地方，我要去别的星球。”

静儿说完，又翻了一个跟斗，突然耳边有一个熟悉的声音。

“静儿！静儿！”

静儿睁开眼睛一看，妈妈站在床边在喊他呢！

原作被分成两个部分，第一章到第九章讲静儿在梦境里游历太阳系，第十章到第十二章主要讲静儿梦游太阳系的故事在同学间传开以后，陈老师在上自然课时向同学们讲解与太阳系有关的更专业的知识。这里简单介绍的是前半部分，即第九章之前的部分。

提起梦游，它在现代小说里好像被当作了另类。但将太阳系相关的科学知识广泛、通俗易懂地进行讲解时，光靠堆积知识的描写，会使故事变得生硬，孩子们会觉得无聊。在这种情况下，“梦游”发挥了出乎意外的效果。不管怎么 12
说，这部作品的目的，不是让人听“有趣的故事”，而是传授科学知识。在表现科学知识的方法和说话的语气上，都感受不到以前在日本广泛传播的乔治·伽莫夫[1]《汤普金斯先生梦游仙境》[2]，还有苏联科学启蒙书，以及伊林和佩雷尔曼（Yakov Perelman，1882—1942）等苏联科学启蒙作家的影响。

宇宙空间的现实主义者——郑文光《第二个月亮》

4年后，1954年11月底的《中国青年报》上，长达四天

[1] George Gamow（1904—1968），美籍俄裔物理学家、天文学家、科普作家，热大爆炸宇宙学模型的创立者。

[2] 原名 *Mr. Tompkins in Wonderland*。在中国出版过多次，有《汤普金斯先生的物理世界奇遇记》《世界奇遇记》等多个译名。

连载了试图更真实地描写宇宙空间的作品，即郑文光[1]创作的《第二个月亮》。在作品中可以看出不依靠梦游、在创作时忠实于科学常识的意图。

小平作为第一批客人被推选为去人造月亮上参观的参观团成员，高兴得一夜都没合眼，他天还没亮就起床，赶到“星际交通委员会”，只见已经准备就绪的火箭船正在等候着他们。

爸爸的朋友也在，就是火箭船设计专家老郭。另外还有两个人。他们一起坐进了第 3 号火箭船。老郭按动按钮，火箭船发射升空了。

上升到三百公里高空，四周一片寂静。太阳升起，发出
13 耀眼的光芒，但天空仍然笼罩着一片深沉的紫黑色。老郭告
诉小平：

“因为空气十分稀薄，所以不会出现像在地面上看到的

---

[1] 郑文光（1929—2003），我国最重要和最优秀的科幻作家之一，被誉为“中国科幻文学之父”。

那种碧蓝色。”

前面出现了一个巨大的、被太阳照得闪闪发光的“车轮”。轮子的边缘上开着窗户，里面透出灯光。轮轴的一端还有一个很大很大的凹面镜子，另一端设有许多电线架子。这就是小平他们这次要去参观的人造月亮。

火箭船停靠在人造月亮上。负责人李博士领着大家去各处参观。

小平忽然想起一个问题。

“人造月亮为什么老是转个不停？”

老郭故意装作没有听见，把小平一把拎起，接着又撒手一扔，小平竟孤零零地浮在空中，脸都吓白了，李博士赶紧把他抱下来，叫他抓紧墙壁上的扶手。

“这下你该明白了吧！”老郭说。他告诉小平，人造月亮以每秒八公里的速度运动着，所产生的力正好与地球的引力相平衡，所以在人造月亮上的人和物全都没有重量。人造月亮围绕着“轮轴”不停地旋转，就是要产生一种离心力。人站在轮子的边缘地带，就能像站在地球上一样。现在我们

站在“轮轴”上，没有离心力的作用，一不小心人就会飘浮到空中去。李博士还让大家参观了这里的发电机大厅。大厅
14 里的发电机，就是一面很大的凹面镜，会聚集太阳光，把水变成蒸汽来推动发电机发电的。

李博士又将大家带到另一间房间。只见里面一片翠绿，田里长着南瓜、扁豆、番茄、菠菜、韭菜……参观团里有位生物学家，对这个小花园很感兴趣。据李博士说，这个花园对生活在人造月亮上的人具有很大的意义。这里的植物能吸收二氧化碳，放出氧气。一平方米的叶子排出的氧气足够两个人呼吸。

参观团最后来到一个有着圆顶的大房间。这里是天文台。李博士让大家从望远镜里看月亮，小平第一个抢上前去，看着人造月亮的映像直到被老郭拉开。

不久参观结束，小平他们告别了人造月亮，乘着火箭船返回地面。

这部作品，在日本一时间也受到了很大的关注。宇宙

岛，就是将人造卫星放大到能供人类居住的独立聚集区。宇宙空间的描写，人工重力的原理，动力源的技术性说明，还有自给自足的机械装置等面向青少年的通俗易懂且科学准确的描写，即使现在也没有过时，令人敬佩。这位作者郑文光的名字，希望读者记住。因为在叙说科幻小说今后发展的时候，还会屡次提到他。

人类站在月球上——《征服月亮的人们》 15

翌年 1955 年，郑文光出版了作品集《太阳历险记》(少年儿童出版社)，里面除上述《第二个月亮》之外，还收录着《征服月亮的人们》、《从地球到火星》、《太阳历险记》(后来改题为《太阳探险记》)共四部小说。《征服月亮的人们》用纪实影片的技法描写人类第一次到达月球世界的情景，与实际的阿波罗宇宙飞船的记录作比较，兴许也是一大乐趣。

谢托夫教授率领的第一个月球探险队回来了。少先队员

郑文光在家里的书斋里（1986 年）

们在教授家里听他讲述这次人类历史上从未有过的壮举。故事是以这样的形式展开的：

2月10日，谢教授率领的探险队乘坐火箭船飞向月球。他们离月球有38万4千公里，火箭船以每秒11.2公里的速度朝月球飞去。

两天后，火箭船在雨海安全着陆，用无线电向地球报
告。接着，大家穿着特殊的防御服和特种玻璃头盔，走出火 16
箭船。

> 我们开始踏上月亮了。
>
> 梯子伸下来。一步，两步……现在，我的铁鞋子已经陷进月亮表面的灰尘中。是什么样的一种灰尘啊？细细的，灰溜溜的，像弄脏了的面粉。也许这就是火山喷发出来的灰烬吧？它们安安静静地躺在这里，可能得几十万千，或者有几千万年了，从来没有被什么东西搅动过，直到现在，直到19××年2月12日，从地球上来了四个叫作“人”的生物，把足迹深深地印在这厚到半

尺的灰烬上。

我把一撮尘烬放到口袋里，这是月亮送给我们的第一件礼物。

科学家们也都下来了。

月亮，这是怎样的一个世界啊！在这儿，地面崎岖，可是毕竟是一片平原，没有什么东西挡住，眼睛一直可以看到遥远的远方。只在远方，靠近地平线上，出现了一些山和山脉。抬起头，仍然是布满星辰的黑色的天空，太阳发出刺目的白色光芒，还喷出红色的火焰呢。天上还有半个天蓝色的圆球，发出柔和的光辉。这就是地球。阳光只照亮了它的一半，看起来非常像地球
17 上看到的阴历初七、八的月亮，只是要大得多，也美得多。

在详细描写了月球表面的景色后，就开始罗列与地球引力的差异、没有水和空气所以一天之内（地球上是两个星期）温差很大等科学知识，同时他们朝西向阿基米德环形山

挑战，花了两天时间登上阿基米德山的山顶，向环形山的山中心滑下去，采集各种各样的矿石标本。

亚平宁山脉挡住了他们的去路，因为时间关系，他们决定返回。回到火箭船时，还剩下最后一个地球日。他们驾着火箭船到月球各处去看了一遍，看够了寂寞、荒凉的土地后返回地球。

故事在少先队员们的谢辞和表明一定要去地球外探险的决心之后结束了。

正如读者诸君看到的那样，虽然这些真实得像纪实似的描写让人深感折服，但这并不会让人觉得意外，因为作者郑文光原本就是在中山大学教天文学、在北京天文台工作的正宗的天文学家。可是，要在一个故事里介绍好几个天体的情况，就不可能完成一个时间跨度极短的故事，如果硬塞进去，就只能成为地地道道的“科学说明书”，因为前面提到的“梦境”是不能被亵渎的。

18 **去火星旅行——《从地球到火星》**

《从地球到火星》好像已经有些照顾到读者群，作者希望作探险精神的教育，但对火星表面的观察却极其慎重。

两艘火箭船准备到火星上去。珍珍的爸爸是火星探险队的驾驶员。爸爸不同意带她们一起去，珍珍便约好弟弟小强、同学秀贞偷偷地钻进一艘火箭船里离开了地球。

不久，在地球上，“星际交通委员会”发现了异常。爸爸发现孩子们不见了，便向委员会报告，立即乘坐第二艘火箭船紧随在后。两艘火箭船一边飞行一边用电话保持着联络。如果有与小天体冲撞的危险，就用电话指挥着驾驶。不久，两艘火箭船一起进入火星飞行轨道，从火箭船上观察火星的表面：

> 说着说着，不知不觉地已经来到火星上空了。火红色的土地就展现在他们下面。在太阳光照耀下，火星表面亮堂堂的，好像铺着一床无边的猩红毡子。在这床

毯子上，还有许多蓝绿色的暗斑。暗斑的边是模模糊糊的，细细的蓝绿色条条儿把它们连到一起。 19

这是海吗？然而上面没有波涛。或许是大森林吧，说不定里面还长着奇怪的动物，有长长的脖子，大得像皮球一样的眼睛……三个孩子都张大了眼睛，想找到一些新奇的东西，可是什么都看不见，一切都是静悄悄的。火星像是睡着了。只是在火红色的地面上，不时升起一阵阵黄色的尘雾——那是火星上的云。

从太空俯瞰火星的描写还提及火星北极的白色冰棱。借助乘坐另一艘火箭船赶来的爷爷之口，也解释了刚才的蓝色圆圈不过是虚幻的。但是火箭船没有着陆，说是因为燃料和食物等其他东西都准备不足，其实是为了回避当时还不太确定的、运河是否有水和生物的存在，以及避免无据可循地描写“火星人”。火箭船围绕着火星飞行了一周，便朝着地球返回。到这里，故事就结束了。

靠近太阳——《太阳历险记》

与短篇集标题同名的作品《太阳历险记》，在更有力地表现出纪实写法的同时，令人关注的应该是它“幻想科学小说”性质的构思——为了躲避来自太阳的射线而展开大伞用
20 于遮热这一与英国阿瑟·克拉克《太阳风》相反的构思。

故事是从太阳探险队成员、驾驶员小刘的视角开始讲起的。

太胡子老郭设计了一艘火箭船要去观察太阳。火箭船的前方安装了透明大伞似的装置。据老郭介绍，这是用反射力极强的材料制成的，能阻挡太阳发出的光和热。伞里还有循环流动的冷却油，把吸收的一部分热量迅速地散发出去。这样，人只要坐在伞的后面，就是靠近太阳也不用担心会被太阳烤焦。

太阳探险队由天文学家、物理学家、化学家和驾驶员组成，乘坐这艘火箭船飞向太阳。因为设有自动驾驶装置，所以一路上大家都闲着无事可做。探险队王队长给大家讲了一

个希腊神话中关于太阳的故事，就是阿波罗[1]和法厄同[2]的故事。接着，物理学家何教授讲了伊卡洛斯[3]和代达罗斯[4]的故事。

离太阳越来越近，于是他们打开了伞，让冷却油循环流动，但是火箭船内部的温度却在上升。眼前能够观察到黑子。科学家们继续讲解有关德林格尔现象产生的电波障碍、日珥和彗星的观察、彗星的轨道等知识，推翻了大家不知所云的“伪常识”。就这样，在毫无必要地充分渲染太阳具有的能源、引力、热量的可怕以后，他们越来越接近危险的临界点。

1700万公里！——这是只有慧星才能到达的地方 21
呀！差一点点，我们的火箭船就开进太阳周围那么稀薄

[1] 希腊神话中的太阳神。

[2] 太阳神的儿子赫利俄斯与海洋女神克吕墨涅之子。

[3] 希腊神话中的人物，因盗用其父所制蜡翼飞出迷宫，不幸其蜡翼被太阳融化，堕海而死。

[4] 工匠之始祖。

的气体里面去。

起初是火箭船愈来愈快，看看仪表，快到每秒钟200多公里了。只见太阳的圆面很迅速地变大，不多久，火箭船就来到一片白热的火海的上空。太阳好像一个魔鬼一样，不肯放过我们这个可怜的小火箭船，它的吸引力拼命把我们往下拉，拉……唉，它要把我们拉到什么地方去呢？

虽然有好几把挡热伞，冷却油液也拼命流着，但是火箭船内的温度还是迅速增加，我们就像在蒸笼里面似的。太阳面上卷起的熊熊火焰简直要把火箭船也卷进去，像一只青蛙伸长着舌头要粘住一头飞着的蚊子一样。我的身体湿得像刚刚从水里爬出来，脑袋发胀，驾驶盘上的数字在我面前直跳，要抬起手，却抬不起来了……

继科学家们之后，记者兼驾驶员也昏了过去，靠着王队长的机智才好歹脱离了险境。他们返回地球后，受到“星际交通委员会”的热烈欢迎，故事结束。

本文只是介绍了一些精彩片段，在陷入险境之前的章
节，即与太阳有关的正确且详尽的讲解里，不难窥见郑文
光特有的对科学正确性的束缚。“文革”结束以后，据香港
《开卷》杂志对作者的采访，他承认这个系列作品是受到了 22
苏联科学家 K. E. 齐奥尔科夫斯基[1]作品的影响。

不知道是不是这个原因，郑文光依据这样的思路创作的作品，在苏联也受到了关注。1957 年发表的短篇小说《火星建设者》，同年在莫斯科召开的“世界青年联欢节”上获得了科幻大奖，听说他因此而被批准正式加入中国作家协会。[2]与其作品的评价相比、大概是因为在国外受到好评这一政治意图才得以加入的。

作品的内容就是参加火星自然环境地球化项目的青年，因休假而回到地球，拜访曾经的恩师，向在座的孩子们讲述

---

[1] K. E. 齐奥尔科夫斯基（1857—1935），现代宇宙航行学的奠基人，被称为航天之父。

[2] 这个获奖多年来鲜为人知。郑文光原来就是文联工作人员，在《文艺报》和《新观察》杂志当编辑。

火星开发的艰辛。这是在中国共产党的领导下，忠诚于社会主义国家建设理想的老生常谈的故事。以后，这部作品由该作者进行了改编。

宇宙探索带来的困境

其他作者也写过算是宇宙探索而非梦境的作品，有鲁克《到月亮上去》(1956)、扬子江《火星第一探险队的来电》(1956)、杨志汉《到太阳附近去探险》(1956)等。正如
23 前面提到过的那样，这条路线往往会产生忠实于科学就会索然乏味、面向孩子就会嚼之无味的问题。郑文光的《飞上天上去的小猴子》(1957)从动物实验的角度描写从人造卫星上天到回收的过程，写得趣味盎然，但一到饶忠华的《空中旅行记》(1956)，就只是乘坐火箭船上升途中观察大气层变化的过程，过分谨慎地不使它溢出科学的框架，结果变得枯燥无味。不知是不是这个原因，这类故事大多带有童话的风格，作品面向更低年龄的层次。大概是为了要写得通俗易懂

些，宇宙飞船的驾驶和对热变化的防护服都变得极其简单（《到太阳附近去探险》），过分追求趣味性，刻意描写在火星表面设置植物、运河、地下水流等连专家都谨慎回避的场景（《火星第一探险队的来电》），轻而易举地采集

郑文光的面向儿童的作品集《飞上天上去的小猴子》

标本等，很多描写都让科学家蹙眉。这大概是有代替小读者提问的意图吧，但出场的科学家多少有些外行，提出的都是小学生的问题，今天看来也是很让人兴味索然的。 24

对生产手段的幻想——迟叔昌《割掉鼻子的大象》及其他

这时，具有新倾向的作品出现了。那就是迟叔昌（1922—1997）创作的《割掉鼻子的大象》（1956）。它用解谜的手法

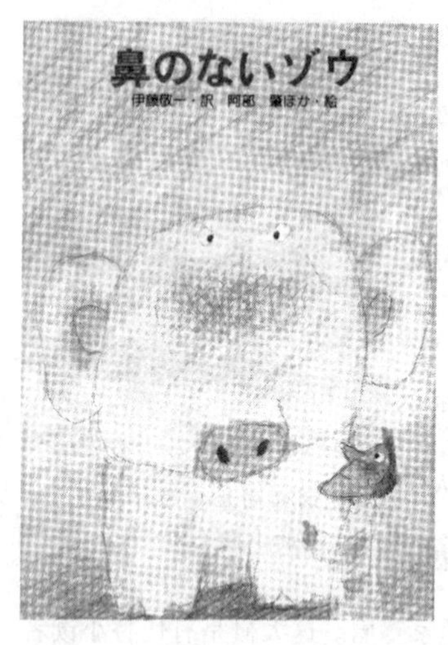

迟叔昌《割掉鼻子的大象》日文版，其他还收录《大鲸牧场》等

描写了给脑垂体以刺激，从而实现增大海豚体形这一构思。稿子是 1955 年完成的，寄给《中学生》杂志，但因为一句“荒唐无稽”，便遭到了拒绝。翌年，稿子被主编叶至善（笔名：于止）看见，经过数次加工发表在《中学生》杂志上。据迟叔昌说，人们对这部小说的评价是：虽说是科学小说，不过是模仿苏联，讲的尽是到宇宙去，与生产有关的描写很出色。接着在 1957 年，这篇小说被选为优秀儿童文学作品。据说当时谢冰心的评价是：“他把科学知识极有风趣地融合在幻想的故事里，很引人入胜。”

25 恰好那个时候，中国通过了第一个五年计划，由于毛泽东的指示，正在推进农业集体化。1955 年 9 月 16 日的《人

《割掉鼻子的大象》插图，摘自迟叔昌《大鲸牧场》，少年儿童出版社，1979年

民日报》上，刊登了题为《大量创作、出版、发行少年儿童读物》的社论，党中央提出“向科学进军”的口号，从1962年到1963年开展了贯彻“文艺八条”的宣传活动。可以说，迟叔昌的作品就是顺利地借助了这样一个风头。以此为开端，科学小说和童话的领域里也涌现了一大批作品，不是描写面向宇宙空间的梦想，而是与生活更加密切相关的理想——靠技术开发，在不久的将来定会实现光明

的未来社会。它们提倡只要努力，或者只要能够抓住机会，生产就能达到突飞猛进的增长，我们的未来充满着光明啊——这个时期的作品，大多只要看标题就能够想象出它的内容：

26 迟叔昌《奇妙的“生发油”》（1956）

梁仁寥《呼风唤雨的人们》（1956）

迟叔昌《庄稼金字塔》（1958）

鲁克《海底鱼厂》（1960）

王国忠《海洋渔场》（1961）

迟叔昌《大鲸牧场》（1961）

王天宝《白钢》（1962）

肖建亨《蔬菜工厂》（1962）

鲁克《养鸡场的奇迹》（1963）

鲁克《鸡蛋般大的稻谷》（1963）

异想天开，充满惊险的高科技社会

暂且不说有些作品一看就知道创作的构思都很相似，它们讲述的虽然是对生产增效的愿望，但这些比探索宇宙更异想天开的幻想故事也很好。比如：

> 我是北京天气管理局的天气调度员。一天，接到申 27
> 请要求在内蒙古的沙漠地带降雨。说是要制造出亚热带气候试种农作物，但遭受地震的危害，水管系统遭到破坏，一周之内如果没有集中性的大雨来，庄稼就会全部枯死掉。要使正好在渤海湾形成的低气压包含更多水蒸气送到内蒙古，就要在北京郊外的十三陵水库上设置由热核能源启动的蒸发器提高湿度。这低气压偏离前进路线，在一无所有的沙漠上白白地降下了雨，下一次气流雨量不足，终于将九枚热核反应器送到渤海湾，加温海水使之发生雾，满足了对方的要求。
>
> 刘兴诗《北方的云》（1962）

——如此轻易地使用热核反应器，不管怎么说都是很粗糙的。

迟叔昌的作品集《大鲸牧场》，收录《割掉鼻子的大象》，少年儿童出版社，1979年

我的家乡是几千米高的高山地带，要到山谷对面的亲戚家去，要花一个多月的时间。边防军花了三年多的时间为我们建造了一座漂亮的水泥大桥，但是到了春天突然塌掉了。是用于开山的新式炸药引起的共振作用所致。不尽早地重建大
28 桥，大家都很不方便。那怎么办？这时出现的是著名的微生物专家。如果使用特殊的营养素使特殊的细菌得到繁殖，使桥桁紧紧地靠在一起，这种细菌会分泌出像水泥般坚固的分泌物，只要有十天时间，大桥就能够建成。……于是，十几天后，大桥重新出现了。

王国忠《神桥》(1962)

——到底使用了什么样的微生物呢?

我因老同学的邀请，去内蒙古包头市的郊外度周末。驾驶微型飞机起飞时，忘了带上记着详细地址的电报，只记得好像是甘蔗实验园，所以总是能找到的。可是到了后在空中举目望去，那里是烟囱林立的工厂地带。那里巨大蘑菇状的白色团块垂着圆桶形的末端不安定地飘浮着。突然，从管制塔里传来呼叫声:“那里的单人客机，危险，赶快拉升高度！”正在磨磨蹭蹭着时，蘑菇尾随而来。“赶快关掉发动机！”我随着管制塔的叫喊关掉发动机，靠着惯性滑翔降落，抬头一看，蘑菇像烟囱似的收起尾巴停止了。朋友出来解释，说那个蘑菇是利用光合成的制糖机，对热很敏感，所以对你的飞机作出反应直扑而来。接着同学请客吃饭，所有的菜肴里都放着糖，真是受不了。

一帜《烟海蔗林》(1963)

29 ——充其量只能生产麦芽糖之类的东西，是否能够合乎理想呢？

除此之外，诸如利用新发明的超声波制造的“不会冲撞的摩托车”突然冲上了街头，为中学生配备同样利用超声波的猎枪，少年宫试制的火箭还没有完成便在深夜飘到了街道上等等，这一时期的科幻小说真是险象环生。

这个时期尤其值得关注的是表现粮食增产理想的作品。专攻天文学的郑文光创作了利用海洋资源为主题的《海姑娘》(1960)，考古学家童恩正创作了关于农业生产技术启蒙的《一颗没有发芽的种子》(1963)。

没有成为杰作的作品群

因此，那些在现在的SF作家看来理应能写出更有趣故
事来的构思，被当作有科学性缺陷的荒唐无稽的理想故事而
30 遭到埋没，这种可能性也是不能否定的。我在《中国科幻小

说大全》里好不容易挑选出几则留有故事概要的作品:

当电机工程师的爸爸为成绩不太理想的独生儿子制作了一顶装入“电脑”的帽子。虽然戴在头上觉得不舒服，但只要稍稍摇了摇头，无论什么样的题目，都能百发百中。但到时候如果出现了需要随机应变的题目，就会应答不及而导致失败。

“电线上停着五只麻雀，用弹弓打落两只，还剩几只？”

“三只！”

“错了！剩下的受惊吓全都逃走了！”

儿子回到家里向爸爸一报告，爸爸说：好，那就再做一个对所有的提问都能对答如流的。妈妈在边上问：那到底要多少钱？爸爸大伤脑筋。而且，装在帽子这样的大小里恐怕不行吧。对了，还是老老实实地学习提高成绩的好。

于止《没头脑和电脑的故事》(1956)

——这是说教性的滑稽故事。这个作品原本是迟叔昌的大作，但刊登这部作品的《中学生》杂志主编于止即叶至善经过大幅度的加工，所以在杂志发表时用主编的名字刊登。[1]

31 从很久没有使用的冰箱里，发现了一名处于冬眠状态的少年。从佩戴在身上的身份证明，得知是十五年前失踪的十岁少年。他的弟弟呼喊着，靠着利用“热波灯”的复苏术，使少年苏醒过来。

于止《失踪的哥哥》(1958)

——重逢的兄弟俩年龄颠倒不一致，这样的关系不是会产生意想不到的戏剧性吗？我很期待，但却没有看到。作者关心的是快速冷却和解冻的技术，两人重逢的事，很遗憾没有写。

---

[1] 经查对，文章转发时注明“原题《电脑》，与迟叔昌合作。1956 年 7 月刊于《中学生》”。

在学校的操场里玩着时，我打了个喷嚏，一架直升飞机飞来，从飞机里走出一位阿姨让我吃了药。戴在我手腕上的感应器检查出感冒的征兆，是为了不让病情扩散。此后，我为了骗那位阿姨玩而故意打了几个假喷嚏，但也许是感应器没有反应，直升飞机没有出现。

迟叔昌《人造喷嚏》(1962)

——作者是想表达科技有着美好的未来的，但说句不中听的话，那是管理型社会的恐怖。日本的国民身份证编号制度又如何呢?

去山里打猎的时候，雷声接近，所以我正在躲雨， 32
不料突然听到附近有打仗声。从断断续续的怒吼声来判断，好像是抗日的战斗。果真是亡灵的喧闹？翌日，朋友的父亲去察看现场解开了谜。那里有个铁矿的矿脉，由于雷电，当时的声音被磁气录音，偶尔遇到同样的气象条件，就会再释放出来。

王国忠《打猎奇遇》(1963)

——可惜了，使用揭示谜底的方式，也许可以成为现在常说的恐怖传奇佳作。不过，作者大概忘记了将关键的电磁波转换成声波的结构原理吧？

我听说朋友在搞鼻子与嗅觉的研究，于是去参观。气味发生器不用说了，他还制作了测试嗅觉的仪器。我马上让他进行测试，据说我不是近视眼而是“近嗅鼻”。为了矫正，要为我做“眼镜”，不对，是“鼻镜”……

肖建亨《铁鼻子的秘密》(1965)

——唯独这一篇荒谬的SF，好像至今还得到广泛地认可。这位作者到80年代还创作了好几部更具讽刺色彩的作品，原本就是一位有讽刺和幽默感的人。

> 爸爸有根黑色的胶木棍，是一根能用于任何东西的 33
> 魔棍。衣服脏了会去污，能唤来鱼群，也会净化水。可是，它的秘密仅仅只是万能微型超声波发生仪。
>
> 李永铮《魔棍》(1962)

——这个故事如果再稍稍改编一下，也许能成为极其纯粹的对未来幻想的讽刺。

如此说来，这种未来科技的全方位出场，使人联想起日本那则著名的动画故事《机器猫》。不同的就是，它没有对技术万能幻想的批判，只是赞美理想技术的实现就结束了。比如嵇鸿的《神秘的小坦克》(1963)，描写主人公寻找涂在坦克模型上的天然漆，发现父亲试制的变色涂料——变色龙涂料，便涂了上去，于是引起了喧哗。最后他为了观赏其成果而去军事基地参观演习，结果用于军事便结束了。然而前面提到的50年代那篇《没头脑和电脑的故事》里，却能够看到像是批判精神的东西。

如此看来，曾经在民国时期出现过的无拘无束的想象力和创造力，虽然或多或少改变着它的形式，但还算是适应新中国而得以顽强地幸存下来。然而，将这一切全部抹去的风暴不久将要来临。

第二章　1966—1976 35

叶永烈的十年

诉说“文革”经历的科幻作家很少。虽然在作品中反映亲身经历的情况很多，但直接诉说依然是一种太沉重的体验。其中有个作家在较早的时候就将自己的经历写进了文章里，他就是住在上海的叶永烈（1940—　）。对读者来说，这个话题看来有些沉重，但我还是要简单介绍一下叶永烈的经历。因为他作为一名年轻作家的经历，可以看作是一个典型。

叶永烈生于浙江省温州市，1957 年考进北京大学化学

叶永烈在家里的书斋里（1989 年）

系，所以是对第一章里提到的伊林和佩雷尔曼的科学知识读物颇有感情的一代。他从读小学时起就给报纸投稿，很擅长写文章，考进大学后还积极参与理科人才很少参与的文学活动。不久，他考虑将专业理科知识和写文章的志向结合起来，开始撰文普及读中学时喜欢的那些科学知
39 识，由此得到上海少年儿童出版社的赏识，开始不停地发表作品。尤其是由于参与撰写以伊林同名图书为主策划的《十万个为什么》（1958），他不得不全面地恶补科学知识，这段经历为以后成长为自称“十八般武艺”的杂学大家打下了基础。

叶永烈觉悟到自己的活动领域在于科学普及。1963 年

北京大学毕业的同时，他到上海科学教育电影制片厂工作。他一边工作一边坚持写作，没想到却被当作“不务正业”“追求个人主义”“想出名”而成为批判对象，被下放到农村。因此，他以《十万个为什么》修订稿为主的稿件送到好几家出版社都不能问世，其中有的出版社将稿件原封不动地退回来。

1966年，“文化大革命”紧锣密鼓地展开了。从叶永烈 40
的经历来看，遭到批判是不可避免的。果然，《十万个为什么》被指为“大毒草”，参与执笔的作者分别受到了冲击。好不容易写下的稿件因抄家而遭到洗劫、失散，手足无措的叶永烈被送到五七干校从事水稻栽培。这位不愿意屈服的作家很坚强，在“文革”将近结束的时候，以当时的经历和知识为基础，撰写和出版了好几本有关水稻栽培和驱除害虫的图书。

重新执笔是1972年的事。那时他已经结婚，第二个孩子已经出世。以家庭情况为由想方设法回到上海的叶永烈，已经不能做原来电影制片厂里的工作了，每天就只能挖防空洞。这时到来的是安徽人民出版社的主任编辑，说希望重新出版以前叶永烈寄给该出版社的讲解科学的书稿，拜访叶永烈是为了得到他的同意。原来，安徽人民出版社也发生过武斗，一名编辑担心书稿失散，将书稿偷偷地带回家里保管着。假如退回到作者这里的话，大概不会安然无事吧。

叶永烈喜出望外，十分激动地将书稿带回，一边挖防空洞，一边整理稿件。他想请人画插图却找不到合适的人才，不得已只好自己画。叶永烈少年时代曾对绘画也感兴趣，多
41 少有些底子。于是，1973 年出版了《塑料的世界》，这本书得以出版几乎已经是隔了十年。另一本书《化学纤维的一家》也于翌年出版。从当时的状况来看，这个东山再起可算是已经快得出奇了。

以后他又遭到下放，被迫去上海郊区嘉定县，但安徽人民出版社追到那里向他约稿，请他撰写与农业有关的启蒙书。《十万个为什么》那边也在抓紧修订版的出版，在“五七”干校期间他还与出版方少年儿童出版社的编辑见面，

但因为害怕遭到批判，这件事秘而不宣。

直到这时，还全都是科学启蒙的图书。不用说科幻小说，就连写童话都不能掉以轻心。比如，有一篇童话，叶永烈于1962年创作的《一根老虎毛》：

> 有个爱虚荣的小蚂蚁。一天，它在森林里捡到了一根毛。又粗又长又柔软又漂亮的毛。一定是老虎毛啊！小蚂蚁去了其他动物们玩的地方，拿出毛来让大家看，还吹嘘说:“怎么样？了不起吧。我打死了一只老虎，还拔了它的毛！”

其他动物们谁都不相信，小松鼠、小赤鹿、小野兔和小 42
猴子都异口同声地说是自己身上的毛——这样的构思，作为面向孩子的知识，告诉孩子们动物的毛是会新陈代谢的，动物毛因动物种类的不同而不同，老虎这种野兽的大小等。这个童话以后被指为“大毒草”而遭到批判。其理由就是，“老虎”是美帝国主义的象征，“蚂蚁”是中国人民的象征。

这毫无任何根据。人们都不写有动物出现的童话了，就连儿童文学，题材和主题都受到了极大的限制。

科幻小说的复兴

1975 年初，科学启蒙类图书渐渐地开始复苏。科幻小说的复兴来得稍晚一些。前面提到的《中国科幻小说大全》里，1976 年首先登场的就是叶永烈的《石油蛋白》(《少年科学》1976 年第 1 期)。1976 年的目录里就只有这一篇。

故事是说，来油田采访的记者参加宴会，宴会上的佳肴都是用石油为原料制作的。记者大吃一惊，人们向他解释说，这是利用吃石蜡的细菌的生长来吃掉石油中的石蜡，使其还原到变成石油之前的动植物蛋白质。

43 这样的东西想不想吃暂且不论，它虽然比起科学讲解来稍微简单些，但因为情节勉强算得上丰满，所以读起来通俗易懂。与童话相比，它以稍大一些的年龄层即从小学高年级到初中学生为读者对象，不仅是知识的讲解，还有情节，所以才被认作“科学幻想小说”而收录在《中国科幻小说大全》里。可是，据作者证实，正如本文在前面也提到过，当初发表时删除了“幻想”两个字，是作为“科学小说”出版的（《论科学文艺》，科学普及出版社，1980）。

前面说过，1976 年是个动荡的年代，估计这部作品没有受到多大的批判。在《中国科幻小说大全》目录里，翌年 1977 年收录了三篇科幻小说，到 1978 年一下子增加到 42 篇。这一年，全国科学普及创作会议在上海召开，全国少年儿童读物出版会议在庐山召开，编辑们估计到这一领域的作品可能会被解禁，他们“包围”了参加会议的作家们，争先恐后地进行约稿。1979 年的目录爆发性地增加到 145 篇。到这个时候，可以说是完全复苏了吧。即使“文革”前的高峰 1963 年，也只编入 21 篇，所以不只是复苏，还应该说是呈现出空前的盛况。

复兴的第一步——《强巴的眼睛》和《世界最高峰上的奇迹》

我们来看几部在这期间创作的作品吧。先欣赏一下王亚
44 法创作的《强巴的眼睛》(《红小兵报》1977 年第 3 期):

藏族士兵强巴在训练中遭遇意外事故导致失明。就是在摘除眼球手术期间，强巴也不停地嘀咕着:“枪要放平，瞄准目标……”强巴的祖父是奴隶，被农奴主弄瞎了双眼。胡子花白的巴桑大爷对做完手术出来的女医生旺丹说:“医生啊，把我的眼珠挖下来给强巴吧。”

两年后，强巴恢复了视力，接受测试。他瞄准五十米前的目标射击，非常准确，百发百中。老人问:“强巴的眼睛是谁移植给他的”，医生回答说:“强巴的眼睛是两只微型的声纳雷达。它利用人体里的生物电流放出一种超声波，从它的反射回波能够测出目标的距离啊，与蝙蝠能够正确捕捉目标是同样的原理。”

强巴奔到台上，站在话筒前，激动地说道:

“就从过去农奴主怎么用铁钎刺瞎我祖父的双眼，共产党又怎样给我光明，给我第二双眼睛谈起吧……”

大致可以说“文革”以前的科幻小说复活了。

接着，叶永烈还发表了《世界最高峰上的奇迹》(《少年 45
科学》1977 年第 2—3 期)，这部小说比《石油蛋白》更像科幻小说。

综合性的科学考察在世界最高峰珠穆朗玛峰进行，原来的藏族农奴担任向导。在挖掘古代化石时发现了 30 多个蛋化石，其中一个还被琥珀封闭着，估计是偶尔被松香包裹后长久地被埋着。幸好它被密封在琥珀里，经 X 射线照射确认里面的成分没有变质。古生物考察队大胆地进行假说，认为这颗蛋也

叶永烈的作品集《世界最高峰上的奇迹》(少年儿童出版社，1979 年)

从琥珀中取出蛋（摘自《世界最高峰上的奇迹》）

苏醒的恐龙朗朗（摘自《世界最高峰上的奇迹》）

许能够孵化……

玉石雕刻技术人员被请来削去琥珀，放入孵化器里，到第 45 天安全孵化了。钻出来的是叫不出名字来的小恐龙，大家便称它珠穆朗玛恐龙，小名“朗朗”。

大家得知朗朗是水栖恐龙，便放在水里喂养，一直到体
重超过一百吨，但体重太沉消耗也很厉害，很遗憾过两年就 46
死了。因此，世界上最后的恐龙终于灭绝了。

故事毕竟写得文笔老辣，非常好读。头脑里掠过电影《深海的童话》《侏罗纪公园》，或者最近真的挖掘出来的恐龙蛋新闻等，但是这部作品发表得比这些早得多，这是不容置疑的事实。

1977 年的科幻小说还有一篇，就是肖建亨的《密林虎踪》(《少年科学》1977 年第 4—5 期)。可是，这部作品只是说将控制装置植入野生老虎的大脑里，对老虎看到的一切进行监控，看起来还不能算是发挥了这位作者的潜能。

47 增加能源和粮食

到1978年，科幻小说随着质量的提高越来越走红，最引人注目的是与生产手段有直接联系的作品。因为当务之急是能源和粮食的增产。要说这其中特别令人感兴趣或特别令人难以想像的故事:

• 开发利用细菌和太阳光线抽出水中氧气作为燃料的技术。

王国忠《未来的燃料》(《儿童时代》1978年第1期)

• 发明人造腮用于水中资源开发。

王亚法《橙黄色的头盔》(《我们爱科学》1978年第1期)

• 利用生物工程学技术将稻子细胞和芋艿细胞融合起来(现在应该称作转基因)，用于增加产量。

王金海《翡翠岛》(《少年科学》1978年第1期)

• 让农作物听音乐，促进其成长发育。 48

肖建亨《胡萝卜里的秘密》(《少年科学》1978 年第 3 期）

• 利用生物工程学技术使乳牛生蛋。

苑莉、吕振华《蛋》(《我们爱科学》1978 年第 3 期）

• 在海南岛推进农业机械化，牛马大量剩余，于是装上人造腮放在水中喂养。饲料可以直接利用丰富的海草。

叶永烈《海马》(《少年科学》1978 年第 3 期）

• 大章鱼袭击潜水员。训练海豚用于海难救助，在与大章鱼的殊死搏斗中大显身手。

王亚法《海豚阿回》(《少年科学》1978 年第 1 期）

• 利用人造太阳，依靠光合成，让住宅建材像植物一样从地基中“生长发育”起来。

嘉龙《种房子》(《儿童时代》1978 年第 8 期）

49 从现代科学的眼光来看是不是能够实现，这要由读者诸君自己来判断。这些作品的共同点就是，无论是新发明还是新技术，都是在“从已经实现了的某一点开始描写”这个统一模式里展开的。作为它的背景，我们能够想到的就是，现实中即使有“四个现代化”这道护身符，拟是拟非的事也是不能写的。我们不要单纯地以为是担心卖不掉的盲目跟风。有的作品发表后放在书店的书架上没有被责令停止出版，这是一种“可以写到这一步，不会受到批判”的保证。采用这样的写作方法，就能声称“只要服从党的领导，朝着实现社会主义的方向努力，如此美好的未来定能实现”，作者的思想和立场当然就不会受到指责。因此，在这一时期，描写悲剧性未来的故事一概不能出现。

说个题外话，是 20 世纪 80 年代中期听居住在北京的人说的，据说收看电视剧和电视新闻时，观众们关注的是有别于内容的另一个焦点，即出场人物的服装。据说那个时候穿中山装的人越来越少，更自由的服装开始引人注目。

畅销书登场——叶永烈《小灵通漫游未来》 50

这时候，大家还只是在杂志上发表，不是出版单行本。好不容易刚刚解禁的科幻小说，即使出版社催着要赶紧写，也不是能马上赶出来的。不过，“文革”后第一本单行本，而且还是十分畅销的书终于问世了。那就是叶永烈创作的面向儿童的中篇《小灵通漫游未来》(少年儿童出版社，1978)。

《小灵通漫游未来》是一则在夹缝中表现未来社会技术万能的梦境故事。开头是这样写的：

> 我的年纪不算大——你的年纪再加上你弟弟的年纪，就跟我差不多啦。
>
> 我每天都收到好多信。在每封信的开头，总是这样写着：
>
> “亲爱的编辑大朋友：您好！”
>
> 给我写信，一般都是与你年龄差不多同岁的朋友们。跟你们相比，我算是个大朋友了。

51 少年主人公小灵通是位编辑。某天他出去采访，傍晚回来，走进公园里打算在长凳上歇一歇。公园地处河边，所以他把停靠在河边的船舷错当成公园的栏干坐了上去，不料那是一只来自未来城市的船。小灵通与坐在船里的小虎子兄妹俩搞熟了，便和他们一起拜访未来城市，参观靠科学技术的实现带来的神秘的未来世界。

乘气垫船去未来的城市（摘自《小灵通漫游未来》）

去小虎子家的交通工具是没有轮子的气垫车。气垫车能飞一般平稳地奔驶，因此也叫“飘行车”，它当然也会自动避开冲撞，所以不会发生车祸险情。

回到家里，老爷爷正在和机器人下象棋。老爷爷生过三
次大病，移植了人造器官，所以身体很结实。父亲和母亲也 52
都还健在。

他们吃的是颗粒滚圆的人造米，还有合成蛋白制作的像西瓜那么大的调味蛋、肉丸、用遗传因子将萝卜和丝瓜合成的蔬菜。丝瓜的根就是萝卜。

到了晚上，天空里有两个月亮。另有一个安装在人造卫

面对巨大的西瓜大吃一惊（摘自《小灵通漫游未来》）

星上的人造太阳。

像烟盒那么大的微型电视机里，广播员在播放天气预报。气候全部是靠人工管理，所以与各方面联络的结果，只是提醒人们注意明天什么地方会下雨。

在并非农场的“蔬菜工厂”里，淀粉是由人造太阳和人造叶绿素合成，成为人造大米的原料。此外，还有每月收获
53 一次的苹果，每半月收获一次的甘薯，每十天收获一次的大白菜和菠菜，等等。

几天后，小灵通又要回到现代社会。他从机场坐上火箭船，在回家的路上体验到了无重力状态的神秘等。他一回到家里马上拿起笔一气呵成的，就是这个故事。

从读惯了现代 SF 的感觉来看，其中还可以插入各种噱头，比如，到底怎样才能往来于未来城市？如果人的寿命有那么长，人口问题怎么解决？有观点说，这是“文革”前创作的作品群构思的集大成，什么东西都要装进去，结果在科学上有的地方就显得很搞笑。图书的标签是“科学幻想小说”，但在我们来看，还是应该看作是童话。

成为超极畅销书的《小灵通漫游未来》

但是，这个故事成为前所未有的畅销书和长销书，掀起了几乎要称之为“小灵通现象”的浪潮。最终大概销售了 300 万册[1]吧？作者还写了续篇，还改编成连环画，改编成电视剧，到 80 年代中期，这个系列的新作还在放映。出演主人公的儿 54
童演员在不断地长大，因此北京的《北京晚报》上介绍的主角不知道已经是第几代了，还插入了照片。

这样的盛况之所以得以延续，背后的原因兴许就在于当时面向孩子的作品太少，而且几乎都是发表在杂志上的短篇，要集中起来阅读或购买都很困难。不过，不管怎么说，只要继续遵循“四个现代化”这个国策，并引发孩子们对未

[1] 这个数字还是作者撰文时的销售数字。

来的梦想，就能够心满意足了。在这一点上，它不就有着极大的存在意义吗？而且不难想象，这部作品的畅销不仅使读者，也使作者和出版社方面松了一口气，觉得科幻小说好卖，也很有效地让社会顷刻之间了解“科幻小说”的名称。同时，在前面提到过的 1978 年上海全国科学普及创作会议、庐山全国少年儿童读物出版会议期间，向儿童文学作者的约稿蜂拥而至。可见它也起到了一个显示标尺的作用，即写什么样的东西安全——不会受到批判。在这样的背景下，翌年 1979 年发表科幻小说的数量达到了空前的规模。

《小灵通漫游未来》的书稿问世，是颇具戏剧性的。这个话题另择机会再说。

55 西藏传奇故事——《震动世界的喜马拉雅—横断龙》和《雪山魔笛》

接下来介绍这一年《小灵通漫游未来》以后的作品中引

人关注的小说。

首先是王川的《震动世界的喜马拉雅—横断龙》(《科学画报》1978 年第 11—12 期)，构思很像叶永烈的《世界最高峰上的奇迹》，但场面描写得更宏大。

西藏综合科学考察队听说在一个山洞里发现了恐龙蛋，闻讯赶去进行考察，在山洞里发现了真实的恐龙壁画，接着在估计是 10 世纪的皇宫遗迹里也发现了同样的壁画。这仅仅是偶然的吗？这时藏族队员找到了一位老人。据老人证明，40 年前有一名从云南省城昆明来的学者从悬崖上跌落，虽然被救起但因为受伤而于翌日去世。据说，当时学者交给他一张纸条，上面写着“在魔鬼湖看到了很像恐龙的动物……”

魔鬼湖在哪里？考察队不久便发现神秘的鸟，想要抓住
它，不料却跌落到钟乳洞里。钟乳洞里有个巨大的地底湖。 56
难道这就是魔鬼湖？后来他们弄清了前面提到的鸟就是始祖鸟。他们去地底湖探险，果然发现了恐龙的身影，为了生擒它，攻防战开始了……

这简直是阿瑟·柯南道尔《失落的世界》(*The Lost*

王川的作品集《魔鬼湖的奇迹》(江苏人民出版社，1979 年。改题为《震动世界的喜马拉雅—横断龙》)

World）里的场景。顺便提一下，标题“横断”是一个真实存在的地名，是横卧在西藏东部到四川省西南部的山脉的名字。

说起中国内地，当时就连中国人的脑海里也充满着与“秘境”这个名称相符的神秘感。真正的考古学家童恩正（1935—1997）在与西藏接壤的地区搞考古学实地考察，他创作的小说《雪山魔笛》也不负众望，果真是一部充满传奇色彩的作品。

故事从一支考古学考察队探访曾经是藏传佛教的一派、红教的圣地天嘉林寺开始:

> ……随着时间的流逝，这深山古刹逐渐为人所遗忘，它的残垣断壁几乎完全埋没在荒烟蔓草之中，只有那幸存的鎏金尖塔寂寞地映落日的余晖。

在红教的历史中，天嘉林寺笼罩着一层神秘的色彩。其
中流传最广的传说是与最后一位高僧拉布山嘉错有关的事
迹。据说他精通巫术，能降魔伏妖。他还有一支魔笛，可以 57
召唤山精现形，前来听他讲经。作为考古学家的“我”知道以前的农奴主利用迷信欺骗人们，帮助他们奴役人民，所以不可能囫囵吞枣地相信这样的传说。但是，拉布山嘉错用魔笛召唤山精时，“我”亲眼看见了 17 世纪前半叶来参拜天嘉林寺的人们，有官吏，有商人，有旅行家，这些人全都诉说着同样的故事，到底能不能相信?

每天工作结束以后，在帐篷外焚烧的篝火边，眺望着被

夕阳染红的雪峰、清澄的湖水、郁郁苍苍的森林，望着变成废墟的天嘉林寺的剪影，“我”的心里就会浮现出奇思妙想。假如这山和湖会讲话的话，能说出多少从缓缓流逝的历史长河中被人们遗忘的故事啊。

随着调查的进展，“我”意外地发现估计是拉布山嘉错随身携带着的笛子是用人骨制作的。到了晚上试着一
58 吹，发现吹出来的是超出可听音域的超声波。那么，拉布山嘉错召来的，不就是某种动物吗？翌晨，帐篷外的雪地上有神秘动物的脚印。设置红外线探测仪守候着，不久出现了……聪明的读者应该知道的吧。地点是西藏，如果来到喜马拉雅山的

童恩正《雪山魔笛》。其他收录《珊瑚岛上的死光》(人民文学出版社，1979 年)

山麓，没错，会出现雪人。可是，他的真实面目被认为是已经灭绝的旧人类，披着毛皮，手持石器……

“经过证实传说都是以事实为基础的”这个说法，从以前起就屡见不鲜。但这部《雪山魔笛》却成为相当规模的解谜奇谈。好像以此为起始似的，后来有好几个古代神话被定位为“科幻小说”，并衍生出一类像现代 SF 那样进行解读的作品系列。不过，这是后话。

以宇宙为主题的科幻《玫瑰与宝剑》

接着出现了星际太空文学，是从柯南道尔和凡尔纳的时代一下子跳跃过来的。那就是王琪的《玫瑰与宝剑》(《科学时代》试刊号，1978)。

随着人类社会的高速发展，能源短缺越来越成为一个严峻的问题。人们致力于宇宙空间的能源开发和研究。中国也与欧洲某国合作，在 N7 号星球（估计是小行星）上建立
勘探站进行探测，发现在地球上从来没有看到过的大量超富 59

铀矿石，并探明铀的品质要比地球上的高出很多。勘探站站长、老博士埃斯坎和机械人毕克驾驶U5玫瑰火箭载着矿石样本飞向地球时，途中突然出现不怀好意的灰色宇宙飞行器。那是从以前起就一直窥探着他们的宇宙强盗，他们以核武器攻击相威胁。U5玫瑰火箭奋起迎战，机械人毕克操纵光子911型宝剑号（战斗火箭或巨型火箭）出击，将激光炮射向灰色宇宙飞行器，于是飞行器外壳炸裂，从中出现的是丑陋的巨型蟹状火箭船。接着像“机动战士高达”那样展开了一场宇宙空间的火箭战，最后U5玫瑰火箭向逃跑的敌人再次发射激光炮将它炸毁，并安全到达地球。

中国的小说界从清朝末期就创作出探险SF。从其实际成绩来看，上述作品即使出现得更早些也不足为奇，但是这又如何呢?

另一种题材——童恩正《珊瑚岛上的死光》

科幻小说就是这样表现“用来启蒙儿童的故事”这个观

念，但实际上与此平行的另一种题材正在萌生之中。

知道科幻小说里出现的新发明、新技术也可以用于武器
以后，就需要寻找假想敌，来作为使用这些武器去打败的对 60
象。开发原子弹的国家肯定也在思考同样的问题。只是在地球上寻找敌国，现实中很容易带来棘手的政治问题，因此欧美和日本的SF大多将来自宇宙的侵略者或地底人、新人类（变异人）等设为假想敌。当然，小说即使是对现实社会和政策进行讽刺也无妨。

在中国科幻小说里，也有应用新技术打败敌人的作品。前述的《玫瑰与宝剑》就是其中一例。然而，与《小灵通漫游未来》同时，还出现了另一部划时代的作品。那就是作为纯文学杂志而闻名的《人民文学》1978年第8期上刊登的短篇小说《珊瑚岛上的死光》，作者是创作《雪山魔笛》的考古学家童恩正。翌年，这部短篇被评选为1978年全国优秀短篇小说。

在国外从事物理学研究的华裔青年陈天虹决心回国，临走时他的导师赵教授（也是华裔）遭到某大国间谍袭击遇

害，间谍的目标是抢夺赵教授发明的高效原子电池。赵教授临死前烧毁设计图，将完成的样品交给青年，托他带回祖国。接着，这位青年陈天虹成为叙述者，将故事继续下去。故事非常复杂，所以介绍也不得不长。

陈天虹驾驶着私家小型飞机朝祖国的方向飞去，在南海岛屿上空遭遇神秘光的袭击而坠落大海，在长达三天的漂流以后，险些受到鲨鱼袭击的时候，被一名其貌不扬的老
61 人救起。

老人的真实身份是激光研究第一人、十年前突然失踪的胡明理博士。博士在X国从事研究开发，得知自己的研究成果被用于武器后参加了反战运动，但是政府要把他关进精神病医院。这时出现了一个名叫布莱恩的人。他是洛非尔电子公司这家跨国企业的人，说是为了用于和平，向他提供太平洋上的珊瑚岛，全方位地帮助博士。陈天虹对资助者的真实身份感到怀疑，但胡明理博士对此却深信不疑。几天后，布莱恩带着助手乘坐小型飞机回来，说可以用这架飞机送陈天虹出去。

因为没有其他方法可施，所以陈天虹在滞留期间没有向博士隐瞒自己带着高效原子电池的事。博士听后十分高兴，说这个电池如果与自己研发的激光掘进机连在一起，能得到很好的效果。陈天虹听说将自己从鲨鱼嘴里救出来的就是博士的激光，便与博士交流，谈起科学家的发明和武器的应用说，用于和平而开发的技术，由于拿到技术的人的不同，不也可以成为杀人武器吗？从博士的激光也可以用来攻击远距离目标、自己遇险时某国的舰队正在活动，一直谈到自己坚信洛非尔电子公司很可疑，并提醒博士对方正利用他不谙政治而偷偷

布莱恩和沙布诺夫的魔手逼近博士的身边（摘自《雪山魔笛》所收《珊瑚岛上的死光》）

地将他软禁着。

62 不久出现的布莱恩乘上了指挥官沙布诺夫率领的某国驱逐舰。陈天虹躲在暗处观察着，他们还欺骗博士想要把他带到欧洲的山里去，博士断然拒绝并突发心脏病。布莱恩布下核炸弹想要毁灭证据并带着设计图逃跑。博士和陈天虹用激光掘进机进行攻击，将他们化为灰烬。博士用尽最后的力气后死去，陈天虹驾驶着幸存的摩托艇逃走，终于获救……

科幻小说走向银屏

这部作品被选为1978年全国优秀短篇小说，这是“科
幻小说”在中国科幻史上第一次得到纯文学文坛认可（不是
63 作为儿童文学或科普作品）的象征性事件。当然，得到认可
的过程不可能很顺利。据叶永烈《论科学文艺》一文里说，
1978年评选全国优秀短篇小说之际，科幻小说《珊瑚岛上的
死光》得票数进入前五名，但文学界主张不应该让这部作品
入选的呼声很高，说科幻小说不属于文学的范畴。结果经妥

VCD 版《珊瑚岛上的死光》的盒装，不太像 SF

协后被排到第 25 名——最后一名，不胜荣幸地忝居末席。

不过，这部《珊瑚岛上的死光》只在文坛里持有赞成与反对两种论调，普通民众却极其乐于接受。这肯定是“文革”期间只让看“样板戏”看腻了。在恢复传统京剧的同时，新的东西更容易受到民众的欢迎。《珊瑚岛上的死光》马上被拍成电影。可以说，这是新中国成立后的第一部 SF 电影。由于场景中将会出现手绘激光线、布制火箭船等特技效果，不得不承认电影的拍摄会相当复杂。不过，日本初期

电视节目里出现的SF剧，其中的《铁臂阿童木》和《铁人
64 28号》等也是用实景制作的，现在看来令人喷饭的地方比比皆是。眼下只是考验制作人员将它拍成电影的勇气。

说实话，“文革”前就有将童恩正的作品拍成电影的计划。那就是1960年发表的《古峡迷雾》(少年儿童出版社)。

这个故事是说，在抗日战争最高潮时，中国青年学者在四川省发现了古民族，但是日本业余考古学者固执地横加干涉，中国学者与美国考古学家共同作业进行实地考察，中国学者不知何时失踪了，实地考察的成果由美国学者发表。然而建国后重新进行调查，查明是美国人杀害中国人夺取了发现成果。深究这个故事梗概，虽说是科幻小说，其实给人印象更强烈的是间谍小说，但是童恩正靠着实地考察培养出来的观察力和描写力，有一种无人企及的吸引力。不过制订拍电影计划的时机很不凑巧。《古峡迷雾》后来经作者修改后再版，但拍电影的事就再也没有人提起。

SF 间谍侦破——叶永烈的“科学福尔摩斯”

总之,《古峡迷雾》和《珊瑚岛上的死光》有个共同的
特点就是“间谍”。它们与翌年2月发表的刘肇贵的《β这个 65
谜》(《科学文艺》1979年第2期)等探险间谍小说,都被作
为科幻小说的题材之一而得到社会的认可。此后,相似的系
列作品大量出现。刚以《小灵通漫游未来》走红的叶永烈,
也以迅猛的势头开始创作公安局的“科学福尔摩斯”,即名
为“金明”的主人公大显身手的探险推理系列,又博得了很
大的人气。其中之一就是《碧岛谍影》(《少年科学》1980年
第6—7期)。

碧玉岛坐落在南海一个虚构的城市滨海市的洋面上,岛
上发生了一起绑架事件。岛上有一所罗丰博士的研究所。罗
丰博士完成了人造金刚石的制造技术,但他的夫人却遭到了
绑架,是从密室里被绑架走的。罗丰博士完成的人造金刚石
制造技术引起了国际上的关注,自然也引起了国际间谍的关
注。立即出马的是滨海市公安局的超级明星金明和年轻助手 66

科学福尔摩斯金明和弋亮。不是罪犯是侦探（摘自叶永烈《碧岛谍影》，湖南人民出版社，1980 年

弋亮。金明勘查现场后看出是某国间谍所为，找到线索进行推理，布下天罗地网抓捕案犯……

作者自卖自夸，将此自诩为“将科幻小说和推理小说相结合的新风格”，与此同调的评论也出现一些，但推理小说的规则却定得很琐碎。

在推理小说领域，作者要考虑几个方案，不至于无意中打破定规。在古典推理作品里，有“诺克斯十戒”的规则。

所谓“十戒”，是英国作家隆纳德·诺克斯（Ronald A. Knox）于1928年发表的，缘起于天主教大主教的通称。虽然有些长，但还是要介绍一下：

1. 罪犯必须是故事开始时出现过的人。

2. 侦探不能使用超自然的能力。

3. 不能在犯罪现场使用秘密的房间或通道。

4. 不能将尚未发明的毒药或需要进行深奥的科学解释的装置用于作案。

5. 故事里不能出现中国人。

6. 不得用偶然事件或直觉来侦破案件。

7. 侦探自己不能是罪犯，但可以是罪犯乔装打扮成侦探欺骗与案情有关的人。 67

8. 侦探不得使用未向读者提示过的线索破案。

9. 故事的记述者必须将自己的判断毫无保留地告诉读者。

10. 如果有双胞胎或双重身份的人装扮，必须提前告诉读者。

要满足 SF 小说和推理小说这两方面的条件是极其困难的。关于其中第 5 条需要补充说明一下，当时西方人之间存在着“中国人拥有神秘力量”的传说，所以才制订了这一条。

然而，将它与叶永烈的《碧岛谍影》一对照，就出现这些问题：用新开发的某些技术来说明据称是不可能的诡计（违反第 4 条）；可疑人物是经过乔装打扮的罪犯（违反第 8 条）；引诱罪犯的计谋里突然出现与人一模一样的机器人（这也违反第 8 条）；罪犯的出入口是秘密的房间（违反第 3 条）。听到是“SF 推理”便吊起推理爱好者胃口的违规频频出现，“诺克斯十戒”也形同虚设。主要人物全都是中国人，更是从一开始就违反了第五条。

据作者说，这些违规的要点是导致在海外——德国和法国——也被翻译出版的原因。可是，古典式构思，假想敌国的简单设定，从儒勒 · 凡尔纳的时代起就几乎没有进化。主
68 人公是像图画里画出来的正人君子，反派角色也是像图画里画出来的恶人，而且故事的展开一眼就能够猜透等，要想作严厉的评价就只能说这些了。

敌人在某国

在这些中国式间谍推理方面，敌人必须是外国。如果有人要干坏事，那就只能是仰外国鼻息的人，要不就是思想不健康的反革命分子。当然，他们不可能得到胜利后逃走的。如果那样写的话很容易被视作作者的思想有问题。所以在这些作品群里，说起反派角色就是“北方某大国”“某霸权主义大国”“回归故里的华侨”“卖国分子”，回顾清末以来的对外关系，这可以说也是顺理成章的，中国始终有着遭外国间谍窥探的戒备心理。

不过也并非哪个国家都能被当成假想敌。与中国处于友好关系的国家是善，关系不好的国家是恶，这当然要根据小说创作时的情形来写。说起 1978 年，中国与苏联的关系很险恶，中美关系也产生了裂缝。因此在《珊瑚岛上的死光》
里，某国是苏联，X 国是美国，这就很容易能够解读。叶永 69
烈的《碧岛谍影》里将间谍送来的敌国名字甚至很清楚地写着是“奥罗斯”。顺便说一下，观察对日关系的反映也是如此，《珊瑚岛上的死光》里出场的胡明理博士，在第二次世界大战后留学日本，受到在广岛被原子弹炸过的指导教官的影响而成为和平主义者。另一方面，20 世纪 60 年代同是童恩正创作的《古峡迷雾》里，日本人却成了反派角色。若是现在，写日本人时感觉也许还会稍有变化，不幸的是，作者已于 1997 年客死美国。

随后紧接着由众多作者创作的大量间谍作品，全都是大同小异的。推出的作品与“SF”“推理”的名称相符的作者，应该说是下一章里将要介绍的郑文光和肖建亨等人。尽管如此，我们不得不承认，靠着《小灵通漫游未来》和《珊瑚岛上的死光》，科幻小说作为单行本得以出版并陈列在书店书架上的通道被豁然打开了。于是，在科普作品、面向少儿的童话、间谍作品眼花缭乱地竞相出版的盛况中，时间进入了 80 年代。

第三章　新的展开和探索 71

SF、推理、超能力的兴起 72

从 1979 年到 1981 年，出现了科幻小说杂志创刊的出版高潮。

以“科学幻想小说”为专业的杂志和丛书，笔者收藏的书刊按出版社和创刊年份如下：

《科学文艺》（双月刊）四川人民出版社，1979 年

《科学神话》（丛书）海洋出版社，1979 年

《智慧树》（双月刊）天津新蕾出版社，1981 年

《科幻海洋》（季刊）海洋出版社，1981 年

《科学小说译丛》（丛书）广东科技出版社，1981 年

《科学文艺译丛》（丛书）江苏科学技术出版社，1981 年

《科幻世界》（选刊）科学普及出版社，1982 年

《科幻译林》（丛书）科学普及出版社，1982 年[1]

顺便提一下，1981 年甘肃人民出版社甚至出版了飞碟研究杂志《飞碟探索》（双月刊）。起因好像是在中国国内接连出现了几次 UFO 目击报告。在日本，SF 的真正流行最初也
73 是“飞碟研究会”。在 SF 和 UFO 之间，有着不浅的因缘（不过，要说 SF 迷是否相信飞碟真的是宇宙人的交通工具，宁可说是相反，大多是作为茶余饭后的谈资）。

在出版界以外，曾经盛行一个现象，即超能力（人体特异功能）的热潮。不用眼睛而用手肘或膝盖的内侧识别写在折叠纸片里的文字，像这样的孩子相继被发现，后来在日本

[1] 未能出版便中途夭折。

也陆续发现具有同样能力的孩子。是未知的能力还是纯粹作弊？这引起了一部分媒体的喧哗。事情的真伪暂且不说，不过，是这样的风潮受到了科幻小说流行的刺激，还是超能力现象带来了科幻小说的流行，一时还很难下定论。

飞碟研究杂志《飞碟探索》的创刊号

同时，推理小说的创作风头骤起，也是在这个时候。除
了王亚平的长篇推理《刑警队长》（上海文艺出版社，1980）
成为畅销书之外，间谍和武侠作品也大量出版，还被拍成了
电影和电视剧。其中一篇由艾国文、黄伟英创作的《人民公
社杀人事件》由伊藤克翻译成日语，刊登在日本《サンデー 74
每日》杂志1981年6月至7月刊上（连载的第一回手头没有，
关于原标题和译者伊藤克先生的情况不详）。在中国，推理

小说原本就很受欢迎，民国时代夏洛克·福尔摩斯就十分走红。当时程小青创作的霍桑系列最近又受到好评出了新版。侦探角色及其业绩的记录者兼叙述者侦破了无数诡异事件。它将 1920 年时的上海设为主要舞台，从作品的氛围来看，有观点认为与福尔摩斯故事如出一辙，连出场人物的对话也明显有着福尔摩斯的痕迹。

不过，很难说包括程小青在内的中国式推理小说要走向世界，就一定要忠实地遵循推理小说的规则。在日本，也仅仅因为稀罕而介绍一两篇，没有出现“现代中国推理小说丛书”之类的图书出版计划。科幻小说和推理小说同时盛行，也许是因为叶永烈创作了“金明系列”的缘故。

然而，好花不常开，风头不长久，这是世间常态。1981 年以白桦创作的电影剧本《苦恋》为开端的文艺批判风暴骤起，如雨后春笋般发行的科幻小说杂志相继消失了踪影。在中国，总是两个极端——或大张旗鼓，或偃旗息鼓。

新主题出现——吴伯泽《隐形人》 77

在《珊瑚岛上的死光》稍后创作的作品群里，有一部作品是吴伯泽（1933—2005）的《隐形人》(《工人日报》1979年1月（日期不详）)。笔者读的是收录在《科学幻想小说选》（中国青年出版社，1980）里的作品，这部小说很有趣。我暂时将它归到间谍小说里，因为从中可以看出更多的端倪。我们稍稍介绍一下——

星期六夜里。华丰饭店一楼的服务员小张上夜班刚刚接班，就在服务台后边翻阅日班的记录和会客登记本。

这时，临街的旋转门慢慢地开始转动。门转到90度刚好可以通过一个人时停止了。可是，没有看见人影。

“又是哪个顽皮的小家伙在淘气了！”

小张伸长了脖子想要看看究竟是谁在这个时候还在恶作剧。

这时，小张感觉到有东西伴随着一股冷风在向他逼近，
然后隔着服务台停在他对面。他睁大了眼睛注视着，但空空 78
荡荡的大厅里，什么东西也没有。

笔者最早弄到手的科幻小说选集《科学幻想小说选》

“奇怪啊！”

他在心里嘀咕着，沏了杯浓茶，准备熬夜。

这一夜平平静静地过去了。到了第二天清晨。

三楼服务员老邢和平时一样出来打扫房间，理应没有住客的302号房间的房门稍稍打开着。

“怎么回事？莫非是刚来的旅客？”

不管怎样，都应该去看一看。

老邢推开302号房间的房门，大吃一惊。床上凌乱地摊着棉被和毛毯，桌子上散放着骨头、包面包的纸、瓶子和茶杯。显然昨天夜里有人在这里住过。他以为肯定是哪个同事出于某种原因没有回家，就违反旅馆的规定私自开门在这里过夜。

“真不像话！”

可是，老邢走近桌子边，电话机边放着一张纸条和几张人民币，用房间的钥匙压着。一看纸条写着：

“我很抱歉，未经贵店同意，擅自在此过了一夜，并取
用了一些食品，现将费用按贵店定价付清，请查收。”最后 79
是“隐形人启”。

他立即报告公安局，黄局长也感到很棘手，指示市内的旅馆重新检查防犯装置，但没有得到任何结果。这时工程师孙兴飞奔而来，说同事赵卫国不知去向。调查人员估计这事与隐形人有关。

赵卫国是一个认死理的人，与孙兴两人参加某次会议的时候，读H·G·威尔斯的《隐身人》走火入魔说，如果是我的话就要想个更好的方法给你看。他逼着孙兴帮助他，孙兴被他缠得真的发火了，敲着桌子说，你靠自己独立做个事给我看看。以后，就没有再见过面……

黄局长和孙兴在赵卫国的房间里留下纸条，让他知道他们已经识破他了。他们在赵卫国的房间里布下网等候着，他果然穿着隐形服出现，回答两人的问话，诉说发明隐形服的辛苦。

这一部分超越了以往科幻小说的规则，赵卫国对做隐形

服的构思侃侃而谈地作了解释，也包括失败的艰辛。其中夹着一段这样的对话。

“……我设法搞来一批透明度非常高的材料，又自
80 己装了几台简单的研磨装置。从那时起，只要一下班回
到家里，我开动机器一直干到半夜。”

“怪不得这回我们去访问你的邻居，他们都说你是个搅得四邻不安的怪人。”黄局长恍然大悟地说。

“我整整打搅了他们一年半，才把所有部件统统制成。”

读威尔斯走火入魔，不顾给邻居造成的麻烦埋头搞技术开发，赵卫国是颇有个性的。如果是科幻迷，马上就会在脑海里浮现出“科学狂人”这个词。

那么，最后剩下的构思，主要就是引力透视的原理。近几年，哈勃望远镜摄录了因黑洞的引力透视效果而显示出分裂的宇宙边际的影象。以此为基础仔细考虑，会发现赵卫国的构思很遗憾是不可能实现的，但作者似乎没有注意到这一点。

赵卫国讲完后感到很满足，沾沾自喜地说要把这项发明贡献给自己的祖国。这时黄局长给他泼了冷水。此后气氛陡变，变成不是科学普及的间谍小说。据黄局长说，“霸权主义大国”的间谍已经盯上了这项罕见的发明。一看窗外，果然有可疑人影在游荡。黄局长想出一计。根据黄局长的指 81
示，赵卫国解开隐形服的前襟装作喝醉酒的样子走出门外。果然不出所料，国内的“不良分子”出现，用汽车绑架了他，把他带到一幢别墅里。间谍的头领是一名自称名叫“谢诺夫”的熊一样的彪形大汉，逼他在伏特加和无声手枪之间作出选择，没想到却被见机按下隐形服开关的赵卫国作弄，黄局长也及时赶来将他们一网打尽。其实黄局长让赵卫国带着跟踪用的微型无线电发射机。这一部分是按间谍小说的规则，展开得合情合理。

事件告一段落，本以为这就结束了，不料结尾还附着赵卫国与“国家科学技术委员会负责人”的谈话记录。还有一个噱头：这位“负责人”宣布，对赵卫国的活动给予全力支持，最后在南海的孤岛上将他放置在良好的封闭状态里，直至完成

“反隐形探测器”的研制，不让这项罕见的发明被外国利用。

在积极的意义上来说，这既没有落入作为儿童文学科幻小说的俗套，也不是间谍小说的套路。从中可以窥见科幻小说所具有的若干个特点。它拥有科普小说和间谍小说的元素，这是不言而喻的，虽说在隐形服的构思里有科学谬误，但不摆架子的富有幽默的对话和吊足胃口的噱头等，有着很难舍弃的韵味。开头饭店里的场景和主人公夸张的个性，具有荒诞幽默小说的元素，后半部分起到结尾可以说是间谍小
82 说的拙劣模仿。即使干掉间谍也不会理所当然地成为英雄，也可以看作是描写国家组织的冷漠。这样的创作方法，在“文革”前承担科学普及、儿童启蒙等任务的科幻小说里几乎是看不见的，但是在这里，作为使作品的韵味变得更加复杂的重要元素而起到了效果。很遗憾，我没有找到吴伯泽这位作家创作的其他小说的资料，所以不知道他在创作意识上发展到哪种程度，但是他是脱离知识普及派作品的先驱这一点，是应该值得关注的。

科幻高手登场

有这样一种先入为主的观念，认为SF小说是儿童文学的一种，主要着眼于科学知识的启蒙，不是很成人的读物。这样的观念不仅在日本，即使在中国也很难舍弃。关于这一点，现代中国科幻小说的开拓者郑文光也颇感苦恼，在接受香港书评杂志《开卷》的采访时，他作了这样的回答（1980年第5期）：

> ……为什么总把科幻小说视为是儿童文学呢？我想有这么几个原因：第一，我最初的作品就是给儿童看的
> 科学幻想故事。后来于止、迟叔昌、童恩正、肖建亨等 83
> 人的作品也是给儿童看的。写给成人看的科学幻想小说，只在最近两三年间才出现；第二，中国在50年代，从苏联引入了“科学文艺”这个名词，在苏联，“科学文艺”是指类似伊林写的、给儿童阅读的文艺性科普作品。但是到了我国，“科学文艺”的含义扩大了，竟包括科学小品、科学童话、科学幻想小说以至科学相声，于是就有

> 人把“科学文艺”定义为：以文艺形式普及科学知识的读物，但又把它列为儿童文学的一个分支。这已经是很多年前的事了，大家习以为常。比如，我当了24年作家协会会员，有关儿童文学的会议是邀请我参加的，去年我还当了作协的儿童文学委员会委员，和全国儿童文学评奖委员会委员，可是作家协会召开中短篇小说会议、小说题材座谈会之类，却从来没有邀请过我……

但是，足以颠覆这种偏见的作品还十分稀少。作家作为当事人也没有从偏见中摆脱出来。郑文光以阅读海外SF的丰富经验为基础，身体力行地站在前面，不断地创作着他坚信是科幻小说的作品。

84 科幻小说去向何方——郑文光《飞向人马座》《太平洋人》

人民文学出版社于1979年5月出版的中篇小说《飞向人马座》，应该说是《从地球到火星》的成人版。面向儿童的

《从地球到火星》是50年代发表的，《飞向人马座》则颇具青春活力。

郑文光《飞向人马座》

宇航中心的总监邵子安的儿女邵继恩和邵继来以及邵继来的同学钟亚兵，来参观将要出发去火星的宇宙飞船“东方号”。但是由于某国间谍火箭的暗中活动，宇宙飞船突然起飞，以每秒四万公里的速度飞离太阳系。

三人意想不到地被卷入到宇宙飞行里，并度过了几年。他们利用碰巧带着的“缩微晶片”即水晶制作的大容量记忆装置，学习各种科学知识，启动望远镜进行科学考察，战胜了宇宙线袭击、超新星爆炸、星际物质造成的障碍等考验。虽然险些被吸入黑洞强大的引力里，但他们利用宇
宙线的能量战胜了它，修正了轨道，成功地再次踏上返回 86
太阳系的归途。

摘自《飞向人马座》。在“东方号”飞船内

同时在地球上，为了救援“东方号”，邵继恩的女朋友岳兰，也在邵子安的指导下着手建造另一艘宇宙飞船“前进号”。然而不久战争开始，“前进号”也遭到战火毁坏。

战争终于结束，邵子安和岳兰立即回到宇航中心，开始重建遭到损坏的“前进号”。不久宇宙飞船一完成，岳兰和邵继恩的同学宁业、程若虹三人便乘上“前进号”，出发去寻找“东方号”。利用宁业在战争期间发明的中微子通信仪发送信号，终于找到了“东方号”，两艘宇宙飞船连接在一起踏上了凯旋的归途。

同样在1978年底，《太平洋人》刊登在杂志《新港》上。据说这是在重读1956年创作的旧作《飞出地球去》时，从苏俄的火箭工程学先驱者E. 齐奥尔科夫斯基（1857—1935）的论著中得到的构思。这里也介绍一下它的故事梗概：

小行星3017将要经过地球轨道的附近。有人向宇航员陆家骏请求协助，希望“捕捉”这颗像泰山那么大的小天体。其他的协助者里还有小行星研究所的肖之慧。计划顺利推

87 进，但陆家骏的态度总显得很犹豫。不久，从意想不到的地方提出了一份请求协助的申请，是海洋地质学家陆家骥寄来的。陆家骏很踌躇。陆家骥是双胞胎中的哥哥，两人曾是为争夺一女性的情敌。而且那位女性——方冰随陆家骏一起去火星考察时因事故而死亡。这是兄弟间产生芥蒂的根源，也是陆家骏对这次协助工作感到犹豫的真正原因。

关于这两部作品的创作意图，作者在以后湖南少年儿童出版社出版的《郑文光科幻小说全集》第一卷（1993）的序文里写了件令人关注的事。他提及《飞向人马座》获得第二届全国少年儿童文学创作一等奖，说整部小说的三分之一被科学知识占居，但

《郑文光科幻小说全集》第一卷

这是填补了大型科幻小说长期以来没有出现的空白。之后，他说道：

> ……《飞向人马座》和《太平洋人》真实地表达了
> 我创作前20年的痛苦追求，刻意地表达宇宙与人性的 88
> 和谐美。我真诚地相信人性中美好的东西，真诚地相信这种美好可以战胜世间的一切艰难险阻。然而，任何人都会发现，在这样的征途上，我已经走到了尽头。一种自我的怀疑已经孕育其间。当我的主人公随着东方号飞船返回地面受到人山人海的“总统级”接待的时候，当我的双胞胎兄弟友好地向对方礼让爱情的时候，我已经在扪心自问：这一切都是可能的吗？
>
> 我的创作处于一个转折的十字路口上了。

把科幻小说看作是儿童启蒙的文学，编织通俗易懂的科学知识也要描绘出人性的美，这样的方法论是正确的。可是，郑文光对这样的写法没有感到满足，他试图摆脱固有的对科幻小说的偏见，进行新的尝试，这样的意志在当时已经萌芽。

新文学的追求——郑文光的探索

再来回顾一下郑文光的这种意志在作品里是怎么反
89 映的。

《飞向人马座》的确使早期作品《从地球到火星》等的宇宙题材得到拓展，读者对象已经是稍稍年长些的少年们了。但在陈述科学知识的情节设置上，的确有“黔驴技穷”的感觉。我们在故事梗概里难以作详尽介绍，如在连续飞行的宇宙飞船里主人公们遭遇的各种考验，为克服这些困难而作的科学知识等的解释，占了相当大的篇幅。只要在头脑里有着普及科学知识这根弦，阅读起来就会变得很艰涩，这也是迫不得已的。而且随着社会的进步，应该汲取的知识变得越来越复杂而膨大。人的心理和行动不能如此以按图索骥的方式发展。在“科普创作”框架内进行的创作活动，的确已经是江郎才尽了。要打开这个通道并继续创作科幻小说，就要探索与以往不同的路径，这是水到渠成的趋势。

在《太平洋人》里，已经显现出试图弃旧图新的模样了。科学知识的叙述虽然也占相当分量，但它更重要的是以大量笔墨描写人物的状态，同时暗示科学上的新发现给人们的生活带来什么样的变化等，表现得更倾向于“文学”。

郑文光这种对文学的倾斜，虽然夹杂着一如既往的科学知识，以及估计受到间谍小说流行影响的小品文，但作品一部比一部更深刻。（下面的作品介绍依据 1998 年为纪念作者古稀之年而编纂的《纪念文集》里的创作年谱，有的没有记录初次发表时的出版物名称，估计年谱里记录着的只是创作时间。凡是能确认初次发表时的出版物名称的，便将出版物名称也一并列出）

《古庙奇人》（1979 年 5 月 / 收录在金涛编《冰下的梦》 90
里。海洋出版社，1980）

住在古庙地下来历不明的外星人，在暗中操纵被抓获的地球人，但他们的动机还不明确。作者说是面向少年、志向娱乐的意思，但在民众不知情的地方正在进行的科学研究背后，也可以读出可怕的形象来。在这里也可以看出作者一贯的主题，即科学家的研究与现实社会之间的关联。

在香港作为单行本出版的《古庙奇人》。昭明出版社，1981 年

《白蚂蚁与永动机》(1979 年 11 月 /《科学文艺》1979 年创刊号)

这部作品愤怒且充满幽默地描写叙述者、机械科学助教授李龙，和中学时代同窗、“文革”期间爬上去的娄金蚁之间的纠葛，不是所谓的 SF 小说。它的特色在于故意按照文字将 SF 的译名“科学幻想小说”用于“对科学的幻想”，强烈地表现出向讽刺小说倾斜的意思。它将娄金蚁这个人对现代

科学的亵渎描写成对永动机的妄想。从这一描写形式来看，91
作者的意图明显不在于介绍科学知识。作者创作的小说脱离了科幻小说的框框，不就是试图以此来审视自己作为科学家的立场吗？其实，作者此后创作的作品，即使是虚构的文学作品，也几乎都是强烈地反映自己在“文革”中的经历。这可以说是以后郑文光作品的原点之一吧。此外，作者在 1980 年撰写的评论文章《科普创作要宣传科学的世界观和方法论》里，作为象征“文革”中科学素养低下的例子之一，介绍了一个真实的事情，说根据以往的统计，永动机设计图的专利申请一个月有五千件，所以娄金蚁这个人物绝不是一个夸张得很荒唐的人物。（武田雅哉《桃源鄉の機械學》，作品社，1995）

《海豚之神》（1980 年 1 月 /《新港》1981 年第 2 期）

海豚智商极高，这是众所周知的，所以胡博士应用电脑教海豚阿聪说话，成功地使阿聪能够与人类对话。博士不在时，助手教它“神”这个单词，于是在实验对象阿聪的身上

发生了悲剧。阿聪将新捕获来的粗暴而力大无比的海豚作为神来崇拜，无论受到什么样的欺负，都不愿意离开自认为是
92 “神”的海豚大黑身边。“神”这个单纯的词语唤醒了海豚内心里的某些东西，结果海豚大黑就追求做一个真正的“神”。研究者们在海豚身上看见了人类世界的影子，陷入在忧郁的心情里不可自拔。

可以说，小说没有局限于对“文革”的批评，而是揭示这种悲剧本身就深深地根植在人类具有的本质里。

《地球镜像》(1980年1月/《上海文学》1980年第1期)

参与宇宙探索的考察队发现一颗与地球一模一样、简直像彩色负片胶卷那样所有色彩与地球成互补色的星球。第二次考察队到达后，发现那颗星球上的居民消失得无影无踪，最后剩下的像是从飞碟上拍摄的地球人的映像。队员们看到这些映像，体会到人类具有的无可比拟的疯狂，才觉悟到那颗星球上的居民为什么不肯与考察队员们相见。

展现给队员们的映像全是中国的，可见这部作品具有对

遠くから見たところその星は黄色に見えた。ちょうどレモンが一個、濃い紫のビロードのような宇宙空間にぽっかり浮かんでいるみたいに。そこで「探索号」の宇宙飛行士たちは、星の地表は一面の裸の砂漠なのだろうと思っていた。ところが宇宙船が近づいてみると、驚いたことに、この星は濃密なまばゆい黄金色の大気に覆われ、かすかに緑がかった雲がまるで島のように、この大気の海に浮かんでいるのだった。

乗組員たちは注意深く、この静まりかえった星を調査してみた。そしてたちまち、大気の主成分が酸素であることを発見した——ということはつまり、呼吸もできるし飲用水をたたえた川もあるということになる。しかしながらこの星には、いたる所にうっそうと茂る植物があるだけで、飛ぶ鳥も走る獣も、また高度の文明も認められなかった。ただ、最後に雪に覆われた高い山に登ってみたとき、ようやくはるか彼方に宮殿式建築の跡と覚しい屋根や城壁を認めただけで、人影は全く見えなかった。

銀河系内を巡航していた宇宙船「探索号」は、かくして飛び去った。乗組員たちは衆議一

（94）

翻译刊登在日本《SF 宝石》终刊号上的《地球镜像》

夸大中国落后一面持批评态度的倾向，但这正如作品中也提及的那样，不过是因为队员都是中国人。作者的目光注视着的，是整个地球人类自己。

93 《星星营》（1980 年 3 月 /《智慧树》1981 年第 1 期）

故事是从少年的视角来叙述，说被迫研究返老还童的科学家丰华川反复做着人体实验，最后招致大祸发疯而死。虽然与前面的《白蚂蚁与永动机》很相似，但这里是科学家屈服于权势而招致悲剧的发生。它描写了科学家追求真理本身成为目的的时候，就必然不会给人类带来幸福，也不可能与现实中的政治状态无关，由此而带来的悲剧。

94 《大洋深处》（1980 年 7 月 /《大洋深处》。人民文学出版社，1981）

从纳粹的迫害中逃脱的科学家洛威尔在深海建立基地，与独生女儿安妮两人隐居在那里。可是，为了阻止外人接近而设置的激光自动制御装置，导致飞机和船舶的遇难事故频发，引起了全世界的关注。想要完全阻断与外界的联系，但使用的手段又不得不与外界联系，这个矛盾制造了一条通往失败的道路。故事将儒勒·凡尔纳《海底二万里》和童恩正《珊瑚岛上的死光》揉为一体，但它的主题与其说是描写中国人喜欢提示谜底的“英雄形象”，还不如说是询问与现实世界完全绝缘是否可能。

《命运夜总会》（双月刊《小说界》1982年第1期）

主人公耿定源在“文革”结束后来到妻子娘家H港（估计是香港），在那里与命运夜总会老板、幼年时的好友韦亚伦（到H港以后改名为徐国甡）见面。他带着据说可以控制人心的电磁波研究成果，悄悄地进行着人体实验，最后将自己放在实验台上自我毁灭。可以说这部作品是将《白蚂蚁与永动机》和《星星营》的主题投影在更现实性的描写里。

就这样，郑文光在时而倾向科学、时而倾向文学之间不 95
断地摇摆着，同时探索着自身的主题，不久便发表了倍受瞩目的中篇（在日本相当于长篇）。

《战神的后裔》（花城出版社，1984）

因为不合时令的大雨，平时一滴水也没有的河流顷刻之间苏醒了，变成一片汪洋，阻断了前行的道路。叙述者“我”只好在河边的农家曹老汉家请求住下。合住一个房间的男子薛印青脸上有道很大的伤痕，面对小顺子“去哪里”的问话，薛印青回答说：“去白马堡”。“白马堡？不知道啊。是在哪里？”“我也不知道……说起龙头矿，你知道吗？是有名的金矿，就在那附近……”曹老汉在边上说：“我长年住在这里，这方圆百里没有这样的地方啊。”酒过三巡，夜深人静，薛印青说出奇怪的话来：“我去了火

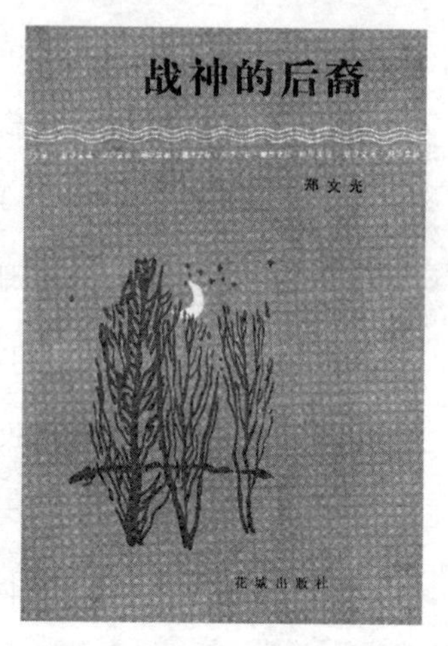

郑文光最后的力作《战神的后裔》

星五年，回来一看，什么都没变。”火星？别开玩笑，人类刚刚才好不容易去了月球！“火星开发你知道的吧。还是机密？”

他说自己是作为地质学家从事火星开发的，并讲起那
期间发生的事。“我”半信半疑，却渐渐地被他的故事所 96
吸引……

这部作品可以看作是由50年代创作的《火星建设者》改编的小说。按薛印青的说法，聚集在火星开发项目里的人全都是品德高尚、颇有理想和抱负的人。读下去时，对未来过份乐观的景象令人感觉有些汗颜，随着项目的推进，当初超越国境的合作者和中国工作人员之间显得理想化的人际关系，渐渐地显示出将要陷入僵局的前兆。尽管算得上坏人的人一个也没有，所有人员都在拼命努力，但事态还是朝着悲剧发展。

“他为什么会在这里”这个谜团，以备日后介绍作品之用而没有挑明。也许可以说，作者只是想把出场人物描写得真实些，就只能这样了。

然而，大家正期待着郑文光这位作家今后会表现出什么样的发展时，他突然脑中风发作倒下了。这是1983年4月刚
97 刚完成《战神的后裔》以后不久的事，并留下了右边半身不遂和语言障碍。此后他的语言障碍得到很大程度的康复，不时地发表一些简短的评论等，但创作已经中断。在《郑文光科幻小说全集》第四卷（1993）的序文里，作者说道：

> ……命运奇怪地与我开了个大大的玩笑，我的首部作品写的是火星，而最后一部小说恰恰还是火星！

文学志向的作品群——魏雅华、肖建亨的机器人等

科学技术的进步，就像用来消遣的探险间谍小说里看到的那样，不只是集中发生在某一个国家里。人类的整体水平达到某个阶段时，不就是某个国家的研究人员以极小的时间差迅速地发表了研究成果吗？看看近年来先后发表的各种研究成果，大致相同类型的科技开发都是在各个国家

里先后发生的。

在文学领域里，也会出现同样的现象。在中国，郑文光想要给科幻小说增加文学性——或者使科幻小说反映出自身的哲学观和人生观时，先后出现好几个找到同样发展方向的作家。

魏雅华（1945—　）的《“温柔之乡”的梦》（《小说选刊》1981年第3期）就是这样的作品之一。 98

这是一部佳作。舞台是人口爆发前的中国。在有兄弟的情况下，只有长子能以人类女性为妻，后面的弟弟们就只能以机器人为妻。为了尽快抑制人口增长，机器人由公费进行分配。这自然能被理解为是对人口控制政策的讽刺，但在主人公娶机器人为妻以后的变化里，也能窥见少生孩子的现象带来的溺爱孩子而使孩子成为“小皇帝”的担忧。不过，模仿阿西莫夫对机器人三原则的应用则很勉强，机器人太人性化也令人有些忧虑。

《沙洛姆教授的迷误》（《人民文学》1980年第12期）的作者肖建亨（1930—　）从“文革”前起就撰写不时地显露

讽刺色彩的作品，这一时期更是强化了讽刺的倾向。故事背景是机器人工程学发达的不久后的未来。让不懂得人格培养的机器人夫妇（当然外观与人类完全一样）养育沦为街头流浪儿的人类孤儿，结果以失败告终。光这一点，似乎与以前的科普小说没有太多不同，但出场人物的描写明显具有文学志向，孤儿成为实验对象，解开孤儿身世之谜保证了作品的主题。善待机器人，但最终归结到人类问题而不为技术至上吹捧，可以说这是摆脱了以前科幻小说的定律。

99 同样，肖建亨的《机器人乔二病患记》(《人民文学》1982 年第 12 期）是一部将当时（兴许对现在也很适用）的社会问题借助科幻小说的形式进行讽刺的小说。随着技术员越来越了不起，头衔不断地增加，光忙于参加会议，没有时间专研技术，于是就制造了一个与自己一模一样的机器人，让它去参加会议。就差没有说出机器对拘泥于形式的会议十分胜任的话来，没想到那机器人最后患了会议中毒症，发生中断现象，这十分令人发笑。

由同类型的构思出现的微型小说还有沙叶新的《有名

病》(《文汇报》1986年6月2日)。这篇微型小说是说当事人在各种会议之间奔波而没有委托给机器人，期间因过分劳累而死亡，原因不明，被诊断为“有名病”。

讽刺和诙谐——童恩正《西游新记》

天津新蕾出版社由郑文光担任主编的杂志《智慧树》里，刊登过前面提到过的童恩正连载的喜剧故事。故事标题是《西游新记》(1983年(期数不详)—1985年第1期)。按 100
标题来推测，在《西游记》里出场的各种人物中，除去三藏法师和白马，是说孙悟空、猪八戒、沙悟净三人去美国留学，引起了各种骚动，最后安然无恙地踏上归国之途。这是忠实地模仿讲解本的口吻叙述的。根据连载结束后新蕾出版社出版的单行本(1985)，摘取目录来看——

“瞌睡虫制服劫机犯，救飞机行者成超人”

“猪八戒初跳迪斯科，沙和尚呕吐电影院”

童恩正的滑稽科幻小说《西游新记》

跳迪斯科而兴奋起来的猪八戒（摘自《西游新记》）

受到全美国民狂热款待的孙悟空、猪八戒、沙和尚（摘自《西游新记》）

“好莱坞特技凶险，卢卡斯登报求贤”

“种族财神三K党逞凶，自食其果参议员受苦”

101 最后一回里甚至出现了归西之际恰遇来美国访问的中国
SF作家代表团这一插科打诨的插曲。作者有过在美国生活
过几次的经历，所以风俗描写也毫无牵强之处，大大地发
挥了旁观者嘲笑美国“病灶”的精神。令人十分惊讶的是，
这部作品竟然会出自那篇《雪山魔笛》的作者之手。据中
学时代就了解作者的人撰写的介绍文章，作者当时是一个
102 喜欢恶作剧的淘气鬼。拙劣地模仿《西游记》或改写的作
品很多，都没有能出其右。不过，看新蕾出版社版的单行
本封面，就没有将它当作科幻小说而是准神话。在天津的
书店里发现后购买时，我还向年轻的女店员讯问：“这是面
向孩子的书吗？”

对“科幻”的各种探索

《智慧树》是以稍低年龄层次为读者对象的杂志，但也刊登未必面向孩子的作品。《小灵通漫游未来》的作者叶永烈，就发表过应用“意识流”手法创作的实验小说《小黑人的梦》（1981 年第 2 期）。

同时，作品构思也有从纯文学的角度向科幻小说接近 103
的。长篇小说《昨天的战争》的作者孟伟哉（1933— ）创作的《访问失踪者》（《北方文学》，期数不详），是一个访遍各种星球寻找失踪者的构思，与严家其的《宗教·理性·实践》一样，属于清末寓言小说的范畴。虽然也有着宇宙旅行这个框架，但移动的手段和奇妙的外星人的描写，都很难说是科学性的。

因《人到中年》而在日本也家喻户晓的谌容创作的《减去十岁》（《人民文学》1986 年第 2 期），虽然没有刊登在《智慧树》上，却是一部描写闹剧话题的作品，描写北京市内某组织很快领会某人“‘文革’十年是空白”的说法而引起

从左起，魏雅华、童恩正、吴定柏。右端是担任翻译的秦学龄女士（1986 年，成都，在后述的第 1 届“银河奖”授奖大会上）

的闹剧。只是，这笑话里有些苦涩，作为讽刺也有不过瘾之感。前述《有名病》的作者好像不是专业的科幻小说作家，所以也属于这一类吧。

郑文光对这样的倾向充满着期待，说“中国文学界迟早会认识到科幻小说这种文学体裁的重要性，会有越来越多的人从事这方面创作的”（《开卷》的访谈），但以后所见并不那么乐观。

可是，这些科幻小说与以前的文学很接近，这是为什

么？思考这个问题，就会想到当时的背景，因为从70年代末 104
期到80年代初，由于接触到欧美的SF，人们又盛行起“SF即科幻小说也是一种文学”的主张。这是一种“如果国外的SF小说是文学、我们中国的‘科幻小说’也是文学”（实际状态也正是如此）的表现。然而，除去郑文光和童恩正这样的例外，对大多数无法直接阅读外语而立志当作家的人来说，标准只能是国内已经发表的各类作品。因此，这样的现象的确是中国特有的，无法验证是否具有符合文学性要求的内容，便出现了主张科幻小说也是文学的动向。但是，这样的议论与实际状况却相差很悬殊。于是在这个时候，就出现了以“名实相副”为关键词、“科学幻想小说”应该重视“科学”还是应该重视“小说”这一在我们眼里毫无结果的争论。可以说，这是50年代以来的“科学小说”“科普小说”的潮流，与试图在文学表现手法里衍生出科学主题这一新潮流的对立。没有读过国外名著的原著就不停地进行这样的争论，这是一种何等奇怪的现象，而且也得不出一个清晰的结论来。但是，发表作品的数量，与以前相比的确有了突飞猛进的发展。

但是，同时还有一些清醒的观点。那就是在《科幻海洋》第3期（1981）上刊登的一段书评。

书评的作者在报纸上看到评论说，受到国外SF影响的科幻小说忽视起关键作用的科学而走探险和恋爱的路线，这很为难。于是他去从事科学文艺的朋友那里，说在这种
105 形式的“繁荣”背后会不会有意想不到的副作用？当时，朋友的话是：

> ……这位评论家不是说了嘛，从一九七八年以来，全国已发表的各种科学幻想小说约二百余篇。好家伙，三年多的时间，十亿人口的大国，而且是悠久历史的文明古国，只有二百余篇科幻小说，“繁荣”从何谈起！
>
> 欣然《崇高的思想 可爱的人物形象——读〈遥远的迭达罗斯〉》

新闻的评论好像是以评论“科普小说”的眼光来议论

“科幻小说”，看见这一评论的书评者将两者结合起来称为“科学文艺”，这才是真正让人感到为难。

然而，那则新闻评论的确变成了预言。以后，海外文化的负面影响在所有的领域里被当作批判对象，科幻小说也被推到了风口浪尖上。归根到底，不过是“三年多的时间”里“只有二百余篇科幻小说”。

107 # 第四章　再次超越苦难

108 ## 文艺批判的风暴——围绕着白桦《苦恋》

1980 年 12 月底，北京科学教育电影制片厂里召开一次内部试映会。电影的片名是《太阳与人》，是由白桦（1930—　）的原作《苦恋》的电影剧本拍摄的电影。1981 年 11 月，原作者白桦发表了他的自我批评文章（大概是被迫的）。自我批评可以归纳为下列五点：

> 一、《苦恋》主人公热爱祖国（中国）却没有得到
> 110 好报，将这种爱表现为“一厢情愿”，这是错误的。

二、用描写民众的偶像崇拜来批评个人崇拜，这是错误的。

三、艺术手法引用过时的观念，加深了错误的性质。

四、纠正自己错误的世界观。

五、今后还欢迎批评。

以此为开端，批判的矛头指向了纠正中国文坛上出现的“不正之风”，并进一步升级。好不容易刚刚起步的科幻小说也不得不被卷入到这股浪潮里。

金涛《月光岛》和其波澜

有位作家名叫金涛（1940—，曾任科学普及出版社社长），他是《光明日报》的撰稿人，1984年还参加了南极考察队。作为科幻小说作家，他的作品算是少的，但处女作《月光岛》却是一部了不起的佳作，但他以后的命运却很离奇。接下来我们介绍一下由金涛自己的说辞《我与科幻》

《月光岛》的扉页图（摘自《科学神话》第二集，海洋科学出版社，1980 年）

（《科幻世界》1995 年第 5 期）概括出来的提要。 111

《月光岛》最初是刊登在《科学时代》1980 年第 1、2 期上的，也没有什么反响。过了半年后被其他杂志转载，由作者修订后刊登在《新华月报（文摘版）》第 7 期上，同时还刊登了由郑文光撰写的评论文章《要正视现实——喜读金涛同志的科学幻想小说〈月光岛〉》。据郑文光的评论说，“它是近几年来比较理想的科学的文艺作品，它尖锐地提出了社会现实里的某些问题，并且用强有力的艺术感染力启发着读者。”接着评论说“四人帮”时代的青年们遭遇的悲剧及其后遗症，虽然在“四人帮”被粉碎后大多数人恢复了名誉，但仅仅这些还是不够的，还应该教育青少年读者热爱这来之不易的幸福生活。

可是，过了一段时间以后，对这部作品的评价突然严肃
起来。在过去的科幻小说选集的后记里，特地从编辑的立场 112
对结尾部分提出质疑，虽然 1981 年与另一部短篇《沼地上的
木屋》一起出版了，但以后的科幻小说选集里就再也没有收
录它。

同时，从 1980 年到 1981 年，四川省歌舞团提出要把它改编成“科学幻想歌剧”演出的计划，1981 年 5 月完成的剧本送到原作者那里，但不知道后来这部歌剧是否搬上舞台，也不知道剧本是否正式发表。

到底是这部作品的什么地方出现了这些问题呢？小说的前面很长，我们还是看一下梗概吧。

研究生物科学的教授孟凡凯和在教授指导下准备撰写论文的年轻人梅生因为“文革”而分道扬镳。年轻人被发配到远海的孤岛上，就是居民只有三十六个人的“月光岛”。虽然守着灯塔，但好歹能确保实验室继续进行研究。期间，一位居民发现了自杀的少女尸体，年轻人应用自己的研究成果生命复原素成功地使这名少女起死回生。死而复生的少女竟然是指导教授的独生女儿孟薇。据她说，她考大学及格，但去欧洲参加学会研讨的父亲被怀疑为间谍。家里在他将要回来的那天夜里遭遇抄家，并声讨父亲的“罪状”，母亲受到刺激心脏病发作而猝死。父亲从此就没有回家，孟薇的大学入学资格理所当然地被取消，几个月后，她万念俱灰

跳入了大海。 113

两人惊叹这意想不到的奇遇，在岛上度过了三年多的时光。某天梅生接到通知，说月光岛的灯塔被废止，允许他回大学接受留学生考试。受到孟薇“这个机会不能放弃”的鼓励，青年回到大学里。他发表的论文——关于复生术的研究引起关注，梅生去百货店买女式服装准备当作送给孟薇的礼物，在那里巧遇终于刚刚出狱的指导教授即孟薇的父亲孟凡凯。两人立即赶往岛上，到那里一看，岛上连一个人影也没有。只留下一张女儿的纸条，说：

……这岛上的人都不是地球人，是从天狼星系来考察的考察队。不过这些人对我都很亲切，所以我和他们一起去了。这个世界上没有我待的地方……

难怪，故事的概要的确很像是传奇剧，会让人联想起中国古典名著中的《牡丹亭》和《桃花扇》这些死者生还的故事。即使由日本宝冢歌剧团来改编成剧本兴许也会接受的。

可是，它的结尾不行，与白桦的电影剧本《苦恋》里凌晨光
114 的女儿说出的犯忌的台词很相似。发展到这一步，给“科学幻想小说”是科学还是文学的争论带来了恶果。看样子，科学派的逆风刮起来了，想要打垮文学派。唯独科学普及才是科学幻想小说的任务，脱离主业的活动是不应该得到允许的，必须从来自于资本主义各国颓废的恶劣影响中保护青少年。

受难的日子

尽管作者没有点明，我还是列举几份资料作为这种状况的佐证吧。首先，引用一下全国出版工作者协会组织的座谈上的讲话：

> 我必须老实说，我对科学幻想小说从来也没感过兴趣。大概我这一辈子里只读过一本科幻小说，那是因为当时环境恶劣，情绪不好，想找点刺激。我并没有从科

幻小说里面吸取过什么营养，我认为现在国外的科幻小
说是造谣生事，没有好处。科学是实事求是的，可是科
幻小说总是把事情夸大，出了格。这对知识不多的青年 115
有什么好处？据我看法，这是对青年的“污染”。奉劝
现在的科学幻想小说家改变方向，不要搞“污染”，要
搞“环境保护”。

叶永烈《科幻小说现状之我见》(《文学报》1983年1月13日）

同时，这位先生对电影的发言摘要也刊登在1981年3月26日的《人民日报》上，出处是《电影艺术参考资料》，发言的要旨，与幻想相比，还是更竭力主张科学普及。给我送来那则剪报的是上海的叶永烈，还附着愤愤不平的书信。

叶永烈在80年代回忆当时情景的《中国科幻小说的低潮与其原因》(《科学24小时》1989年第3期）里说:

（列举了几个原因）……第五，过多的行政干涉。

> 时而不准科技出版社印行科幻小说，时而控制印行外国科幻小说中译本，时而强令某些已经付印以至已经成书的科幻小说停止发行……种种“禁令”，使科幻小说雪中加霜。

116 这里说对已经付印的科幻小说强行给予停止发行的处分，指的是像海洋出版社的《科幻海洋》或《科学神话》第4期吧。这件事，在1986年召开的“银河奖”授奖大会上，当时的《科学文艺》杂志社副主编杨潇也在报告里提起：

> ……一些报刊不是实事求是地对一些作品进行摆事实讲道理的批评，而是主观地下结论，挫伤了一些作者的积极性，因此，科幻小说的来稿量和质量都明显下降，在众多的科普刊物纷纷“关、停、并、转”的一九八四年，《科学文艺》面临着严峻考验。（摘自授奖大会当日分发的小册子）

消失的专业杂志

本文虽然提及科幻小说遭到批判，杂志、丛书相继被迫停刊、停发，那么在出的是什么样的杂志、丛书呢？我们连它们的内容还没有分别作介绍。作为对停发书刊的挽歌，我们再来叙述一下。

海洋出版社坐落在北京西长安街的紧外侧、复兴门的西
边。作为资料的出处，笔者屡次引用过它的名字，这家出版 117
社，光是 1979 年发行过可称中国最早的 SF 年鉴《科学神话》这一件事，也应该永远记住它的名字。

《科学神话》的稿源主要是从前一年发表的科幻小说中精选数篇，而对其他作品则尽量找到后刊登它的梗概和出处（唯独第一辑收录 1976 年到 1979 年三年间的作品）。据说第三辑于 1983 年出版以后，第四辑本来也应该出的，但因为害怕遭到批判，将好不容易印刷的图书作报废处理了。第二辑之前的资料后来于 1982 年作为《中国科幻小说大全》由该社出版，笔者在撰写本书时也将它当作了宝贝。

应该记住该社的另一个业绩就是，1981 年它完成了一个壮举，即发行了又是中国最早的 SF 专业杂志《科幻海洋》。但是，进展并非一帆风顺。1980 年，消息最早通过参与创刊的郑文光传到日本研究苏联、东欧 SF 第一人，已故的深见弹先生这里以后，

颇费周章的《科幻海洋》创刊号

关于创刊的预告一拖再拖，最终发行是在翌年 1981 年 4 月。在日本的《SF 宝石》终刊号上，还介绍了寄给深见弹先生的《科幻海洋》创刊号的封面，这是发行前作为照片样本寄送来的。据笔者后来弄到的实物，印刷水准好像有不少问题，与照片的印象相差很大。发行进度也不太顺利，应该是季
118 刊，第二辑出来是同年 8 月的事。很大原因大概是用纸不足吧。大 32 开，全 378 页，定价 1 元，这个价格在当时也不能说是便宜的。也许是这个原因，后面介绍的同类规模的专业

杂志也没有达到当初的设想，而变成了不定期发行。第三辑是同年12月出版。内容非常翔实，有国内外作品介绍、国外SF信息介绍、国外SF题材和构思、主题的分析等，但时间也许还是早了些。停了一段时间后到1982年7月复刊，开本大变，变成16开，136页，但定价没有太大变化，是0.95元。直到第四辑还在内容方面继承之前第三辑的方针，但10月出版的第五辑则有意识地面向儿童，连环画占了很大篇幅。宁可说，刊物已经与《智慧树》比较接近，翌年1983年2月的第六辑，只是在外国短篇译文里增加了介绍国外动态的信息。似乎是将按当初的设想收集的稿件分成两期发行了。第七辑听说是出版了[1]，但我手头上有的是直到第六辑。

其次，应该关注的是1981年1月创刊的、由郑文光主编 119
的《智慧树》。这是由天津新蕾出版社出版的，16开96页，定价0.45元起步。它是薄薄的周刊杂志的尺寸，也许是因为考虑到孩子的购买力才控制了定价。虽然将儿童启蒙当作幌

[1] 该辑没有出版。

郑文光主编的《智慧树》创刊号

子刊登童话、漫画、美国动画《星球大战》等，但它其实有着想要培育科幻小说作家的意图。因此，上面刊登的却是不一定面向儿童的评论、讽刺小说、实验小说。这本杂志因为将科学知识启蒙当作招牌，因此得以幸存，在我能够确认的范围内，至少持续到 1986 年第 6 期。内容构成没有多大变化，以双月刊的发行进度总计出了 33 期。作为这一时期的科幻小说杂志，这是很罕见的。只是，即使它在通货膨胀时也毫不气馁地维持着定价，但是到 1986 年 6 月的第 3 期就不得不缩小规模，页码缩到创刊号的一半，即 48 页。

有一套丛书是广东科技出版社出版的《科学小说译丛》，1981 年 2 月创刊。开始时目标好像是《科幻海洋》那样的

科幻小说专业杂志，但与《科幻海洋》有很大不同。首先正如题名看到的那样，它以翻译海外作品为主。它经常刊登熟 120
悉国外情况的评论家，如占有地利之便的香港撰稿人杜渐撰写的国外信息等。同时，令人注目的是它不以短篇为主，而是每期必然登载一部国外长篇。创刊号里刊登了阿瑟·克拉克《2001 太空漫游》的译本，以后还刊登了伊拉·雷文（Ira Levin）的《巴西来的男孩》、阿西莫夫的《钢铁城市》、迪恩·孔茨（Dean R. Koontz）的《惊悚时分》等，很会拼搏。但 1982 年的第 5 期终于退步了。创刊号和第 2 期是大 32 开，从第 3 期起变成 32 开，定价 0.95 元，这是因为考虑到《科幻海洋》的缘故。

还有《科幻世界》这本杂志。它由北京的科学普及出版社出版，内容构成大致以《科幻海洋》为基准。当时作家群还很薄弱，所以执笔的人也都是与《科幻海洋》相同的面孔。它在介绍国外 SF 信息时也详细地提及日本，出处估计是早川书房出版的《SF 入门》（福岛正实编）。杂志大 32 开 200 页，定价 0.65 元，稍稍有些低廉。现在我手头上存有的是 1982 年 4 月的第 3 期。大概是为了维持定格，后半部分的报道狠心印成了小字，很小气。另外，此后存着的《科幻世界》是四川省成都市科学文艺社的刊物，两者之间没有直接关系。

121 《科学文艺》杂志的奋斗

在得以幸存的“硬骨头”里，除了《智慧树》，还有《我们爱科学》(北京少年儿童出版社)、《少年科学》(上海少年儿童出版社)。它们顾名思义全都是以科学讲解、科学实验、工作信息为主的小型刊物，不能称之为科幻小说专业杂志，但即使在批判的风暴最高潮的时候，还是继续每期刊登科幻小说。毕竟如果在前面打出“科幻小说专业杂志”的旗号，要存活是极困难的。

可是，有一家杂志真的超越了这个“极困难”。那是一家名字也叫《科学文艺》、主要刊登原创科幻小说的杂志，1979 年 5 月创刊。它形式上是由四川省成都市的科普创作协会编辑。编辑委员会里有叶永烈、郑文光、肖建亨、刘兴诗、童恩正等十四人。看它的内容，主要是原创短篇小说、国外短篇小说译文，以及传记和国内外奇闻这些非虚构类文章、诗歌、童话、评论等。16 开 80 页，0.50 元，价格也很适中。虽是改革开放之前的事，不过有官方组织作后援，这个价格也过得去。

但是，1984 年，生死存亡之秋也降临到编辑部设在蜀国古都的《科学文艺》身上。它因为销售不畅而出现大量赤字。当时人们正刚刚从没有什么东西可读的“文革”时期 122
摆脱出来，“饥不择食”以为什么东西都能卖，不料杂志种类逐渐增多，从苏联那里借用来的“科学文艺”的方法论也暴露出它根底的肤浅。于是，编辑部将这里当作科幻小说最后的阵地，咬紧牙采取了由杂志社自负盈亏的“独立核算制度”，向四川省科学技术协会党组和四川省科技出版社党组提出方案，经过批准付诸实施。这并不像嘴上说说那么简单，要用“民主方法”挑选负责人，挥泪斩马谡，改组半数以上编辑，最后留下的人员工作量倍增。主编亲自在学校间

《科学文艺》1986年第4期。刊登第1届银河奖授奖大会的报告

《科学文艺》的编辑们。1987年夏天，来日本的时候

奔波进行推销，用两轮拖车运送装订好的杂志，其他编辑放弃节假日连续加班等，已经成为茶余饭后的谈资。来稿有空缺时，还必须自己填补。

当时作为编辑部成员留下而获得好评的干部有主编杨
潇、编辑谭楷、莫树清、美编向际纯四人。他们全都有着作 123
家的志向，实际上也发表过作品，但他们已经顾不上自己的创作了。每次看到同年代的作家发表令人注目的作品，内心大概也是不会平静的。

为了填补亏损，不可能只拘泥于科幻小说，还要出版能赚钱的科普作品和面向儿童的图书等。他们出版便于幼儿认字的绘画本，凭良心解决亏损问题，获得了很大成功，发行数上升到100万册。借着这股势头，他们出版了好几种面向幼儿、孩子的科普读物。又因为被《人民日报》《四川日报》等大型报纸介绍的缘故，这些启蒙书籍的发行数量进一步攀升，打开了解决亏损的道路，总算看得见《科学文艺》能够维持下去的希望了。

124　中国最早的科幻小说大奖赛——第一届“银河奖”授奖大会

1984年，编辑部为了振兴《科学文艺》提高科幻小说的质量，与《智慧树》联手，设立了中国最早的科幻小说大奖赛。在筹备阶段，首先以四川省为主，在好几个地方召开科幻作家的聚会，加强团结，在翌年1985年打出了划时代的方针：

> 长期以来，科学文艺的概念被解释为用文艺的形式普及科学知识。科幻小说成了解释和演绎科学知识的小说。这样，文艺仅仅是工具，是载体——这样定义“科学文艺”明显不符合八十年代中国读者的审美要求。

> 科幻小说并不是告诉你具体的科学知识，没有哪一个人是看了科幻小说而成了科学家的。但是，科幻小说可以启迪人的想象力，激发你开拓更广阔的思维空间。

> 最重要的是帮助树立科学的世界观，掌握科学的方法论。 125
>
> （在“银河奖”授奖大会上的报告）

于是，他们制订了新的科学文艺理念——

> 科学文艺不仅仅要描写科学技术本身，而更应该广泛地表现时代，表现社会和人生在科技革命浪潮冲击下的演变。科学文艺作为一门新兴文艺，肩负着重大的历史使命。她要去勾画和赞美一个即将到来的、激动人心的时代；要去揭示孕育着这个新时代的、席卷全球的科技革命浪潮，对阻碍科技革命浪潮的封建迷信等种种旧势力以有力的批判。（同上）

如此说来，这是对清末以来的“科学小说”观念针锋相对地进行质疑，提出新的方法。大奖赛的新闻在《光明日报》《文摘》上刊登后引起了关注，当然也提高了宣传的效

果。于是，1986年5月15日，中国第一届科幻小说大奖赛
126 “银河奖”授奖大会，借《科学文艺》编辑部所在的成都市
科学技术协会的房间召开了。四川省当地不用说了，来自北
京、上海、天津、广州、贵阳、西安、哈尔滨等全国各地的
作家、编辑欢聚一堂。其中有中国科普作家协会理事长温济
泽，就连担任中国作家协会书记处常务书记要职却对科幻小
说始终怀有好感的作家鲍昌也出席了。席上，鲍昌表示“对
科幻小说早晚一定会得到巨大发展”怀有很大期望，赢得了
人们的掌声。大会举行的新闻不仅当天由当地报纸《成都晚
报》作了报道，17日的《人民日报》海外版也作了介绍。

当时的参赛作品数量有700余部。入围作品不等结果公
布就即时刊登在《科学文艺》杂志上。16部作品被刊登，根
据前面提到的新理念，评审结果有11部作品获奖。编辑部
说，感到欣喜的是年轻作者比老作家更惹人注目。但是也存
在着一些问题，评选委员指出下列三点：

127 一、也许是缺少生活经历的缘故，很多作品模仿国外
SF，以从未见到过的外国为舞台。

右：装饰（布置）银河奖授奖大会会场的向际纯的映像图解

下：授奖大会的报告情景

二、科学知识的讲解占了很大篇幅，缺乏大胆的想象力。

三、从文学水准来说，对人物的描写很欠缺。

尽管如此，这个中国科幻小说史上的第一次尝试最终胜利闭幕了。不过，虽说第一次大奖赛胜利结束，但还不能尽情庆贺。授奖仪式开始时宣读的那份报告的结尾处，还能看见这样的话：

> 同志们，朋友们：在今天这个喜庆的时刻，我们坦率地流露出隐忧，发出呼救。在经济基础薄弱、稿源时
> 128 断时续、稿件质量很不稳定的情况下，我们怎么才能守住这唯一的一块宝贵园地呢？

培养新作家的尝试

在“文革”前起就为《科学文艺》撰稿的作家中，他们本人的言论暂且不说，只要看看作品的内容，就知道很多作品都还没有从旧有的科普作品中摆脱出来。曾经写出畅销书

《小灵通漫游未来》和“科学福尔摩斯”金明的叶永烈，转向写传记和报告文学，郑文光因病又不能执笔，这时就只能考虑无论花多少时间也要培养新人。光靠与授奖大会同时召开的、与新理念有关的作家研讨会是不够的。在继续出版科普读物确保经济基础的同时，《科学文艺》编辑部召开研讨会讨论科幻小说的创作，以占读者大多数的初高中学生为对象，举办了名为“校园科幻”的小品大奖赛。征集来的稿件多达六千件，才气横溢、构思不凡的作家幼苗不断地从初高中学生中涌现出来。

面对这样的动向，原来的科幻大家们也敏捷地作出了反应。成都地质学院教授刘兴诗自己也在进行新的创作活动，积极参与《科学文艺》编辑部的研讨会和初高中学生的大奖赛，还编辑中国科幻作家们的作品选集，努力想让社会了解 129
科幻小说的存在。郑文光和叶永烈在培养后辈新人中发挥了很大的作用，发现新人以后给予支持，如在杂志上作介绍，在作品集出版之际推荐新人的作品等。那时被发现的新人中，不用说初高中学生，甚至还有小学生，后来果然有作品入围科幻小说大奖。

在如此辛勤的努力下，科幻小说大奖赛的鼻祖“银河奖”虽说不是每年却也举办了好几届[1]。《科学文艺》还充实读者投稿栏目，想方设法以各种形式刊登来自读者的建议，反映编辑方针等，始终坚持收集读者建议。此外，他们还不厌其烦地修改刊登的报道内容、封面、版面设计等，新设栏目反映读者的建议，如“环球邮箱”“科幻迷俱乐部”“科幻妙语”“每期一新”“假使当主编”等。杂志名称后来也改成《奇谈》，1991 年又改名为《科幻世界（SCIENCE FICTION WORLD）》。这是出自以前的痛苦经验，决心脱离科普和政治。

杂志名称的改变获得很大成功，其效果在几年后开始显现。以四川省当地为主、各地城市为中心，通过读者投稿栏，出现了要求组成科幻小说爱好者团体的呼声，渐渐地有了生
130 气。不久，还创办了同人杂志，科幻迷滚雪球般地增加。

[1] 现在每年举办，到 2015 年已经举办到第 26 届。

科幻小说走向国际舞台——WSF 例会在成都召开

尤其起决定性作用的，是 1991 年 5 月《科学文艺》编辑部成功地将世界 SF 协会（WSF）的世界科幻年会拉到了成都。世界科幻年会，每年在美国除外的欧洲各地城市轮流选择主办地。《科学文艺》在举办大奖赛、组织科幻迷团体的同时，没有忘记还要顾及一下国际知名度的提高。

1987 年夏天，《科学文艺》的编辑们听说日本每年都举行“日本 SF 大会”，便组成访日团赶到日本，在大会召开期间虽因手续不全而没有赶上，但他们参观了日本的科教基地“科学馆”等，还赶去参加地方上的 SF 迷活动，访问了好几家与 SF 有关的出版社，带着“走马观花”的成果回去了。

接着在 1989 年夏天，主编杨潇女士只身参加在欧洲圣马力诺召开的世界 SF 协会每年一次的例会，途中与正好从日本赶去参加的《宇宙尘》主编柴野拓美夫妇临时同行。《科学文艺》当时已经开始活动，要将 1991 年夏天的例会拉到成都召开，翌年 1990 年派代表团去参加在荷兰海牙召开的例

会，最终获得了 1991 年在成都召开的主办权。与波兰这个强劲的对手并列候选，到终于获得主办权这段时间里的插曲，
131 现在已经成为一段佳话。当时大概是有个预算的问题，主编杨潇是乘火车横穿大陆，花了整整八天时间才横穿欧亚大陆赶到会场。得知这一情况，人们的反应是：

“你们是坐火车来的？这才是科幻呢！”

这一强烈的印象，的确是促成最终决定在成都召开的原因之一。决定 1991 年主办 WSF 例会的新闻在中国的中央电视一台报道，不仅是大陆的科幻迷，就连香港、台湾的科幻作家都为之雀跃。

但是，看来还不会是一帆风顺。

> 正当小小的编辑部为筹备一个大大的国际会议累得人仰马翻之时，竟然有人在背后放冷枪！他们把邓小平请来的贵宾、一位世界著名科幻作家（好像是布赖恩·奥尔迪斯）一九七八年写的访华观感文章断章取义，前后顺序颠倒，凑成一篇“内参”，欲使年会夭

在成都 WSF 大会上作报告的日本代表柴野拓美（中间），右边是杨潇

折！经费和时间都极其紧张的编辑部，不得不派员立即飞赴北京，向中央有关单位作解释性汇报。听完汇报，中央某部一位秘书拍案怒起：“这，简直是‘四人帮’整人的手法！” 132

（《科幻世界》通卷百号纪念通讯）

《科幻世界》（经《科学文艺》《奇谈》后的改称）总算躲开了意想不到的冷枪，1991 年 5 月 20 日终于能在成都召开 WSF 的例会了。由于军师杨潇主编的奔波，这次例会成为有四川省科学技术协会、四川省宣传部和四川省科普作家协会参与的重大活动。小学生铜管乐队在活动开始前吹奏号角，舞龙舞狮表示欢迎。在会场的接待室里，表演川剧的武打场面引起很大轰动。以前的例会都是靠 SF 作家们凑钱勉勉强强办起来的，所以欧美作家们想必也会大吃一惊。让受邀从日本赶来参加的 SF 同人杂志《宇宙尘》首席柴野拓美来说，他就会说出这样的话来：

133 ……那次盛会对没有任何制约、相反按个人标准事无巨细地提供一切的日本铁杆粉丝来说，我觉得会是一个借鉴，你们看，怎么样啊？

（《科幻年会之后》，刊于《宇宙尘》第 191 期）

科幻迷团体的诞生

1991 年，当时改称《科幻世界》的发行量仅仅只有 7 千册。到1994年达到5万册，1995年突破10万册，简直是势如破竹。这样的发展势头完全出乎意外。因为1986年第一届“银河奖”大会召开时，根本就没有想到中学生会自发地组织活动团体。比如，1987年1月的《中国青年报》就刊发了这样的报道，大意是：

河南省某女中学生向同班的男同学借钢笔，被贴上了品行不端、不洁交友、思想不健康等能想到的所有标签，班干部要她停止与男同学接触，甚至连家人亲戚都对她冷眼相看，弄得她狼狈不堪十分凄惨。这位中学生文笔很好，含着眼泪写下自己的亲身经历投稿给《作文》杂志，被编辑发现得以发表，引起了连作者本人也料想不到的反响。在这些反响中，还有下面这样的来信——还是农村中学生的亲身经历，说对文学有兴趣的同学们聚在一起，自发地成立学习小
组，轮流朗诵古典和现代的小说，这事被老师知道后，不只 134
是命令解散，而且与前面的女同学一样，结果被贴上所有的标签，至今不得翻身。

关于这位老师当时的处理方法，记者故意不作明确的评

论，但采取了同情中学生的写法。看到那篇报道时，我心里就在想，有了这些事情，以后的自发活动也许会反而更容易搞。但尽管如此，离同人杂志的发行等事宜还十分遥远呢。谁也想不到，到了90年代，科幻迷团体竟会盛行起来。因此，当1993年《科幻世界》第6期的读者投稿栏“科幻迷俱乐部”刊登了下面这篇来稿时，我首先是担心会不会出事。

> 最近，湖南省湘潭市一中成立了“中学生科学幻想协会”。协会首批会员近150人。他们都是对科学幻想有浓厚兴趣的积极分子。
>
> 135 协会的宗旨是联络广大科幻爱好者，鼓励、引导学生阅读科幻作品，从事科幻创作，提高其科学素质，丰富第二课堂，增进相互了解，并及时向广大科幻爱好者提供信息服务。
>
> 135 协会决定创办会刊《科幻爱好者》，为会员提供科幻作品交流园地，协会推荐全国唯一的科幻刊物《科幻世界》杂志为指定订阅刊物。

> 协会下一个打算倡议市内各中学成立科幻协会，并尽早成立市级、省级中学生科幻协会，使全国的中学生科幻活动向新的高度发展。
>
> 湖南省湘潭市一中　周有达

可是，我的担心是杞人忧天。这样的来稿以后还源源不断地被刊登出来，科幻迷之间的交流也流行起来，还发行了同人杂志。与 1987 年相比，甚至有恍若隔世的感觉。同人杂志作为“内部刊物”不能寄送国外，所以亲眼目睹它的机会直到 1997 年都没有降临。

科幻迷的自发活动和相互研讨，提高了应征《科幻世界》大奖赛作品的质量，作为产品与以往“科普小说”理念截然不同的作品的原动力，具有极其重要的意义。

铁杆科幻迷的形成——吴岩和北京的科幻迷们 136

与其他的文艺类型相比，在 SF 迷之间出现了一种奇特的现象。自己也想写科幻小说立志当科幻作家的青少年加入作品粉丝和作家粉丝的群体，一起组织社团，编辑同人杂志、对作品进行讨论。这些现象在其他文学类型里当然也有，但是在 SF 的场合里，连专业的作家、编辑、插图画家都被邀请来参加的情况却并不鲜见。尽管有议论怀疑说，这些作家、编辑、插图画家应该算是对以前 SF 还没有得到社会普通认可时代的留恋，怀疑他们在作为专业得到认可以后还保留着根深蒂固的伙伴意识，或者仅仅只是相互熟悉以后的情谊。但是这一现象并没有半途而废，因为从这些活动中经常会产生出走红的作家。同时，作家亲自在这些活动（签售会、演讲、讨论会、研讨会等）中露面，也是对个人粉丝的一种服务，以确保自己的读者群。

无论在欧美还是在日本，这种现象在 SF 迷之间很常见，用偶像粉丝和区域或圈子的粉丝融合产生的铁杆粉丝的名字称呼。这些铁杆粉丝，才是孕育新生代作家的母体。这个母体当然就是《科幻世界》。在中国能够出现这样的粉丝，这种趋势回想起来也是顺理成章的。因为科幻迷团体的活跃，也

会带动科幻创作，新人作家开始接二连三地冒出来。 137

在这铁杆粉丝形成之际，《科幻世界》编辑部除外，还有一个人功劳很大，就是北京出生的吴岩。

据说吴岩生于1962年底，从年龄来看算是科幻小说第二代也不足为怪，当时他还是中学生，从1978年起开始创作。专业杂志《科幻海洋》第三辑刊登他的作品《飞向虚无》是1981年，他18岁的时候。[1]他亲眼目睹了处女作发表不久后刊登科幻作品的阵地渐渐减少的全过程。以后一段时间他专研学业，进

宣传“96北京科幻节”状况的《科幻世界》1996年第9期

[1] 吴岩的最早一篇科幻小说是《冰山奇遇》，发表在1979年《少年科学》上。此前，1978年他就已经在《光明日报》发表评论《别具一格——读叶永烈的科学文艺作品》。

北京师范学院专攻心理学，临近毕业的1986年5月“银河奖”授奖大会上，他也作为年轻作家出席。以后他留在大学校院，去美国讲学，回国后在母校担任老师，同时以学生为对象举办科幻小说讲座[1]，积极致力于介绍美国的SF作品和科幻迷的活动状况等，身边聚集着同样爱好科幻的年轻人，成为北京科幻迷活动的中心人物。1996年夏天，在北京师范大学校园里，他甚至成功地召开了中国第一次由科幻迷发起的科幻迷集会“96北京科幻节”。北京、天津两地的科幻迷和作家聚集一堂，从大会的前一天起就在宿舍里相互交换作品，或三三两两地围拢着开始自由讨论，与日本的SF大会一样，几乎是通宵达旦地聚在一起。这样的壮举，不仅是科幻迷，就连与科幻有关的作家和编辑们也大声叫好，并作为
138 嘉宾参加他们的活动。被年轻科幻迷们视为偶像的郑文光也拖着半身不遂的身体来参加，《科幻世界》副主编谭楷和编

[1] 吴岩现为北京师范大学教授，1991年正式开设了科幻课程，为公共选修课“科幻小说阅读与欣赏”。

中国科幻正走向辉煌

——记《科幻世界》'96 北京科幻节

宣传“96 北京科幻节”情景的报道

辑部的吉刚风尘仆仆地从成都赶来，撰写了那篇报道《中国科幻正在走向辉煌》。

著名的 SF 翻译家王逢振深有感慨地说：“在美国，每年有一次上万人的科幻迷聚会；在日本，每年也要举行有二千名科幻迷参加的集会。我们中国，终于有了科幻迷的聚会——这一天，我们盼望了好多年了！”

《中国科幻正在走向辉煌》(《科幻世界》1996 年第 9 期）

曾经是《智慧树》和《科学文艺》铁杆读者的中小学生已经长大成人。就连新《科幻世界》的读者，现在也是大学生。从曾经的读者中诞生作家，也是顺理成章的事。在下一章里，将浏览一下那些新生代年轻作家们的作品。

第五章　新时代的旗手们 141

“银河奖”应征作品 142

在介绍作品之前，先介绍一下 1985 年开始的中国科幻小说大奖赛“银河奖”，那还是《科幻世界》杂志的前身《科学文艺》的时候。

首先是“银河奖”这个名称，这是与美国 SF 作家协会每年评选的“星云奖”相对的。在日本也每年召开 SF 大会，并在 SF 大会上公布“星云奖”名单，不过名称虽然一样，但具有由参加 SF 大会的科幻迷投票决定受欢迎程度的性质，与美国的星云奖相比应该算作“雨果奖”。

根据《科学文艺》杂志1984年第6期上刊登的征稿启事，这个大奖赛是与天津《智慧树》杂志一起搞的，不仅在大陆，还呼吁包括台湾在内的境外同胞参加。主要以征集一万字以内的短篇小说为主，不过也欢迎适合连载的中篇小说。有趣的是，征稿启事还有补充说明：面向青少年的——用现在的话来说就是以年轻人为主要读者对象的作品投向《智慧树》，以再大一些的人为读者对象的作品投向《科学文艺》。授奖数量为一等奖四篇，二等奖六篇，三等奖十篇，与日本的大奖赛或新人奖相比，获奖作品相当多。

提起日本的SF大奖赛，最有名的是“日本SF大奖”，评选方式是评选委员从出版的单行本或发表在商业杂志上的作品中挑选，除此之外还有好几家出版社以发掘新人为目的而单独设立的大奖赛。获奖作品的数量很少，一般是
143 一至两篇，有的年份没有获奖作品，芥川奖、直木奖、日本悬疑大奖、幻想小说大奖等，莫不如此。同时，尤其是发掘新人的奖项，在评奖结果公布之前，原则上是不公布应征作品名单的。

但是，中国的银河奖，从第一届起就采取了将适合应征要求的小说刊登在杂志上并从中选出获奖作品的方式。同时，他们并没有将目标仅仅局限在发掘新人上，已经作为专业而得到公认的作家也拿作品来参赛，这也许是专业作家人数少、达到发表要求的作品极其缺乏的时期留下的后遗症，也有像同人杂志那样自由发表的阵地不足这一作者方面的原因。

当然，现在同人杂志的活动也很活跃，专业和业余人群能在同一个场合里自由讨论的氛围也建立起来了。《科幻世界》杂志上读者与编者的交流栏目也很热闹，甚至出现了一种观点，认为这是产生新创意的实验室。中学生是新人作家的后备军。用中学生应征稿件开设的“校园科幻”这个小小说栏目也很红火。当初的应征作品还没有摆脱50年代所谓“科学文艺”的阴影，但随着“校园科幻”的火爆，直至今日很多作品渐渐地开始呈现出多样性的风格。我们在这里虽然不能写得面面俱到，但以“银河奖”应征作品为主，尽管只是极小一部分，却也可以窥见其风格的转变。

聚集在《科学文艺》(《科幻世界》)麾下的作家年龄层次很广，从“文革”前出道的老作家，到因为这本杂志而了解科幻小说的年轻人。风格也呈多样性，既有几乎保持原有风格的“科普小说”，也有吸取了探险间谍小说风格的作品，甚至还有作品近似于实验小说，形式多种多样。我们从中来看一下发生着什么样的变化吧。

与上册第一章里的叙述有些重复，但在中国这样有着古老传统文化的国家里，在SF等新的文学类型从西欧传入时，肯定会有人说这在我们国家早就有了。的确，追溯古代文献，让人感叹“这原本就是SF”的作品举不胜举。比如在《科幻海洋》第2辑里，有一则作为“中国古代科学幻想故事”而精选出来的作品介绍。其中有墨子的木鸢、诸葛孔明的木牛流马、返老还童药、自动煮沸器等。但是，这篇介绍文章的作者方轶群好像把科学技术和科学感受混为一谈了。古代存在的技术成果即使记录得有些夸张，也不能不假思索地称之为“科学幻想”。因为所谓的科学幻想，正如第一章里提到的那样，在于那种新技术和新发明实现时会发生什么的预测方法上。

《科学文艺》杂志1982年第1期上刊登了署名冯广宏撰写的报道《一千七百年前的科幻小说》。 145

> 昔刘玄石於中山酒家酤酒，酒家与千日酒，忘言其节度，归至家当醉，而家人不知，以为死也，权葬之。酒家计千日满，乃忆玄石前来酤酒，醉向醒耳。往视之，云玄石亡来三年，已葬。於是开棺，醉始醒。
>
> （《千日酒》晋·张华《博物志》）

作者在介绍这则故事之后，列举了两三起被埋葬很久以后又生还的趣闻记录。追本求源也许会有死而复生的真事，但这个故事可以看作是“科学幻想”吧。这个时候即使讨论《千日酒》之类毫无道理的趣闻是否真的存在也是白费力气。然而，作者的目的也许就在于探询这种趣闻如果真的存在的

刊登《千年醉酒》的《科幻世界》2000 年第 3 期

话，会发生什么样的现象。因为只有这一点，才是与现代科幻产生关联的意义所在。这篇《千日酒》的技术可行性假如以“科学根据”——浅显地说就是看上去很有道理——来显示的话（它也可以是局限于当时的科学认知），也许就与现代 SF 更接近了。

146 如此浮想联翩，结果《科幻世界》2000 年第 3 期的“每期一星”栏目里就刊登了题为《千日醉酒》（陈南）的作品。作者以推理的风格虚构了外星人开发用于恒星间飞行的长期麻醉技术传承到子孙代引发的事件。作为对技术问题熟视无睹的人类世界来描写，产生的效果完全超出了预想。

不过，同样从古代记录中寻找有“科学幻想”感觉的作品，能找到的作品多得出奇。制造有机械功能的机器人而引起人们骚动的《偃师造人》的故事，开始时显示机械功能，描后来又发生了闹剧——向皇帝的爱妃暗送秋波而遭受了拆御的痛苦等，都写得非常精彩。只是，这样的故事全都停留在极其简洁的记述上，缺乏作为小说的饱满，这是个缺憾。如若设法把它改编为现代小说的风格，不就是科幻小说吗？

神话“翻译”——晶静《女娲恋》等 147

当时，有一位名叫晶静的女作家也参加了第一届“银河奖”授奖大会。她在古代神话里提取题材，按原样将不是科幻小说的简短记述当作科幻小说撰写了好几篇算是“翻译”的系列。我按发表的顺序介绍一下（以下标题后的括号内没有杂志名称的，都表示刊登在《科学文艺》或《科幻世界》杂志上，只显示刊登的期号）。

《女娲恋》(1991 年第 3 期)

女娲是在神话里出现的人面蛇身的女神，因创造人类、在支撑天的柱子崩塌时修补天的“补天”传说而闻名。这则故事经晶静之手成了：

女娲是在人类文明的黎明时期来到地球进行考察的外星人。她帮助地球上的原始人排除覆盖着地球的雨云(此为“补天”)，也有讨厌同僚爱算计的缘故，最终不愿意返回母星球而决心留在地球上。神话里说的“人面蛇身”，就是用于水下作业的潜水服(蛇尾服)上安装的空气清洁器之类的仪器。

《织女恋》(1992 年第 3 期)

这是根据在日本作为“七夕”星而闻名的牛郎和织女的传说写成的。

148 为了促成有宗教禁忌的外星人之间的恋爱，作为权宜之计而设定七月七日为相逢日。但是，为了更接近传说，西王母出场，特地局限在“七月七日”，这些情节显得有些勉强。

《夸父逐日》(1993 年第 2 期)

《山海经》说，曾经有个名叫夸父的仙人追赶沉下去的太阳，拼命地向西追去直至死去。

小说中的夸父是原始人，与坐飞碟来的外星人之间争执到最后，明知力所不能及，却奔跑着追赶向西飞去的飞碟。小说的构思显得越来越牵强。

《盘古》(1994 年第 10 期)

在混沌中产生、不久创造了天地的最早的仙人盘古也出场了。

电脑机器人即人口生命体启动了所谓的生命恢复装置，为使因核战争而灭亡的人类复活，使地表恢复原始的状态，重新使生命诞生，自己却因放射能障碍而死去，这就是盘古。

这些小说都“翻译”得非常好，但作为神话已经被传播 149
得滥了，所以“翻译”的手法变得千篇一律，再读下去就感觉很遗憾。

同时也提一下开这种创作方法之先的刘兴诗的《扶桑木下的脚印》(1980年收录在金涛编的《冰下的梦》里)。这是一则靠《山海经》和《南史》等记述来证实古代魏晋南北朝时的佛僧曾经经阿拉斯加去北美大陆的传说故事。

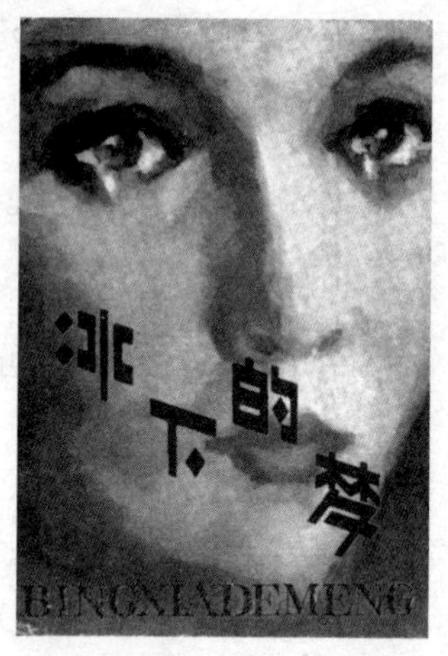

收录《扶桑木下的脚印》等的短篇集《冰下的梦》

解开神话传说之谜——郑文光《蚩尤洞》等

由“翻译”产生的偏差似乎是有局限性的，它们并非用现代风格按原样讲解古代神话，有好几部作品尝试着揭示谜底，将舞台设在现代，但其中的传说却是真实的。前面提到过的有童恩正的《雪山魔笛》，另外还有下列这些作品:

郑文光《蚩尤洞》(《北京文艺》1980 年第 5 期) 150

所谓的蚩尤，据传是与远古神话里三皇五帝中的黄帝作战并被打败的怪物。据破译密码的概率论数学家齐楚查明，将那个蚩尤洞封住的其实是隐藏的刻有外星人信息的碑，但数学家因“文革”被迫害致死。这则故事讲的是年轻考古学家谭石农随老师金学梁在蚩尤洞综合考察组的带领下，继承密码专家的遗志揭露真相。故事在查明冤案和真相中展开，继承了明清白话小说和公案小说的架构，但也具有现实意义。

嵇鸿《尸变》(《科幻海洋》第 3 辑，1981 年)

这是一个发掘出来的软尸即变成尸蜡的古代尸体得以复活的故事。它基本上是起死回生的魔力，但并不是故意当作悬疑小说来写的，而是科学上的辉煌成果。这无疑是在湖南马王堆的汉墓挖掘上得到了灵感。但是，发现者却没有注意到女尸的复活，这个场景的描写甚至引用了女扮男装代父从军的少女故事《木兰辞》，感觉很陈旧。碰巧在隔海相望的台湾，也发表了章杰的《西施》(台湾《少年科学》杂志，发表期号不详，1982 年科学普及出版社的《科幻世界》第 2 期转载)，说得知从古墓里发现的“软尸”竟然是春秋时代的西施便让她克隆再生，我顿时兴趣盎然。

151 除此之外，还有将算不上是神话传说的志怪小说情节“翻译”成 SF 的例子：

马大勇《飞碟白梅花》(1995 年第 6 期)

女性考古学家考察明代创建的玉女庵。玉女庵在“文革”时已经遭到破坏，在据说曾是庵内女道士的老妇人带领下走去一看，那里已经变成买卖盗墓品的地下市场。但是，唯独本殿虽惨不忍睹却还保持着原型。这是因为“文革”时带头破坏的人要爬上屋顶时跌落，人们深信这是鬼神作祟，才使它免于遭到破坏。考古学家在老妇人的帮助下证实这里是壁画的宝库，便向学会作了汇报。没想到在那些壁画里还描绘着明显是 UFO 的图像。接着在考古学家的儿子发现并收购的画轴里，有个很奇妙的地方……

这部作品的题材很贪心，涉及 UFO（外星人宇宙船）、画中仙（激光全息图）、天女降临（外星人）、专为盗墓文物而来的间谍（华侨商人）等，但只是结构宏大，情节复杂繁琐，“翻译”的模式却没有很大变化。

古代史的再解释——苏学军《远古的星辰》等

比神话传说稍稍需要些技术的，是在史实中插入现代科学或未来科学的创作技巧。这当然是一种图解式的——显
得荒唐的口头传说如果是真实的，想一想会有什么样的可能 152
性？可以说，这样的创作手法在不能窜改现实历史这一点上需要相当的技巧。我们先从投稿给《科幻世界》杂志“校园科幻”这一中学生栏目的小小说谈起：

濮京京《真实的桃花源》（1993 年第 2 期）

陶渊明的《桃花源记》因“桃源乡”故事而被收编在

汉语教科书里。小说是假设这“桃源乡”是历史上的真事，并在这一假设中插入时间旅行的构思。虽是中学生的习作，但看得出经过很大的努力。后面还署有指导老师的名字。

苏学军《远古的星辰》（1995年第4期）

据《史记》的《楚世家》说，在战国时代末期，因丹阳之战被秦国所破而失去汉中的楚军，为报仇而挑起蓝田战役。小说是以参加这次战役的人物的视角来写的。战局对楚军不利，傍晚时溃败的色彩渐浓，突然随着一声惨烈的响声，劈开天空的大火球出现。大火球须臾便降临到战场上空，发出蓝光的纺锤形金属块，硕大无比，大得甚
153 至覆盖着整个天空。两国的军队立即陷入在恐慌里四处逃散……

这是在真正地研究古代史的基础上，与史实不相矛盾地描写与未来人的关联，具有相当的功力。作者以秦国与楚国的战争为背景，悉心研究了当时的金属锻造技术和技术员阶

层等。相隔数千年的时空，同样有着毁灭感的人们之间的交流，这个视角是很有可读性的。

如果在神话和史实中能看到中国人或人类的心理、行动的普遍性，相反也可以将此投影于未来吧。用这种视角创作的作品也有好几部：

洪梅《倩女还魂记》（1988年第3期）

恋爱中的少女灵魂飞离肉体、夙愿得以补偿这一在古小说和戏曲里也很有名的“倩女离魂”故事，作为不远未来的奇谈而得到再生。将灵魂重新附给植物人的情节毫不牵强地契合原来的故事，标题纯粹起个暗示作用。在这一点上，脱胎换骨的创作手法也很自然。没有始终拘泥在灵异现象的科学解谜上，而是描写实验成功后引起的轰动，脱离了“科普小说”的桎梏，但技术方面的描写有些陈旧之感，这是不能否认的。

154 海子《精卫填海》(1993年第3期)

所谓的精卫，据《山海经》说是古代仙人三皇五帝中炎帝的女儿，游东海溺死变成鸟形，衔着小石块、树枝投入海中想要填海。

小说讲的是因感情方面受挫而一个人独自出走，去向冥王星而回不到地球的女子“精卫”，围绕着地球周转轨道转着圈，不停地向地球投下刻着自己名字的红宝石的故事。故事的情节好像是刻意想要吻合原作，创作显得很牵强，有些遗憾。

“敌人”的另一种面貌

在阅读以科幻征文即大奖赛的投稿为主的作品时，我发现后来刊登在《科幻世界》1995年第6期上的王晋康（1948—　）的《追杀》。

K星人驾着飞碟来到地球，掠走地球人，送回被制作得一模一样的复制品。他们的破坏工作指令被封闭在复制品潜意识的深处，就像某种电脑病毒似的，不具备一定的条件就不会启动，类似于定时炸弹。

《追杀》的作者王晋康

主人公王平宁曾经因妻子被K星人杀害而燃烧着复仇之念。有个秘密组织“反K星间谍局”对抗K星人的侵略，那里还建立了超越国境和民族的协作机制。但是，问题是根本无法将K星人间谍分辨出来，
甚至连当事人都不知道自己是真正的地球人还是间谍。最后 155
他们制订了能甄别K星人的项目，参与项目的四名科学家和一名驾驶员驾驶着直升飞机全部被掠走后又送回来。主人公接受了如果回来的五个人是假冒的就杀掉他们的秘密指令。这事实上就等于要将五个人全部杀掉。主人公带着疑虑飞往世界各地一个接一个地刺杀目标……

我读后的感觉是，中国的科幻小说也真是今非昔比了。在90年代的科幻小说里，已经可以看到算是“敌人在进化”

的现象。

在美国被称之为“space opera”[1]的20世纪30年代至40年代的SF里，提起异形外星人，首先会理所当然地认定对地球人是“恶”的。看看当时杂志封面的绘图就一目了然了。异形是恶，恶即是敌人，这似乎是人类本性特有的感觉，排除异族的意识就是根植在这样的感觉里。但是，异形外星人
156 被与自己既像又不像的地球人美女（还是赤身裸体的！）撵得到处乱跑的插图，无论如何有着一种违和感。回顾人类历史，直至今日，可以说，“异族也同样是人类”这样的认识渐渐地得到更广泛的认同，但只要基于古老本能的排挤异族意识还根植在现存宗教的根底，异族（它在几乎所有的场合都与异教徒一样）之间的争斗是不会绝尽的。在描写外星人的欧美SF小说里，就能反映出这种在排斥与融合之间摆动的感觉。

在建国以来的中国科幻小说里，也可以看出对“敌人”

---

[1] 星际太空文学。描写天外来客与地球人之间斗争。

的认识上的转变。也许会有些老生重谈，不过我们还是要来回顾一下。

发明、间谍、假想敌

此时科幻小说里描写的敌人，正如第二章里提到的那样，“北方某大国”“某霸权主义大国”“回归故里的华侨”“卖国分子”等，恰如其分地反映出不同时期人们眼里的假想敌，具有中国人喜欢政治这种形象逼真的感觉。可是与国外相比，如果仅仅是想强调现存体制的正确，也完全用不着特地用 SF 的形式来表现。其实，即使作品中出现 SF 的元素——如新武器、新发明等，与描写周围的社会状况和人们的生活水准相比较，还是非常失衡的，很多作品感觉不到真实性。 157

比如，叶永烈的《X-3 案件》(1980 年收录在群众出版社出版的科幻小说集《乔装打扮》里)，似乎是受到大熊猫被用于外交小手段的启发而创作的。沉醉在熊猫研究中绰号

“熊猫迷”的学者林平完成了克隆培育技术。归国女华桥伊娜直奔克隆技术而来，伺机用激光刀将林平的脑袋切割下来，企图用最新技术复制留存在大脑里的记忆盗取机密。孰料这是洞察间谍真面目的“科学福尔摩斯”金明设置的圈套，学者其实是克隆后的替身，间谍甘拜下风招供了一切。

设定的时代是不远的未来。克隆这种高科技完全在秘密的状态下完成等，这些描述如果是在信息流通迟滞的 19 世纪末儒勒·凡尔纳时代还行得通，但在现代就行不通。同时，即使是克隆的替身，只要拥有与本人同样的智商能够与间谍对话，就应该会拥有完整的不同的人物性格，在让它冒名顶替被间谍割掉脑袋这种人们常常评论的伦理问题面前，这个克隆人竟然会同意，简直是无法想像的。何况已经设定在这个时代已经能制造宇宙机器人，如果使用这些机器人就更好
158 了，却还特地做克隆培育（以超人替身的速度）等，杜撰处理极其明显。

顺便说一下，这部作品在广东电视台以《国宝奇案》的

标题改编成电视连续剧，博得好评后甚至在北京也当作广播连续剧播放。的确是脑洞大开，十分有趣。

还有刘肇真的《β 这个谜》(1979 年第 2 期)。某国的智能机器人假冒仿生研究所副所长任岐，通过机器人贝塔劫持仿生学家、所长石波，企图窃取研究成果。以机器人为主，新武器接二连三地出现，就像是战前日本山中峰太郎创作的《看不见的飞机》《电气大碉堡》《亚细亚的曙光》《电鸠》里的世界，不过是由中国人构思的新发现、外国间谍、机智的公安人员的模式。

科学幻想电影文学剧本

国宝奇案

(二稿)

编剧：叶永烈

珠江电影制片厂

一九八〇年十一月

叶永烈文本《国宝奇案》的电影剧本

设置这些假想敌构筑情节，原本在 1978 年作为科幻小说第一次入选全国优秀短篇小说的童恩正《珊瑚岛上的死光》就已经创造了先例。居住在孤岛中的中国科学家，漂泊的“思想健全”的中国青年，学者发明的杀人光线，以及想

要购买杀人光线的外国人，把这些角色揉合在一起，就能构
筑出很像样的情节来。如果再往前追溯一个时代，敌人和自
159 已人都像是图画里画出来似的黑白分明。一直到“文革”当
时的“革命样板戏”，坏人始终都是坏人，英雄始终都是英
雄。提倡这种非写实性的演出论调硬逼着人们接受的，是
江青……

然而，敌人也并非就一定全都是外国以及外国的间谍。接下来就应该是近在身边了。不知道谁是敌人就胡乱地动用私刑，兴师动众。作为人们内心里创伤的象征，作家们开始诉说“文革”的经历。

作为中国最早的科幻小说专业杂志而常被人提起的《科
幻海洋》创刊号（1981）上，早早地就出现了这样的反映。
首先就是步实的《没有触角的世界》。背景是不远的未来。
它的构思是，以存放在超级计算机里的庞大资料为基础，用
全息图复制历史上的人物，试图体验部分真实性。但是，这
感觉还不能称得上是新的发现，而是对官方和舆论已经确定
160 是“恶”的事物，唯唯诺诺地盲目跟从。

正当这个时候，在中国南方某个地方出现了“野人”这一中国式的雪男。这个野人让人们联想起清代袁枚创作的志怪小说集《子不语》里出现的“毛人”，即修筑长城时的征用工逃走后、他的子孙野化的故事。因为大家觉得这可以利用，所以后来就出现了好几部有关的故事。

按照发表的顺序来说，与《没有触角的世界》一起率先在《科幻海洋》创刊号上刊登的，有尤异的《大青山上的魔影》。故事用不着再详细叙说了，它的结局是说被当作“野人”的怪物其实是逃进深山里的遗传学家陈谋文，他内心里燃烧着对迫害自己的仇人王志杰进行复仇的怒火，于是改变了面容。故事总会让人联想起抗日战争时的“白毛女”和被强押到日本隐藏十三年的刘连仁[1]。在这一点上，叶永烈的金明系列《黑影》（群众出版社，1981）等，也是按同样的思路

[1] 日本侵略中国期间，1944 年 9 月，刘连仁在自己的山东老家被日军抓获，强押到日本当劳工。1945 年 7 月他逃出劳工营，逃进北海道的深山里，成了穴居山野茹毛饮血的野人，直到 1958 年被人发现，于同年 5 月被送回国。

创作的。也就是说，既然已经有“白毛女”这个先例，所以觉得这么写是安全的。

郑文光的《星星营》（1980）尽管同样采用了“野人”
161 即改变了面容的人的模式，却是一部拥有新视角的作品。另外，《命运夜总会》（《小说界》1982年第1期）也描写不能单方面指责加害者的观点，因为前面已经有所提及，所以不再赘述。（参照第三章“新文学的追求——郑文光的探索”）

将此再深究一步，自然就追溯到像《海豚之神》（1980）和《地球镜像》（1980）那样“悲剧的根源是人类在本质上就具有的”这个视角上。郑文光的后期作品感觉悲观色彩越来越浓，这大概也不能说是题材造成的吧？

钻入我们内部的“敌人”——姜云生《终生遗恨》

“革命样板戏”只是靠意识形态的权势紧紧地抓住“敌人”。“敌人”也会有相应的状况，这种认识从“革命样板戏”的视角是产生不出来的。所以改变“敌人也是人”的意识就变得很有必要。也就是，要善于发现“敌人”。再深究下去，不就只有自己内心里的疑心生暗鬼才是真正的“敌人”吗？阐明这一观点的，就是姜云生的《终生遗恨》（1987 年第 3 期）。

这是一场不知道哪一边先挑起的、与外星人的战斗。主人公“我”在宇宙飞船里与丑陋的外星人双方相互睨视到最后，主人公对对方些微的动向反应过激，开枪将他杀死了。
但是紧接着从电脑翻译机显示的外星人语言里，得知对方 162
因飞船故障而不得已发生了侵犯领空和撞船事故。双方虽试探着进行思想交流却怎么也无法沟通，最后觉得对方像是要拿起武器，其实不过是对方想托他将口信带给故乡星球的妻子。主人公决心即使花上一生都要找到外星人的家属，并向他们道歉。

这样的外星人形象，反映出刚才提到的对“敌人”认识上的变化，但是这种变化是什么样的呢？

姜云生生于上世纪 40 年代中期。看现在 60 年代以后出生的年轻人发表在《科幻世界》杂志里的作品，好像几乎没有被意识形态方面的禁忌所束缚，我不知道这是不是托了郑文光和姜云生他们在前面铺路的福。他们对意识形态方面的顾忌与其说是宽松的，也许更应该说是毫不关心的。他们已经不会被“因为是外国人所以是敌人”、“因为是外星人所以是坏人”之类的模式禁锢住。

姜云生和儿子姜亦辛。父子共同创作科幻小说

163 1971 年出生的李博逊的《太空抢险》(1995 年第 2 期)，围绕着不远的未来宇宙基地发生的事故，描写不同种族、不同国籍的宇航员之间的协作和心灵交流。大家都是宇航员这一同伴意识，将出场人物的心灵联接在一起。虽然有些过份

乐观的印象，但在宇宙空间的作业和往返穿梭中的描写却非常逼真，已经用不着那么顾忌了。它几乎都是以模仿美国 SF 的细腻描写来贯穿整部小说的。

产生另类的霸气——韩松《没有答案的航程》

1965 年出生的韩松则撇开国籍和人种，将潜伏在人类本性里难以名状又毛骨悚然的东西表现了出来。其典型的作品可以说是《没有答案的航程》(1995 年第 2 期)。在宇宙飞船里，一个生物（恐怕是人类）醒来，丧失了记忆。另一个估计是同类的生物在窥探着他。宇宙飞船是自动驾驶的，没有任何手工操作，但不知为何有三个座椅。两人渐渐地对对方产生了戒备心理，又处于食物一天天减少的事态之中，虽然结局是没有得到任何救助，但作者还是没有解开谜底，连食物都没有的宇宙飞船继续还在飞行，故事就结束了。读者对这一点也表示出忧虑，在两期后的《科幻世界》读者投稿栏里，有读者来信说，全家人兴趣盎然，陷入在“假设与猜想”之中，猜测了各种各样的谜底。

164 韩松非常擅长预设这种不合逻辑的背景，发掘出潜伏在人类内心里几近疯狂的东西。在《科学文艺》1987 年第 6 期刊登的《青春的宕误》里，小说描写人类靠控制荷尔蒙直到寿终正寝都依然能保持年轻的身姿。一部分青年以自然衰老为信条试图发起一场革命，但起事前被人发现而遭到逮捕。处在领导地位的主人公被带到据称是不老计划发起者的老人身边，经过对话交流，最后停止投放荷尔蒙，如愿恢复与年龄相符的身姿。他们被关在监狱里与社会隔离，简直像是被关在养老院里，为琐事而争执不休。不久后的一天来了个通知，当权的老人说自己年事已高百病缠身，想从他们之中挑选一人接替他的位置，只有一个人能回到外面的世界。他们开始围绕着返老还童的权利相互残杀，故事在这里就结束了。这是一部特别优秀的作品，小说写出了受观念的束缚而不能作出现实性判断的青年期特有的心理，以及权势者的阴险。

韩松应征台湾杂志《幻象》1990 年发起的大奖赛“世界

华人科幻艺术奖”，以《宇宙墓碑》(《幻象》1992 年第 6 期）获得一等奖。

在遥远的未来，人类实现了远距离恒星之间的飞行，不知从何时开始，有了在遥远的星球建造自己宏伟墓碑的习俗。根据相对论的“浦岛效果”——在靠光速飞行的宇宙飞船内部，时间的推进会变慢——也许是因为知道无法再回到养育自己的环境里的命运，也许是因为在广袤的宇宙里不堪 165

忍受自我的存在将被消融的虚无……故事是讲述两个远隔时空的人被卷入到由这种习俗孕育出来的谜团里。这部小说其实是一篇宏大的叙事诗，使人想起日本光赖龙的作品。只是，这两个人的行为动机和联结两人命运的线索等，还有一点不明确。

刊登“世界华人科幻艺术奖”授奖作的《幻象》第 6 期。韩松《宇宙墓碑》的标题装饰封面

顺便提一下，当时获

得二等奖的，是前面提到过的姜云生创作的《长平血》(《幻象》1992 年第 6 期)。小说是讲述主人公“我”为了查明战国末期秦国活埋赵军四十万降兵这一《史记》里记述的真相，通过时空实验室里的仪器置身于幻觉旅行的状态，直面意想不到的真相的故事。这部作品可以窥见小说作者特有的人类观。当时一等奖和二等奖都被大陆的作品占了，因此后来在台湾的科幻小说相关人士之间出现了预料不到的“场外争执”。此事另择机会再谈。

创造新的“敌人”

如此来看，就能理解王晋康《追杀》这样的故事会出现是有其必然性的。那敌我双方无法辨别的混乱世界。如若说
166 是反映了现代中国人意识里的某些东西，大概是一语道破了人情方面的玄妙吧。

在同人杂志《立方光年》1997 年第 2 期刊登的杨平的《裂变的木偶》，也是一部应该引起人们关注的作品。

驻扎在边境星球基地上的年轻地质学家小辉突然接二连三地杀起同伴来。因为那颗星球上乍看无害的智慧生命体出现了心理障碍，临时性地“被控制”了，他却毫无那样的知觉，最终连特地从地球飞来开发资源的宇宙飞船也遭到了毁坏。情节的设定能读出各种寓意，令人提心吊胆式的开头是非常好的。听说这部作品直到发稿前都在仔细斟酌，在中国的科幻迷中也获得了好评。

于是，有观点认为，围绕着“敌人”的变身，是不是凡是能想像出来的都想像到了？另一部作品《异手》(2000 年第 6 期)，也应该引起人们的关注。作者是与王晋康一样最早从《科学文艺》出道并走红的作家赵海虹。

主人公是女性（顺便说一下，作者也是女性）。主人公“我”为寻找一对去向不明的火山学家马兰夫妇，隆冬时节走进临近喷发的 N 国山地，与曾在非洲因某起事件一起行动
的青年小章见面，但这不过是事件发展的新的序曲。不久， 167
火山学家马兰夫妇被发现时明显处于精神异常的状态……以后便是频频使用 SF 里常用的小技巧，故事展开得令人眼花

缭乱。间谍、计算机、外星人、地球环境问题等等，最后还是作为人类的问题而找到解决的突破口，很巧妙地变成了今天的SF。作者得心应手地使用SF的手法，令人十分敬佩，但我是想对围绕着“敌人”的变身又构思出新的思路这一点作出评价。这部作品里的“敌人”的真面目……不！后面也许还有机会作介绍，所以按下不表。

外星人的印象

我们已经从“敌人”的话题进入外星人的话题了。关于外星人的印象，我们来看一下建国以来的变化。

先来查找一下看能不能找到和美国一样“异形等于恶”这样的构思，竟然出乎意外地少。前面提到的郑文光《古庙奇人》（1980年收录在《冰下的梦》一书里）倍受关注。无论是在冷战时代还是“文革”期间，对中国来说，最深刻的问题也许还是现实世界中的敌人。

外星人受到款待，主要是为了说明地球文明无法破解的谜是因为宇宙人的缘故。恰好冯·丹尼肯（Erich von Daniken）的著作引起了社会的关注。他以所谓“古代宇航员”理论的形式阐明古代史之谜，主张远古时代来访的外星 168
人使地球人类的文明得到显著发展，被当作“神”传承下来。与其说他的文本是科幻小说，还不如说它是科普小说。童恩正的《五万年以前的客人》(《少年文艺》1960 年第 3 期）、郑文光的《蚩尤洞》(1980 年）等都与此接近，仅仅是设置了一个谜，后面不管如何都是因为宇宙人或 UFO 造成的，也会有走捷径的危险。结果除了解开那个谜底之外，缺乏像样的主题，很多作品都是如此。有评论说是想添加政治性意义提高作品的价值，但这样的评论近似于强词夺理。1994 年银河奖获奖作品中也有几篇靠这种手法创作的小说。刘兴诗《雾中山传奇》(1991 年第 2 期）、姜云生《戊戌老人的故事》(1991 年第 3 期）等，开头都很有趣，但最后推出宇宙人作结局，无法摆脱匆匆结尾的感觉。

试图细腻地描写与外星人初次接触的作品也不是没有。留存在我印象中的是程嘉梓的《古星图之谜》(人民文学出

程嘉梓《古星图之谜》

版社，1985），作品没有刊登在《科学文艺》上，而是作为单行本出版的。上篇是说中学时代天文观测组的同伴们为追寻从西汉古墓里出土的星图的可疑点，一边与消极的干部等作着斗争，一边无论如何要解开它的谜底。小说写得很细腻，有相当的现实性。下篇依靠留下的线索找出在古代来过地球如今沉睡在海底的外星人，
169 实现了与外星人的接触。这一部分与上篇相比不太感人。与描写现实社会的笔致细腻相比，对外星人的描写总显得有些虚假。

另一方面，在20世纪70年代末，出现了毫无根据地把外星人设为“敌人”的故事，同时还有一类故事没有像样的根据就与外星人进入友好或恋爱关系，这类作品也引起我很

大的兴趣。这又是在美国星际探险文学时代常见的模式。当然，它仅仅是局限于宇宙人型的外星人。

还有童恩正的《遥远的爱》(《四川文学》1978 年第 5—6 期)。科学家在深海底下发现可疑的建筑物着手调查而遇险，醒来发现自己躺在建筑物里面。一位美女出现，说自己是某星球派来的工作人员，其实是按地球人模样制造的机械人。她被人类发现的那天，就是离开这颗星球之日。离分手还有十多天，这位机械人美女长期观察地球上人类的发展情形，青年科学家从她那里得到了有关历史之谜的教诲，其间科学家真正爱上了她。分手以后，已经进入老年的他直至今日仍然不断向她可能生活的星球发送信息寻找她——这直接应用 170
了民间传说的套路。我们可以读到很多外星人被人得知真实身份的同时不得不离去、居住在海底的女神、带来贵重物品的外星人等极其古老的民间传说故事。金涛的《月光岛》兴许也可以被划分到这个类型里。

尽管如此，与外星人的初次接触如此轻易地得以实现，还是不现实的。这和波兰科幻作家斯坦尼斯拉夫·莱姆（Stanislaw Lem）的《索拉利斯星》等的创作手法截然相反。这种类型毕竟有些孩子气，在面向成人的作品里几乎看不见。在孟伟哉的《访问失踪者》(《智慧树》1981 年第 1—5 期连载）里，外星人频频出现，但是与其说它是 SF，还不如说它是寓言也许更合适。

成为我们朋友的敌人——星河《同是天涯沦落人》

不将应付外星人的作品限定在“UFO 等于外星人等于恶”这样的模式里，要远远有趣得多。比如星河的《同是天涯沦落人》(1995 年第 4 期)，说的是主人公被 UFO 或者外星人的宇宙飞船劫持，飞船是自动驾驶的，不时地发现存在着智慧生命体的星球，捕获样本。乘务员早已死亡，里面的外星人不是飞船的主人，全都是同样被劫持来的。俘虏之
171 间想方设法开始沟通交流，解读航天日志，合力学习驾驶方
法，将大家送回到故乡星球以后，最后只剩一个人的地球人刻骨铭心地体验到了船主的寂寞……

无论异族人还是外星人，都不可能从一开始就清晰地辨别出敌友来，不正是靠着自己的态度才使对方成为敌人或朋友的吗？——如果敢说这是SF的视角，大概是言过其实了。

再提及一下郑文光，他在十几年前就拥有这种多角度的视点，让人很是吃惊。关于《海豚之神》和《地球镜像》，前面已经叙述过了，进入80年代以后不久，在人们寻找泄愤对象想要洗清忧愤的时候，他早早地就显示出反省的视角。即便病倒前创作的《战神的后裔》（1984），也是以火星开发为背景，乍看进展很顺利的国际协作关系，出现微乎其微的契机便产生了裂痕，显示出不同民族间的协作因为家庭、友情等情感上的羁绊会变得很危险。在这一点上可以看出，与90年代发表的李博逊的《太空抢险》等相比，郑文光对人类进行了深刻得多的观察。郑文光从50年代的科普小说起步到80年代，一刻不停地创作科幻小说，达到了即使现在年轻一代也无法超越的境地。这样的作家如今因病而陷于几乎不能创作的地步，对整个中国科幻小说界来说是不胜叹惜的。

不过，通过科幻小说里描写“敌人”或外星人的创作方 172

法，可以窥见中国人的意识里产生的某些变化。今后科幻小说里的“敌人”也许会继续进化，但笔者向读者们报告这一动向，大概又至少需要十年吧。

第六章　那时的台湾和香港 173

台湾地区科幻小说的起点 174

读者诸君大概已经注意到了，我说的是“中国科幻小说”，却只提大陆的科幻。从话题的脉络来说，怎么也不能将话题中断了切换到台湾、香港地区去。大陆科幻小说在清末以来的传统外得到从苏联引进的“科学文艺”范本，从1950年起步。与此相比，台湾地区科幻小说的起步则要晚得多。

1950年以后因政治原因与大陆不能直接交往的台湾，理所当然没有受到苏联“科学文艺”的影响，因此起步时与大陆截然不同。

在台湾、香港地区，正式开始创作科幻小说（这样的称呼也与现在的大陆一样），是大陆“文化大革命”开始后不久的时候。以后十年间两者没有交流，港台地区的科幻小说依靠少数作家得到了独立的发展。

1968 年，台湾《中国时报》刊登了纯文学作家张晓风的中篇小说《潘渡娜》（收入 1993 年姜云生主编的《台湾科幻小说大全》里，福建少年儿童出版社出版）。这成为在台湾的第一部科幻小说。没有受到苏联“科学文艺”影响的台湾科幻小说，是什么样的呢？我们先来读一下。

舞台是不远的未来，现在已经过去了的 1997 年的纽约
175 外国人居住区。人类几乎没有直接交往的机会，日子过得很乏味。一天，三十过半还是单身的主人公张大仁，在一个偶然的机会结识了生化学家刘克用。经过一段时间的交往，知道刘克用也是已过四十岁的单身。但是，刘克用某天突然劝张大仁娶妻，说自己已经上了年纪又其貌不扬，所以还是你适合。介绍给他的女性无论看照片还是看真人，都是无可非议的美女，里里外外一把手。尽管如此，总觉得有些不对

头，不过结果张大仁还是被刘克用硬推着结婚了。生活过一段时间后，荒诞无稽的特点渐渐地越来越明显。不久，有一天……

揭开真相，这个美女竟然是人形机械人。不过，实话相告的时候故事并没有结束，也谈不上将这项研究成果为国家所用。主人公——甚至人形机械人本人——无法面对她是人形机械人的事实。通过“到底欠缺的是什么”这个疑问，提出了所谓的人性是什么的问题。这可以说是英国SF作家布赖恩·奥尔迪斯（Brian Wilson Aldiss）撰写的SF史论《十亿年的狂欢：科幻小说史》（*Billion Year Spree: A History of Science Fiction*，1973）里被称为近代SF鼻祖的《科学怪人：弗兰肯斯坦》[1]的中国版。如此说来，作者张晓风也和《弗兰肯斯坦》（*Frankenstein*）的作者，英国著名小说家、浪漫主义诗人雪莱的妻子玛丽·雪莱（Mary Shelley）一样，是一位女性。

---

[1] 西方第一部真正意义上的科幻小说，也被誉为“有史以来最伟大的恐怖作品之一”。玛丽·雪莱因此被誉为科幻小说之母，“弗兰肯斯坦”亦成为英语中“恐怖”的代名词。

176 就是说，这样的创作手法不走急性子的实用主义，也不带政治宣传的色彩，而是将人类的剧本投影在未来世界，丰满地刻画出现实生活中看不见的某些人性。于是，台湾的科幻小说从一开始就作为文学起步了。这一点，与大陆的科普作品相比，它的起点就有本质上的区别。

不用说，尽管围绕着“科幻小说”这个名称众说纷纭，但它与究竟是科学还是文学之类的争论毫无关系。

科幻作家出现——黄海和他的作品

同样是 1968 年的年末，以前一直创作“普通”小说的黄海，开始在好几家杂志上发表以宇宙旅行为背景的连载小说。以此为契机，黄海不断地发表科幻小说，同时进行与创作理论有关的演讲，并将他演讲的笔记收录在自己的创作选集里。这是科幻作家的诞生。据说当时的连载后来收集在《一〇一〇一年》（照明出版社，1969）一书里。笔者手头有的，是台北的知识系统出版有限公司 1985 年出版的《银河

迷航记》。该书除标题的同名作之外，还由《异星奇遇》《人性保卫战》《试管春秋》《再生缘》《永远的 177
快乐》《电视保姆》七部短篇构成。

黄海《银河迷航记》

系列作品中的一篇《异星奇遇》描写的故事是，苏联的科学家们逃出故国，很吊人胃口，宇宙飞船通过黑洞到达另一个宇宙。他们回到与亚当和夏娃居住的乐园相似的简单生活里，不愿意将知识和技术传授给后代。但其统治者知道黑洞的秘密，试图驾驶着宇宙飞船回到地球，不料由于时间的倒流回到了 1908 年，西伯利亚（通古斯）陨石与地球发生撞击，引起了大爆炸。

黄海的作品尽管标题很宏大，如《一〇一〇一年》《银河迷航记》，但大多以温和的目光捕捉普通百姓生活里的戏剧性事件。这些普通百姓即使在人类到了进入宇宙的时代，也依然在社会的角落里悄悄地营生着。回想起来，宇宙旅行和长生不老这些构思都已经失去了刺激读者食欲的新奇感。
178 那么，在这些事物已经实现的社会里，人们的生活会变得怎么样，其中会发生什么样的状况，作者关注的是这些方面，所以也就理应作为科幻小说的视角之一而得到读者的认可。

再介绍一部短篇。

有一名男子赶来想用高价收购常见的彩色电视机。主人公听说用这钱可以买自己喜欢的古董，便高高兴兴地将彩色电视机卖出，却又觉得出让得太快了。难道真会有这样的好事？肯定有什么阴谋。这时得知那名男子在其他地方也在囤购彩色电视机，主人公越来越怀疑。争执到最后，得知这位采购员的真实身份是从异界来的古董商。他将彩色电视机当作古董销售，所以猜想那里的社会大概一定是非常先进的，想不到男子窥露出来的那个世界……（《古董》，1985 年收录在皇冠出版社出版的小说集《星星的项链》里）

这是一部以文明批评为主题且结局颇具讽刺性的作品。

它的韵味与美国 SF 作家、作为短篇高手而闻名的罗伯特 · 谢克里（Robert Sheckley）50 年代写的短篇小说相似。

黄海的“文明三部曲”

如此会写的黄海如果涉足长篇，会写出什么样的作品来呢？有一部 1983 年底的长篇《鼠城记》（时报文化出版企业 179
有限公司，1987），是以人类面对的文明危机为主题的。先来看看作者自己的解释吧：

黄海夫妇（在台北自己的家里）

《鼠城记》借着来自火星城市的中国后裔方义平与一个神秘女人刘小青的邂逅交往，描绘了一个在核战阴影笼罩下的城市大银山的一页兴衰史，刻画某些人类像鼠类一般无助地挣扎生存的景况，探讨人性及人类的价值、机器人和复制人被误用的后果。

对于“文明三部曲”，我想可以用一条线索把它连贯起来，使其看起来比较有系统：

《鼠城记》——一个城市的兴衰。

《最后的乐园》——一个国家的兴衰。

《天堂鸟》——一个星球的兴衰。

未来文明是祸是福纵然操纵在现在人类手里，科幻
180 作者绝对有责任提出他的看法，或忧虑或警告。科幻小说唯有对文明关切反省，才有它深刻永恒的意义。

《关于〈文明三部曲〉——写在〈鼠城记〉之前》

台湾的科幻小说想要写什么，怎么写？这段文字已经明确地表示出来。这无疑是继张晓风之后作为科幻小说开拓者自觉的话。他还有与科幻小说创作有关的论著，还积极参加

与其他作家和评论家的对话、研讨会。不只是自身，还反复思考科幻小说本身应该具有什么样的形态。前面引用的这段话，应该说是他的精髓。

三部曲这个恢宏的设想收纳在同一宇宙史（连续的时间轴）内，如此构筑的系列小说，在美国除了与普鲁塔克[1]《名人传》齐名的阿西莫夫《银河帝国衰亡史》、拉里·尼文（Larry Niven）的《环型世界》（*Ringworld*）之外，另外还有。从作者自己的讲解中，来看一看黄海三部曲的全貌吧。

第一部：人类历经浩劫——讨论环境危机。（《鼠 181
城记》）

第二部：人类追求永生，部分人变成永恒的机器人，并进行星际殖民——讨论人口危机。（《最后的乐园》）

第三部：变成永生机器人（人类不死）以后的社

---

[1] Plutarch，公元约46—120年，罗马帝国早期希腊传记作家和伦理学家，传世之作有《希腊罗马名人传》（简称《名人传》），也是西方纪传体历史著作之滥觞。

会——讨论精神危机。(即《天堂鸟》)

(出处同上)

这样的架构方式，在台湾科幻小说的另一位开拓者张系国的身上也可以看到。我怀疑两人的构思是不是在相互影响之后产生的。

诸行无常[1]宇宙SF——张系国的人类未来史系列

1969年，张系国在《纯文学》杂志上发表了中篇小说《超人列传》，与黄海齐驾并驱成为台湾科幻小说界的两巨头。

黄海与张系国原来都是创作以宇宙时代为背景的系列小说的，但读过小说后给人留下的印象大相径庭。黄海系列大

[1] 诸行无常：佛教的基本教理。三法印之一。指因缘和合所造成的人世间的一切总在发生变化。

多是以科学与人类、人类与环境为主题的作品，无论怎样靠近宇宙的边缘都是有人类的社会，都维系着人际关系的营生，能让人感觉到温馨。与此相反，张系国描写的宇宙有一种更孤独 182
而严酷的印象。因为体弱而几乎不走出台湾的黄海，和在加利福尼亚大学伯克利学校留学、后来作为计算机科学专家而居住在美国的张系国，是很不一样的吧。因此，我们来看一看他的系列小说短篇集《星云组曲》(台湾洪范书店，1980)。

张系国

这是21世纪到200世纪人类的未来史。按照社会问题和人类意识的演变、描写各种新发明及其波澜的闹剧、进入宇宙、文明崩溃、人类消亡的顺序，共有十部短篇。最初和最后一篇具有序曲和尾声的特征。整体上大多是富于幽默的作品，但最后三篇的悲剧色彩很浓。通读全书，可以了解作者的世界观、中国人特有的想法等，很有趣味，但即使每一篇独立地来读，它的构思和情节也颇有情趣。

1.《归》

21 世纪初。海底城市的出现，吸引了全世界的目光。还
183 有国家在暗中等待机会进行阻止。海底操作员、汉族女孩吴芬芬暗恋上同事、蒙古青年乌世民。智能计算机指出她的情绪不稳定而遭人嫌弃。吴芬芬与乌世民通过共同工作，渐渐地忘记了对方是不同民族的芥蒂。不久，有一天，她因疏忽而遭到不明潜水艇的攻击，被关进了一个独立的区域里。计算机很温情地将她送往海岸。作品反映的是技术与机械与人类之间蜜月时代的一段插曲。

2.《望子成龙》

由于遗传工程学的进步，试管婴儿和代理母亲已经司空见惯，随之而来的是人口控制政策更加周密细致。主人公李志舜结婚已有十年，但还没有得到可以生孩子的许可，因为他固执地想要生个男孩。妻子湘文却说女孩子也很好，希

望尽早要个孩子。李志舜去官署提抗议，听到官署里的职员在悄悄地嘀咕着，说每年都有几个超生的指标。他上前搭讪时，许可证顺利下达了，但紧接着推销员想要提供“优秀遗传因子”的波浪攻击开始了。他好歹冲出重围，但紧接着……这样的构思，是一出有关重男轻女旧习俗的闹剧。

3.《岂有此理》 184

“我”（郭老怪）是生物学家，在做着制造人工生命的实验。而小王这家伙正在啃历史心理学之类的学问。他摆弄信息系统，成功地使历史人物作为信息而得以再现，而“我”虽然是一个微不足道的小人物，却也制造出了人工生命。有一次，“我”得知“我”的“透明虫”在电磁波的作用下形成了群体。小王在那里将自己再现的古人信息变换成电磁波，紧贴我制造的“透明虫”，说可以名符其实地再现古人。但是，小王克制不住自己的好奇心而使传说中的美女得以重现，几天后便肾虚了。作品讲述尖端科技和过分卑俗的愿望之间发生的短路，这些情节都很滑稽。

4.《翦梦奇缘》

李平是梦幻天视的导演。一天晚上，突然被来历不明的中年女性们诱拐了。所谓的梦幻天视，就是在头部植入小型接受器，输入精神感应电波提供人工梦境的东西。根据登录成员的不同，可以和喜欢的对手一起沉浸在相同的梦境里。但是，据说这会使人类的想象力遭到萎缩，于是有团体出来反对。他们因为施行恐怖行为而遭到镇压潜入地下，袭击李平的也是他们。然而出乎意外的是，反对派的领导人竟然就是发明梦幻天视的当事人。作品揭示的是新技术
185 会很快向产业化发展的疑虑，以及对还没有发展成社会现象的新技术只能接受这两者之间的矛盾。好像是以和前面的“不明事理的人”一起，对自己制造出来的东西进行质疑为主题的。

5.《铜像城》

人类入侵银河系里的星球建立殖民地，直至形成各自独立的文明。在呼回星球的首都索伦城里，耸立着一座巨大的

铜像。借“索伦古城观光指南”的形式叙述了与这铜像的由来和消失有关的传说。虽然因为设定了一个“小册子”，没有对话和贯穿全篇的出场人物，但这座“铜像”作为理应拥有文明的人类却做出愚蠢行为的象征，其构思是非常出色的。

6.《青春泉》

人类的返老还童每五十年轮回一次，时间相隔很久，不知不觉地养成了每五个人为一组同时转世的习惯。但是，要重过五十年人生，普通人还能忍受，对艺术家来说就只能是痛苦，尤其是对三流的艺术家来说。有两名伙伴，在不知是第几次转世之际，故意（是主人公想象的）犯罪被判死刑，从主人公所属小组的“轮回”圈子里逃脱。不久，主人公也被已判死刑的伙伴的幻影附体，在转世时没有成功转世而掉
队了。小说的主题是质疑长生不老是否真的幸福。 186

7.《翻译绝唱》

与前面的《青春泉》相反，主人公是名男子，每次转世

后都毫不烦厌地坚持研究语言学。每次转世做他妻子的女性都追求另一种生活离他而去。主人公想改变一下眼下的工作，但对语言学的兴趣却依然不减，如今在星际警察总署里担任口译。在牵涉某件地球外生物的走私案时，因为文化不同，所以主人公在向罪犯们取证时吃足了苦头，总算好不容易查到了解开真相的关键，那就是在于他们的“吃人”习惯。可以算是鲁迅《狂人日记》的SF版。

8.《倾城之恋》

在呼回星球，时间隧道事隔很久终于建成了。但因为知道自己的文明将要消亡，文明失去霸气开始崩溃。于是，为了便于研究文明的终结，许多留学生从各个星球和未来赶来拜访。其中一位从地球来的王辛，迷上了在乘坐时间机器旅行时看到的索伦古城沦陷的情景，最终不顾来自未来世界的少女梅心的制止，追溯着时间朝着不可能返回的索伦古城沦
187 陷的瞬间赶去。作品是说生存的意义只在过去。

9.《玩偶之家》

故事从父母为孩子购买宠物开始，是灵灵这种类型的宠物。父母告诉孩子不能虐待宠物，孩子对灵灵也十分喜欢。为了让宠物之间进行交配，去熟人家里喂养的灵灵那里寄放了几天，回家来的灵灵十分衰弱。临死之前，灵灵说它们的种族才是文明的创造者，曾经被称为“人类”。作品是讲述在机器人控制的世界里人类的末路。

10.《归》

偏远边境的星球上。冬季。一对老年男女分别居住在山上和谷底。他们好像是为了开拓边际星球而出去旅行的人类的后裔。他们将个人记忆制成蜡像随身携带着。男子很不耐寒，点燃蜡像后只需极短的时间，记忆就会恢复。女子知道远处某个地方的山谷里有远征用的宇宙飞船，如果到那里去，还留着许多人类的记忆。不知为何，她不愿意把这事告诉男子。也许是觉得以这样的形式迎接死亡适得其所吧。不 188
久，在一个大雪纷飞的夜晚，两人点燃剩下的蜡像，在以往记忆的包裹下迎接死亡。

结尾部分带有寓言的性质，读过之后给人留下很好的回味。但是，最后人类谁都没有剩下。据此，我似乎窥见了这位作者的内心。他又撰文说自己的作品全都在回复到同一个未来史里，我估计他恐怕是意识到阿西莫夫的《银河帝国衰亡史》。与黄海一样以未来史的形式创作的长篇小说《城》三部曲（知识系统出版公司，1991），是追求恢宏的宇宙叙事诗，融历史、神话、武侠、科幻于一炉，用作者自己的话来说，他所追求的是一种“历史的浪漫情怀”（摘自《城》第三卷《一羽毛》后记）。

大陆出版的《星云组曲》。不知为何书名却成了《未来世界》。叶永烈解说。安徽少年儿童出版社，1992 年

关于黄海与张系国的未来史构想，张系国自己“所谓的历史不只指过去、也应该包括未来（因为传统上是将过去

看作是固定不变的，但这一传统常常会被‘未来’打得粉
碎）”这个观点，称为“全史”。居住在上海的作家、研究 189
者姜云生也将它作为中国科幻小说的一个理念而给予极大
的关注。

《幻象》创刊和“世界华人科幻艺术奖”

与80年代以后《科学文艺》成为大陆发表科幻作品基地一样，台湾也出现了专业杂志《幻象》。1990年创刊，大32开264页，发行基数瞄准的是销路，从季刊起步，汇集了境内外的力作，使用大量的照片和插图，还狂热地刊登与当时在台湾电视中放映并十分走红的美国SF电视剧《星际旅行》有关的介绍等。创刊《幻象》的不是别人，就是张系国。在创刊号上发表的“发刊词”陈述了他的“全史”观，说不愿意向过去学习是愚蠢的，同样，不愿意考虑未来也是愚蠢的。

在编辑委员里，排列着以黄海为首的台湾科幻小说界主

《幻象》创刊号

《幻象》总编辑吕应钟

190 要人物的名字。另外，编辑顾问之中，除香港和台湾之外，还能看到大陆叶永烈的名字。《小灵通漫游未来》的影响还在持续。顺便说一下，叶永烈的评论也被收录在这本创刊号里，就是第四章提到的《中国科幻小说的低潮与其原因》。主编吕应钟（1948—　）也曾向日本《UFOと宇宙》杂志投过稿，撰写过不少与遭遇宇宙人、超古代史、超能力等有关的著作和译著。他的职业是贸易公司社长，但他的著述活动涉及管理工程学、宗教、文学等多个科学领域。我想起他在大陆也是在科幻小说前头率先出版 UFO 论著而走红过。SF 与 UFO 的确有着不浅的因缘而连接在一起。不过在是否相信它这一点上，在 SF 迷和 UFO 迷之间，基本的态度会有不同。于是，《幻象》在 1990 年 9 月的第 3 期上，高调宣布征集“世界华人科幻艺术奖”作品，说主办方是《幻象》杂志社和《中国时报》社，协办方里有中国香港、马来西亚、新加坡的报社等一连串名字，向全世界的华人征集短篇小说以及漫画。

但是，一看第 6 期上发表的获奖作品，一等奖是韩松的 191
《宇宙墓碑》，二等奖（两名）之一是姜云生的《长平血》，结果是来自大陆的应征作品占了优势。

这时，一等奖和二等奖全被大陆的作品占了，授奖仪式结束以后，主办方召开第二次会议，张系国在会上发飚，说什么“谋杀”了台湾的科幻小说，紧接着演变成了“场外论战”。

海峡两岸的桥梁——姜云生的活动和两岸的交流

在黄海和张系国之后，台湾科幻小说虽然人数少却不断有新作家出现，但给海峡两岸牵线搭桥的，是本书里屡次提到的、住在上海的姜云生。中华人民共和国成立之际，他父亲去台湾出差后就没有再回来。因为有着这个缘份，台湾的作品能刊登在大陆《科学文艺》杂志上的日子来得特别快。《科幻世界》（科学普及出版社）第 2 期（1982）刊登了章杰的《西施》，《科学文艺》1987 年第 3 期刊登了黄海的《航向无涯的旅程》，第 6 期刊登了张系国的《倾城之恋》。姜云生自己也以《长平血》而入围台湾《幻象》杂志的大奖赛“世界华人科幻艺术奖”，从较早的时候起就往来于海峡两岸。他编纂的《台湾科幻小说大全》（福建少年儿童出版社，
192 1993），对大陆的科幻小说界来说，可说是珍贵的成果。在第五章里提到的短篇《终生遗恨》的主题，与他这样的经历不会没有关系。

简单地介绍一下姜云生主编的大作《台湾科幻小说大

全》。内容先是“序”，讲述台湾的科幻小说发展史概要，然后介绍十八位作家的简历，每人收录一部代表作，还收录了四篇与科幻小说有关的评论和对话，最后附上简单的年表。全书长达527页，是堂而皇之的选集，这部大作可以说是不负书名的。本章也在很多地方仰仗着这部“大全”。

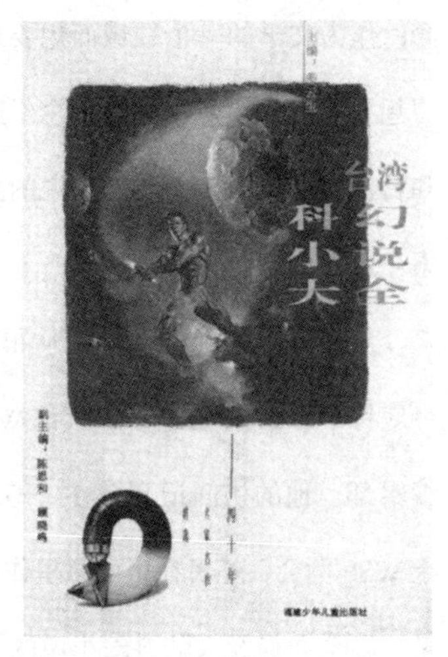

姜云生的大作《台湾科幻小说大全》

姜云生因为应征“世界华人科幻艺术奖”作品《长平血》获得二等奖的缘故，受邀参加在台北召开的授奖大会。另外，1996年在台北召开的“百年来中国文学学术研讨会”上，他作的报告《影响中国科幻小说创作的三个理念》，也引起了人们的关注。归纳起来是这样三个理念：清末以后的中国科幻小说作者追求的是“科学普及”这种简单明快的理

念；作为文学的一个领域而想要反映人生的理念；向历史学
193 习想要思考今后未来史的理念。这表现出他已经看到了大陆和台湾这两个分支的科幻小说的共同点和不同点，并试图探索今后发展方向的意愿。

从台湾到大陆的访问也从很早就开始了。《幻象》主编吕应钟于 1991 年受邀参加成都 WSF 例会，访问《科幻世界》编辑部。他的访问记刊登在《幻象》第 5 期（1991）上。关于 WSF 例会，笔者在第四章里作过介绍，吕应钟的访问记则是一篇全面提及大陆科幻小说的状况和科幻作家的佳作，体现出某种忧虑。

此后吕应钟在 1997 年带着 UFO 研究会的主要成员，参加了下一章里将要叙述的 97 北京国际科幻大会以及在成都召开的科幻迷夏令营。遗憾的是，《幻象》在 1992 年第 8 期以后好像就没有出过。

诡异狩猎家和武侠小说——香港的倪匡和他的作品

在日本，近来关注亚洲各地区尤其是港台的电影和音乐的年轻人多起来了。流行歌手和电影明星等几乎维持着超越国境的人气，香港明星来日本一搞访谈节目马上就前呼后拥的，听说日本也有人出去巡回演出的，有的还获得了相当大的成功。同时，在北京，日本的摇滚乐队也颇有人气，就是 194
在韩国，也有新闻报道说日语歌曲早就解禁了。

不久前香港的功夫电影颇为走红的事还令人记忆犹新，那些颇有力量的影像令人感到震撼，我曾想过，这种力量的源泉到底是在哪里呢？不能说走红的电影就一定是经过锤练的，它们的特技摄影很简单，插科打诨又很陈旧，但故事里表现的侠义人情超过日本电影，很有魅力，让人觉得那些瑕疵是微不足道的。

这种隐约的力量的魅力，也可以针对科幻小说来说。

比如，香港有个名叫倪匡（1935—　）的作家。他的科幻小说已经超过 50 部。光笔者手头上有的，就有 17 部。不

《猫—NINE LIVES》(德间文库)《蛊惑》的封面，很好地表现了作品的氛围

过，倪匡科幻小说里的科学性极少，不过是利用宇宙人、超能力、计算机和起死回生的魔力用于探险小说的解谜，所以作品多产在某种程度上可以理解。但是，他从开头起吸引读者的功力是很出色的，科学性的求证等稍有欠缺也能够原

195 谅。其实，他在中文圈内具有相当的人气，甚至大陆的四川省作家协会的人（而且之前从未谋面）就特地写信给我，问我倪匡的名字在日本是否也很响亮。不凑巧，在日本，除了

出版过《猫—NINE LIVES》（押川雄孝译，德间文库，1991）之外，《蛊惑》《笔友》《再来一次》三篇只是在同人杂志的层面上作过介绍。

据香港作家、评论家杜渐很早以前在《科幻海洋》上写
的介绍，倪匡长年从事武侠小说的创作，同时也创作电影剧
本。据说他出版了很多科幻小说，在香港以“卫斯理”的名
义创作的科幻小说首先在《明报》杂志上连载，以后再由明
窗出版社出版。在台湾的远景出版社出版的作品已经有《蛊
惑》《换头记》《访客》《红月亮》《天书》《尸变》《鬼子》《玩
具》《招魂》《失魂》（以上为远景丛书版）等，印上了“倪匡
科幻小说全集”。80 年代后半期，在大陆也由中国文艺出版
公司作为丛书出版。只是没有书目性记载，所以这些作品是 196
什么时候写的，依然只能是推测。从电脑描写的陈旧程度等
来推测，估计是 1960 年代后半期到 70 年代前半期的作品。

倪匡的科幻小说是以小说的形式讲述“卫斯理”以及他的妻子白素（据说原本就是功夫达人）经历的各种奇异事件。无论奇异事件的设置还是结构和情节的精妙，讲述故事的语言的

确很好。卫斯理“解决”了许多奇异的事件，但实际上事件朝着出乎意外的方向发展，常常令侠义心肠的主人公一头扎进去不可自拔，白素出马才使真相水落石出。而且作者对应用科学似乎不太熟悉，对解谜山穷水尽，大多就靠“宇宙人”或超能力勉强结尾。这样的闹剧读起来虽然觉得很快乐，但与其说是科幻小说，宁可说是幻想元素很强的武侠小说。

倪匡是香港武侠小说的大家，也曾为著名的报刊撰稿人金庸（查良镛）代笔，关于科幻小说和武侠小说的关系，还有很多各种各样的趣闻，就先谈这些吧。

倪匡的科幻小说在科学上是有问题的，所以香港的杜渐，台湾的张系国他们只看到在对话中提到的内容，没有给予很高的评价。然而，他是个不可忽视的人物。张系国亲自
197 找到 1997 年移居美国的倪匡，在《幻象》第 7 期上刊登了
他的访问纪实，并开始连载他的“最新作品”，这本身很好，但遗憾的是《幻象》本身都已经消失，所以连载便泡汤了。尽管作品多少有些问题，但人们还是认为他开拓科幻小说读者群是功不可没的。

此外，应该关注的作家还有黄易（生卒不详）。他曾在香港艺术馆工作，辞职后返回家乡，开始创作“玄幻小说”。说起“玄幻”，好像是形而上学的，但只要看看他的短篇集《超脑》（皇冠文艺出版有限公司，1993），印象中好像更接近空想的日本短篇 SF。其实我们把它称为科幻小说也无妨。从计算机到外星人、时空、神秘学等，也对横跨多学科的题材更是应用自如，不过很遗憾，没有见到过长篇小说。

黄易《超脑》

199 # 第七章　科幻小说的现在，过去，未来

200 ## 97 北京国际科幻大会

1997 年 7 月 29 日。

地处北京市区东北部的北京科技会堂大厅里热气腾腾，充满着青少年特有的朝气。科幻爱好者们聚集在一起，参加作为“97 北京国际科幻大会”的一个环节而举办的美、俄宇航员的演讲会，若用日本式的话来说就是 SF 粉丝。不仅是北京市内，从天津、河北、东北三省（辽宁、吉林、黑龙江）到远的如郑州、西安、上海、成都、福建的科幻爱好者，都赶来齐聚一堂。

夹在俄罗斯宇航员中间在向中国粉丝说话的 F. J. 埃克曼

访问《科幻世界》编辑部的贵宾们

来参加大会的嘉宾也都是敢上九天揽月的人。除了人类第一次遨游宇宙的苏联宇航员阿列克赛·列昂诺夫（Alexei Leonov）、已过50岁的现役苏联宇航员别列佐沃依（Anatoly Berezovoy）、同年5月搭乘“和平号”参加实验的美国宇航员珊农·玛提尔达·威尔斯·露茜德（Shannon Matilda Wells Lucid）和杰瑞·罗斯（Jerry Ross）等之外，还有美国SF作家、评论家詹姆斯·E·冈恩（James. E. Gunn），在科幻领域里无人不知的SF同人杂志《LOCUS》的主编查理·布朗（Charlie Brown），公认世界最早的头号SF迷、80岁的佛瑞斯特·J·埃克曼（Forrest. J. Ackerman）等。他们全都被安排坐在主席台上，依次进行演讲。

当时北京的气候异常闷热，气温连日来达到三十几度。
“97北京国际科幻大会”在空前盛况中顺利结束了三天的日
程，大部分来宾和科幻迷紧接着又转移到四川成都南郊的休
201 闲中心“月亮湾”，参加纯SF迷的集会“成都夏令营”活动。
然后，外国来宾们作了一次短途旅行去峨眉山和西昌卫星发
202 射基地参观后，于8月3日从成都机场起飞各自回国了。

策划这一大盛会的，无疑是《科幻世界》的编辑们。也还是《科幻世界》的编辑们，使一时间危在旦夕的中国科幻小说起死回生，并使这一盛事得以成功，同时使《科幻世界》杂志成为当今世界上规模最大、实力最强的SF杂志。笔者在写这本书时，发行数量已经达到40万册。

科幻小说即中国SF的快速发展令人瞠目，这是不言而喻的。一想到中国的科幻小说经历了与美国、日本都截然不同的历程，就会担心这里面会不会有什么问题？

科学小说、科学文艺、科幻小说

之前几乎都只是以科幻小说界内部的视角来进行叙述的，所以它那非同寻常的发展状态很引人关注，令人怀疑从前以科学普及为理念的“科学文艺”会不会销声匿迹。然而，科学普及的理念实际上没有到与科幻小说对立的地步，还保持着近似于貌神离合的微妙关系，一直残留至今。

老话重提一下，对1949年刚刚新诞生的中华人民共和国

来说，最优先的课题是科学知识的普及和现代化，因此从苏联引进了“科学文艺”这个文学理念。正如在第一章里叙述
203 的那样，在接受“科学文艺”这个理念的时候出现了一些偏差，产生了中国特有的文艺类型，将与科学有关的作品全都包括在内。其中还特地将重点放在科学知识普及上的虚构文学作品称之为“科普小说”“科普创作”，其实没有想过要在这些“科普作品”之间划定一个清晰的界线。

问题是创造“科学文艺”这个称呼，横跨了太多的文艺类型，所以科幻小说也被包括在内。“科学文艺”被看作是一个筐，所以很难在一个筐里将科幻小说与科普小说区别开来。科学文艺最优先的课题是知识普及，科幻小说也应该为此作出贡献，这样的倾向更加强烈。它当然也必须承担建国以来的理念即大众教育这个任务。除此之外，其他的道路都是歪门邪道。

《科普创作》和《科学文艺》

1979 年，在受到“四个现代化”口号的鼓舞下如雨后

春笋般创刊的杂志中，《科学文艺》和《科普创作》为代表，提升了第四章里提到的科幻小说杂志的规模。笔者无力收集到这些刊物，比较集中搞到手的刊物里有《科普创作》杂志。 204
《科学文艺》的创刊也是这一年的事。《科普创作》坚持前述“科学文艺”“科普小说”的路线，与此相反，《科学文艺》(后来改刊为《科幻世界》)则加强了科幻小说杂志的风格，这两本杂志成为科学文艺与科幻小说对立即科幻小说的“文”与“科”争论的根源，我们来看一下这两本杂志的关系。

《科普创作》试刊号

《科普创作》的创刊是 1979 年 8 月，当初以“试刊”的形式发行。出版者是中国科普创作协会。[1] 编辑部设在北京西郊的友谊宾馆里，由离编辑部只有咫尺之远的魏公村里的科学普及出版社出版。看“试刊”的目录，排列着这样一批作品：

1. 由权威撰写的贺辞和评论（三篇）

科幻小说界泰斗郑文光也寄来题为《谈谈科普创作的繁
205 荣》一文。

2. 历史与回顾（一篇）

《“五四”运动前后的中国科普工作》。作者：甄朔南。

3. 创作论坛（二篇）

从苏联科学文艺作家伊林的旧作中选用。

4. 创作随笔（三篇）

5. 科学幻想读物（三篇）

外国 SF 两篇和苏联 SF 评论。包括阿西莫夫的《我是机器人》连载第一回。

---

[1] 现为中国科普作家协会。

6. 介绍科教电影（三篇）

包括日本《狐狸的故事》。

7. 曲艺即传统艺术（一篇）

8. 演讲、广播稿（各一篇）

9. 科普美术

封面封底和插图解说等。

10. 创作评论（书评二篇）

正如读者诸君看到的那样，出现了科幻小说大家郑文 206
光，还刊登了美国的SF，表示还没有清晰地意识到科学文艺、科普创作与科幻小说的区别。

另一方面，同年5月，《科学文艺》杂志创刊。由四川省科普创作协会[1]主管，四川成都的四川人民出版社发行。一看目录的构成，引人注目的是混在评论、报告文学和传记类里，刊登了不少科幻小说，除郑文光的《白蚂蚁与永动机》、

[1] 现为四川省科普作家协会。

肖建亨的《"金星人"之谜》等之外，还刊登了童恩正《珊瑚岛上的死光》的电影剧本。

接着，在《科普创作》第 2 期上刊登的征稿要求里，不仅仅有科幻小说，还有科学报告文学、科技电影剧本、科学童话、科学诗、科学观察记、游记和随笔、杂谈、小品、相声脚本等，还有国内外科学家传记、"科学文艺美术"（但注明要具有革命现实主义和革命浪漫主义情调，具有科学文艺的特色），科学文艺理论研究评论和科学文艺翻译作品。那时也还没有将"科幻小说"和"科学文艺"清楚地区别开来，不过一眼就能看出在"科学文艺"中将重点偏向科幻小说的编辑方针。在同样是第 2 期的读者投稿栏目"科学文艺笔谈"里，也可以看到"科学文艺是科学还是艺术"、"科学幻想小说应该着眼于科学启蒙"这样的讨论。

可是，进入 80 年代，两本杂志的区别开始渐渐出现。
207 《科普创作》几乎不刊登科幻小说，而《科学文艺》越来越强化原创杂志的风格。尽管如此，曾对科幻小说进行批评的钱学森向《科学文艺》投过稿，在《科学文艺》译载的两篇日本星新一微型小说（《无微不至》《诱骗》）也被《科普创作》原封不动地转载了。《我是机器人》的连载也在继续。

1981年，《科普创作》在该年第2期杂志上公布了“新长征优秀科普作品奖”。这是由中国科学协会、国家出版局、中央广播事业局、中国科普创作协会联合发起的作品大奖赛，所以刊登在《科普创作》杂志上是理所当然的。评审在天津和上海进行，授奖作品分为“科普图书”和“科普短篇”，但是按照这样的分法，虚构和纪实都混在了一起。肖建亨的《密林虎踪》、王国忠的《未来的燃料》等被收录在《中国科幻小说大全》里的作品也入选了。不过要举行这种全国规模的大奖赛，还是北京占尽地利的优势，将基地设在成都的《科学文艺》稍稍落后了。

对科幻小说的批判

尽管如此，《科普创作》1981年第2期上还从《科学文艺》转载了星新一的微型小说，第3期上介绍了英国柯南道

尔的《迷失的世界》(*The Lost World*)，翌年 1982 年第 1 期上
208 刊登了批判科幻小说的文章。发端是批评魏雅华《温柔之乡的梦》没有正确适用阿西莫夫的机器人三原则，对科幻小说进行非科学性的叙述，最后批评还涉及到当时在中国非常走红的手塚治虫的《铁臂阿童木》。

在 1982 年第 1 期上，还刊登了前一年 11 月在北京由中国科普创作协会呼吁召开的“科普创作思想座谈会”上的发言摘要，里面有观点把批评的炮火集中在“伪装成科学的迷信”上。比如：

> 在近两年来，少数报刊登载的科普作品中出现了一些宣传荒诞不经、低级趣味甚至是迷信的东西。尽管这类作品为数不多，但已在社会上引起不良影响，应该严肃对待，不能任其自由泛滥。

> 某些文章以“科学探索”、“未知世界”为名，宣传“鬼魂”和介绍所谓“鬼魂科学”。

在彻底遣责所谓的心灵写真和摄像的心灵现象之后，又说道：

> 座谈会对近年来某些报刊上出现的一些荒诞不经、 209
> 黄色、低级、庸俗内容的“科普宣传”进行了批判和评论。与会者指出，某些报刊单纯追求“票房价值”，不惜哗众取宠，以猎奇、刺激、耸人听闻的“消息”招徕读者。或是不加批判、不加选择地登载外国报刊的文章，把外国荒诞、庸俗以及宣扬资产阶级生活的东西介绍到中国来；或是只讲趣味性、不顾科学性，把道听途说的传闻，添枝加叶，东拼西凑写成文章欺骗读者。

凑巧在同一时期，由中国科普创作协会文艺委员会及《科普创作》编辑部联合发起的“现实题材科学文艺征文”的启事，照例刊登在《科学文艺》杂志 1982 年第 1 期上。启事在引用鲁迅《科学小说 月界旅行》的“序”的基础上，言明征稿作品如果是“反映现实生活，宣传科学思想，传播科

技知识，促进生产发展，有益于建设精神文明的作品”，就
不拘形式、题材。《科学文艺》杂志也许是为了避开批判的
210 锋芒而匆匆忙忙刊登出来的。

接着，在《科普创作》1982年第2期上，公布了第2届“新长征优秀科普作品奖”的授奖作品，刊登了介绍美国天文学家卡尔·萨根业绩的报道，但对科幻小说的介绍却噤若寒蝉了。

在《科普创作》1983年第2期上，刊登了日本宇宙画家岩崎贺都彰的介绍。岩崎贺都彰是一个基于正确数据绘制宇宙画而引起人们议论的人，但不是SF插图画家。他本人也声明在画集中不画SF画。作介绍的不是《科学文艺》而是《科普创作》，大概就是为此吧。如此说来，从试刊号开始连载的《我是机器人》的作者阿西莫夫，除SF之外也在科学讲解的领域做着大量的工作，卡尔·萨根也是作为宇宙科学讲解者而闻名。于是，《科普创作》杂志完全与科幻小说分道扬镳，《科学文艺》作为科幻小说最后的堡垒，继续走在倍受煎熬的道路上。

国外 SF 的翻译介绍

科幻小说在夹缝中求生存确立独创性的道路上，笔者觉得不可缺少的还是与国外 SF 的交流，尤其是创作理论的引进。

在中国，国外 SF 的翻译长期以来只盯着凡尔纳、威尔 211
斯、别利亚耶夫（Mitrofan Petrovich Belyayev）这些老作家的作品。能读到国外 SF 原版小说的人虽然在阅读，但没有人翻译。从 1980 年前后起，国外作品和创作理论的介绍开始零零星星地出现，但不知是出于政治考虑还是用纸不足，若是创作就是短篇小说，若是评论或创作理论就摘取其中极小一部分，而且大多是在杂志或评论集里作介绍。虽说也介绍了在日本流传颇广的布赖恩·奥尔迪斯《十亿年的狂欢：科幻小说史》、罗伯特·斯科尔斯（Robert Scholes）和埃利克·拉布金（Eric Rabkin）合著的《SF，它的历史和苦难》等，但这哪里是编译，译者只是摘取合适的部分，不过是节译。北京的王逢振和杭州的郭建中这些前辈去美国与那些作家都直接进行过交流，但是收效甚微。

后来，一进入80年代初期的科幻小说高潮，只要说起SF，便不加辨别地一头扎进看上去会好卖的作品里。借着这股势头，对算不上太经典的作品、偶尔被拍成电影而出名的作品、在本国作为过去的人而被埋没的作家的作品、同人杂志层面的作品等，开始进行系统的研究和介绍。无论是长达百年前的作品还是最新的作品，一概不提及作者的经历和创作年代，这样的情况并不罕见。笔者想要了解当时被译介的作品，寻找在日本已经出版过好几种的SF作家和作品的名录，却怎么也找不到，真是令我进退两难。

吴定柏翻译的英文中国科幻小说选集《中国的科学小说》

212 在这样的状况中，就有人脚踏实地兢兢业业地对国外尤其是美国的SF做着介绍，比如上海外国语大学的吴定柏（1941—　）。他抓住各种机会在《科幻海洋》《科学文艺》《科幻世界》（科学普及出版社）等杂志上系统地介绍欧美 SF 的代表性作家，对 SF 里常见的构思和主题进行讲解。苦口婆心地劝说美国来的客座教授在大学里开设短期 SF 讲座，估计也是他开的头。同时，他自己也从 80 年代末起赴美国留学五年，借此机会与“原产地”的 SF 相关人员加深交流，这是不言而喻的，甚至还出版了与中国科幻小说有关的著作。他在题为 *Science fiction from China* 的选集（纽约，格林伍德出版社，1989）里，收录了童恩正《珊瑚岛上的死光》、魏雅华《温柔之乡的梦》、郑文光《地球镜像》等现代作家的八部作品，还编纂了介绍“中国通俗文化”的评论集（*Handbook of Chinese Popular Culture*，出版社同前），亲自执笔撰写了《序言》《电影》《SF》三篇，为了扩大中国科幻小说在国际上的影响而奋斗着。 213

吴定柏至今还致力于国外 SF 的介绍，出席了 1997 年的北京国际科幻大会，他的工作如今被《科幻世界》承接，编辑委员姚海军[1]正在努力介绍国外的SF作家。同时，从“文革”前起就在创作儿童文学和科幻小说的刘兴诗，也编纂了将视角放在与海外交流上的选集《死亡星球的复活》(安徽少年儿童出版社，1991)，它的书名、目录、序言也都采用了中英文对照的形式。

这里也来看一看有关日本SF作品的介绍。要了解日本的作家、作品在中国的译介情况，有一本小册子《日本SF翻訳書目》，是专研前苏联、东欧SF的已故的深见弹的大作。里面详细记载着1964年到1985年被译介到国外的日本SF作品以及与SF有关的评论、原作者、作品名、出版单位和出版年月、在国外出版的译文标题、译者、出版社等的目录和提要。参阅这本小册子，以《SFの時代》(石川乔司著。奇想天外社，1977）和《世界のSF文学総解説》(伊藤典夫编。
214 自由国民社，1980）为主的评论，可以看见好几篇发表在杂

[1] 姚海军现为《科幻世界》杂志主编，经他策划引进、编辑的国外经典科幻小说已达150部。

日本SF翻訳書目
JAPANESE
SCIENCE FICTION
IN TRANSLATION
A Bibliography (1964-1985)
Compiled by Dan Fukami

深见弹《日本SF翻訳書目》

星新一作品集《一段浪漫史》。还附着原作者的序言，所以不是盗版

志上的报道的译文，还不是整本书的翻译，而是节译。

可是，中国译介国外SF作品的状况，概括起来看，在数量上令人注目的是大量翻译成中文的日文，像是要压倒英文、俄文和韩文。其中几乎都是星新一的短小说。这里面是有原因的。不仅是因为短小而容易翻译（很多译者这么认为），其实在中国，“微型小说”或“小小说”即短小说也被称为“一分钟小说”，从四五十年代起就已经开始流行。虽然不是像星新一那样的SF，但大量的是在描写日常生活的短文中包含着“引导民众”的意图和讽刺的作品。追本求源，也许可以追溯到用文言文书写的志怪小说的传统。这在现代也是很流行的，甚至还出版了专门的杂志。正因为有着这样的根基，星新一的创作风格才博得了好评。正如日本读者一样，这有助于还没有意识到是SF就能体会到SF的感觉，以后中国的“小小说”会变得格外诙谐。《科幻世界》的中学
215 生投稿作品大多连一页也不到，其中也可以看出星新一作品对他们的影响。

国外评论和论著的全译本依然没有找到，幸好托了《科幻世界》努力奋斗扩大发行量的福，长篇小说的翻译也相当显眼。据出版广告称，阿西莫夫、布莱德伯里（Raymond Bradbury）、克拉克这些变成经典的作品，和曾访问过中国的作家的作品（大概是赠送的礼物吧），混在原有的凡尔纳、威尔斯和前苏联托尔斯泰、别利亚耶夫、叶夫列莫夫（Ivan Antonovich Efremov）、布雷乔夫等作品里出版。街头的摊位上也罗列着斯蒂芬·金（Stephen King）的悬疑作品等。不

过，看上述列举的作家名单，系统性的研究还不能算是很充分的。

科幻小说的去向——发言和今后的课题

话题回到 1997 年的国际科幻大会。

这次大会与日本或美国的“SF 大会”有很大不同，就在于不是由科幻迷自主运营这一点上。而且它也不是光靠《科幻世界》杂志社一家。中国科学技术协会是主办单位，协办者四川省科学技术协会、四川省人民对外友好协会与《科幻世界》杂志社并列。但是，在现场实际做筹备的却是《科幻世界》杂志社那班人。唯独大会闭幕后在成都召开的夏令营，是科幻迷和作家、编辑们的聚会，从读者中招募的志愿者也帮了很大的忙。 216

因此，北京的国际科幻大会即使有着富丽堂皇的国际舞台，但主办者和协办者在宇航员们的演讲之前一个接一个地宣读长长的致词，与国外嘉宾真诚而富有情趣的演讲形成鲜明的对照。从它们的团体名就不难想象，其讲话的内容大多是希望科幻小说的发展能给科学普及带来直接性的影响。

在第二天进行的演讲中，《科幻世界》的杨潇女士指出：

> 近三十年来，科学发达国家里兴起了所谓的STS（Science,Technology,and Society）研究，即促进科技和社会学之间的交流。在我国，近年来也终于开始研究起STS来了。可是，两者的社会背景和研究水准不同，所以呈现出截然不同的状况。在科学发达国家里，STS的诞生是以对科技的负面批评为出发点的，与此相反，我国的STS是促使人们重视科学，唤醒公众的科学意识，寻找科技滞后的原因，必须发掘和探求足以使科技发生、发展的社会环境和价值观念。这种思维方式上的不同，也充分地反映在科幻小说里。科学发达的国家通过已经使公众关注科学的若干个如探索、宇宙飞行、计算
> 217 机这些硬科幻的繁荣，大多描写现在已经发达的科技失去控制的结果而产生的负面效果。恐慌或毁灭主题或社

演讲中的E.A.霍尔女士和担任翻译的作家吴岩

会科学SF这些，在发达的国家里是可以看到的。另一方面，中国的SF无论从题材来看还是从意识上来看，大部分是希望科技时代真的到来，即处于与科学之间的蜜月时期。

在日本的SF迷眼里，有官方背景的国际科幻大会的确隆重得令人羡慕，但也有人认为只有成都夏令营才是真正的集会。然而，从这致词中可以看出科幻迷们身不由己的状况，

这一切可以说都起因于“科幻小说”被归在“科学文艺”类
别里这一现代中国特有的现象。这也许是有一些可悲。然
218 而，在2001年的现在，科幻小说不能与科普分离开来，这是
《科幻世界》这本如今发行量已达40万册、成为世界最大规
模的专业SF杂志在现实中无法摆脱的困惑。今后，中国科
幻小说是按这样的定位继续发展，还是获得完全独立，我们
将拭目以待。

第八章　与科幻小说相近的文学类型

中国科幻小说杂志《科幻世界》的读者数量已经雄居世界第一。相继刊登的新作品，令笔者这个外国人目不暇接，无法悉数阅尽。最后一章就浏览一下与科幻小说邻接的恐怖小说、幻想小说、推理小说、冒险小说的文学类型。

现代中国的“恐怖小说”

最早发现注明“恐怖小说”的图书，是在日本的中国图书专卖店的图书广告上。以“恐怖小说作家周德东”名义的图书有两三种。当时我也没有特别想要看的意欲，原因以后再讲。后来，我真正想要拿过来看一看，是因为在其他书店的图书广告里也对它充满着褒扬之词。

最初拿到手的是长篇小说《门》（花山文艺出版社，2006）。聘用模特儿设计的卖弄风情式的封面就不用说了，不过根据广告语来理解，作者会不会亲自执导拍成电影？我内心里的期望值愈发高涨起来。

小说的开头带有一些古典的气氛。从大雨滂沱的西京市（好像是以北京为舞台）夜景开始。虽说是深夜，可聚集在朋友婚礼上的年轻人们却还在畅饮。唯独不见新郎新娘的身影。担任司仪的男子在安慰焦急起来的来宾们。这时，新郎新娘终于出现，但是新娘遮掩着脸一动不动，新郎的动作像是被操纵的木偶人。

新娘有点不舒服，请大家谅解……

奇怪的不只是室内。送两人来的汽车后面，紧紧地跟随着一辆警车。而且在马路对面，有一条大狗一动不动地蹲坐着。

接着，作者突然描写一对在网上聊天室认识的男女，深更半夜里却要去幽会的场景。女人所在之处是遥远的郊外村落。男子坐出租车赶去，一路上不停地用手机收发短信。到那里一看，女人指定的约会地点竟然是远离人家的大树底下。男子发短信说：我到了呀！你在哪里？不料从高处传来收到短信的声音。抬头一看，在粗树枝上吊着一具女人尸体。手机在女尸的口袋里响着……

于是，荒诞的故事随着错综复杂的人际关系扩展开来，不久便集中为一条线索，但最后谜底解开的手法却不太巧妙。因为想要一气呵成地解开所有的谜底，结果在逻辑上显得非常牵强。最后说是“恐怖小说”，却只是出现了一些像是超常现象的情节，基本上应该算是推理小说。宁可说，这是用超常现象弥补无论如何也都无法自圆其说的漏洞。

尽管如此，我还是耐着性子读到最后，因为我对细节描写的都市风情颇有兴趣。如中国的“聊天室”和网瘾“难民”的实情。

与其指责作者打破了推理小说的规则，还不如就当作有些编造痕迹的风俗小说来读，也许更恰当。

短篇小说集《所有人都在撒谎》

这位作者写的难道都是这一类东西？我刚开始想要放弃，但早先订购的书送来了。这次送来的是短篇小说集《所有人都在撒谎》（花山文艺出版社，2006）。

第一篇《寻人》展开得毫无章法，我眼看就要放弃了，但第二篇《幽灵船》使我又重新拿了起来。这篇小说能够让人迫不及待地读下去。主人公张巡他们在芦苇茂盛的湿地遭遇灵异事件，描写了既无因果关系又毫无缘由的、荒谬的恐怖。只是描写的视角不自然地移动，这对日本的读者也许会难以读懂。接着我跳过第三篇，第四篇《毕业百分之百》也很好。它讲的是因老朋友的纠缠而当上高中老师的青年周围发生的灵异事件。最后的亮底与前面的《幽灵船》不同，有牵强的感觉，但对科幻小说的读者来说，还是这部小说容易读懂。

要说容易读懂，我也注意到这样的规则：在推理小说里，预先让读者知道故事展开的方向，读者的阅读兴趣就会大减，因此提示线索时应尽量隐蔽些，这是世界通用的常识。但是这位作者竟然在故事中屡次故意向读者透露故事接下来将会出现的意外。这对经常阅读推理小说的读者来说，很容易想像出以后情节的发展，往往就会导致阅读兴趣的丧失。这样的叙事方式，是“章回小说”里常见的手法，是茶店里说书先生为了不使听众们听腻而采用的说书方法。但是，用眼睛看小说，与用耳朵听“说书”不同，其效果会适得其反。在经典推理《大侦探福尔摩斯》各部小说里，看不见这样的创作手法。

如上所述，如果我能发现两部超越水准的作品，其他的也就都看了，但是我很失望，所以剩下的以后再读。接下来讲下一本书。

短篇小说《黑段子》

我还读了同样是周德东的、既不像是短篇小说又不像是现实生活中鬼怪故事的短篇小说集《黑段子》（中国长安出版社，2005）。封面上印着“阅读本书，禁止外传”，“中外恐怖系列丛书·第一卷”。

内容既有像是作者的生活体验，也有改写自古典式的因果报应故事、全世界妇孺皆知的素材，全都是些支离破碎的片断，简直就像只要漫不经心地让人觉得恐怖就行似的。其中玉石混杂，也有街头巷尾的传说或都市传闻之类的故事。我觉得依照古典志怪小说的传统，将道听途说的故事原封不动地传达出来就会很有趣，然而作者好像是故意做得粉饰过头，太可惜了。

“百故事”的发现！

2007 年 8 月底，我趁去中国参加国际科幻大会的机会，抽空游览了成都市内的书店。看来恐怖系列的图书还没有作为一个独立的文学类型得到认可，只找到推理小说的书架。我在寻找时，有两本书的书名引起了我极大的兴趣。一本是《百夜》，另一本是《每夜一个骇故事》。这不是会让人联想起日本民间从江户时代起流行的百故事[1]吗？我立即将书买下，回到旅馆里便迫不及待地打开书来看，出乎我的想像，形式上全都是出场人物在巨大的框架内叙述灵异故事。

回国后，我先从夷梦的《百夜》（北方文艺出版社，2006）开始读起。故事是从女学生毕业期间在宿舍里度过的最后一夜开始讲“百故事”。规则与在日本传播的故事如出一辙，据说每讲完一个故事就熄灭一支蜡烛，到第一百个故事会出现鬼怪。用手电筒代替蜡烛，每讲完一个故事就熄灭一支手电筒，这个颇有亮点的构思的确很像现代的孩子，很有趣。笔者孤陋寡闻，不知道在中国会有“百故事”。大概是从日本流传过去的吧？收录在书里的，有发生在校园里的

[1] 晚上数人轮流讲鬼怪故事过夜的日本民间游戏。

灵异故事，有发生在医院里的鬼怪故事，有的故事靠做梦或幻觉亮出谜底，有的像是回归古典的因缘故事，五花八门，种类繁多。说是“一百个故事”，却相差十分遥远，只有二十九个故事就结束了，我还期待最后的结局会急转直下。

接着是王雨辰的《每夜一个骇故事》（陕西师范大学出版社，2007）。故事是讲在世界各地旅行的朋友要求叙述者“我”每晚讲一个惊悚故事，小说的文采有些古色苍然，我觉得仿佛是在读20世纪30年代的推理小说。

用不着冠以“恐怖小说”的标签

可是，本文是从发现冠名“恐怖”的小说开始写起的，前面我还说过我不太有想看的冲动。原因之一，是因为很早以前我曾读到过一本明明可以很体面地打着“恐怖小说”旗号的书。那当然不是古典小说，而是现代作家写的书，以彭懿《与幽灵擦肩而过》（作家出版社，1996）为首的三部曲。关于这部作品，因为我经常提起，所以现在再来作介绍，我感到有些犹豫。

书中的主人公以在日本留学的作者自己为原型。主人公和两个以不同原因来日本的青年神奇相遇，在留学期间因落泊潦倒而自杀成为幽灵的女大学生，和“遗留孤儿”第二代的幽灵、旧日本军人的幽灵等，几种类型的幽灵和鬼怪纠缠在一起。我觉得作者的目的显然不是写灵异，而是设置与描写中国留学生曲折心理相适应的情节，探索一种新的写法。对留学生经历的新宿一带黑社会的描写非常出色，从三个人不同的角度分别描绘来到日本的情景，这些描写也极具现实感。如此独特的作品，为什么现在还没有在日本翻译出版，这是不可思议的。

系列作品的第二部《半夜别开窗》也是一部佳作。它讲的是女高中生在去参加夏令营的地方经历的灵异故事。主要内容是讲述在弄清被害少女的幽灵的同时，揭露以前发生的杀人事件的真相，随着故事的发展，其他出场人物忌讳的记忆得到复苏。将开场白和结尾部分让幽灵来讲述的思路也是颇具新意的。

令人觉得可惜的是，这位作者也有向读者预告情节展开的倾向，笔者为了翻译而仔细阅读着时，便渐渐地介意起来。

据作者自己说，他在日本留学期间对美国恐怖小说作家斯蒂芬·金有了体会。在这第二部里，的确能明显地看出斯蒂芬·金的影响。顺便提一下，彭懿作为自由摄影家颇有功底，出版了在中国内地拍摄的照片亲自配上美文的、颇具魅力的写真集，所以我也期望能够翻译它。

结论：不能盲目相信“标签”

接下来我说对“恐怖小说”没有阅读愿望的第二个原因。

人们常说中国是文字之国，笔者觉得在新的文学类型出现之际，这种现象似乎表现得十分明显。“科幻小说”这个名称的起源，不可能单纯作为SF的译名制造出来。如苏联“科学文艺”的概念就是“科学、文学、艺术”那样，从翻译成汉语的文字来判断，它对俄语本来所包含的意思没有经过深入探讨，结果导致一种误解在蔓延，即认为SF这个词就是“科学和幻想的文学”，这不就是“科学文艺”的变种吗？为了消除这种误解，《科幻世界》的编辑们付出了多大的辛劳！听说“科幻小说”这个名称就是意识到与“科学文艺”的差别才设计出来的。有时候人们觉得“恐怖小说”的标签如果也是为了能让读者感到恐怖才写的，那么不管怎么写都是能够允许的。反过来说，“推理小说”也只要结尾出乎意外就行。快到结尾处时出场的人物是凶手，或者在诡术的揭示中突然出现虚构的新发明，这些打破规则的现象并不罕见。在中国的推理小说里，经常可以看到这样的场景：开场白发生了令人吃惊的诡异事件，接着发生连锁反应，刚刚在猜测会准备哪些破解方案，就很牵强地匆匆结尾了。即使指出这是打破规则的现象，也会被人不分青红皂白地指责说：你这是从文字标签作出的判断，这样写有什么不好？

回想起来，在中国，经常出现标上“标签”之前反而佳作频出的现象。例如，并非幻想文学作家的鲁迅写《故事新编》，并非科幻作家的许地山写“铁鳃”，并非恐怖小说作家的蒲松龄和纪晓岚写《聊斋志异》和《阅微草堂笔记》……算了，如果追溯到古典，就没完没了了，还是算了吧。我仿佛觉得，除小说之外，在体育的规则和风格的理解方法里，这种中国特有的现象好像也很明显。

出于这样的原因，如果想要寻找恐怖小说佳作的话，还是在“恐怖小说”出现之前反而能找到逼近恐怖本质的杰作，难道不是吗？因为我有这样的直觉，所以我没有阅读欲望。

只是，关于科幻小说，我实在不愿意说出“还是文学类型确立之前好作品比比皆是”之类的话来，幸好靠着《科幻世界》的奋斗，才佳作连连。科幻小说似乎是一个令人欣喜的例外。

推理小说，以及秘境冒险小说——“醉猫侦探”之《绝色》

在中国，对福尔摩斯的崇拜根深蒂固。

正宗的福尔摩斯大侦探在民国时代就得到翻译并流传广

泛，这是不言而喻的，但在20世纪30年代，已经有人创作了霍桑和案件记录者包朗这对搭档构成的系列小说。作者名叫程小青，是苏州人。不是侦探本人而是侦探朋友记录事件这个构思也一模一样。近年来繁荣再现，出现了令《霍桑探案集》再版的人气。

同时，与SF有关，住在上海的叶永烈也创作过“科学福尔摩斯”即金明大显身手的科幻推理系列。

在20世纪80年代中期，还播放了杰里米·布雷特（Jeremy Brett）主演的电视剧《福尔摩斯探案集》（*Sherlock Holmes*），甚至还在播放如今已经不可能再看见的南斯拉夫和罗马尼亚等东欧各国的各种推理影视。

由此可见，中国是个推理粉丝众多的国家，所以我想中国作家创作的推理小说水平一定会很高吧，不料一读，竟然索然乏味得难以想像。虽然开场白很有趣，但到了结尾阶段，之前没有向读者提供充分线索的“真相”却接二连三地被揭示，有匆匆结尾的倾向。凭这一点，作者与读者的智慧就无法相比，所以从读者方面来看，推理的乐趣顿时会减少很多。

在这样的状况中，在众多的作者中，我发现了在内蒙古公安局工作的现役女警官孙丽萌。

我拿来颇得社会好评的《醉猫侦探》三部曲中的《绝色》来看了看。标题别出心裁，因为能理解为好几层意思，所以在阅读时我考虑起它的真正意图究竟是什么来。超级模特失踪并在料想不到的场合里被发现、狱警的腐败、中学生的涉毒等，刺激性的情节不断出现，与现代化社会相适应的手机被用作小道具。我读着时觉得这部小说很有趣，不料最后结束时果然还是很勉强地自圆其说了。我向出版社推荐无论如何要介绍到日本来，但是没有被采纳。

若是这样，还不如干脆出些冒险小说而并非正统的推理小说就好了！我正这样感叹着，看见邮购网站亚马逊的画面，便突然灵机一动。

没有找到符合推理小说标准的作品，那么看看冒险小说里有什么畅销作品吧。

我一边嘀咕着为什么以前没有注意到，一边点击画面角落的中国网站，心想这次谈论的作品就是它了，点出来的正是天下霸唱的《鬼吹灯》。据说这是作为网络小说发表后引起了很大的反响才出版的，看来是值得期待的。

鬼吹灯之《精绝古城》

按顺序，我们还是先介绍一下第一部作品《精绝古城》的故事梗概。

民国初年有个人名叫胡国华，家途没落，因吸鸦片而穷途潦倒，被风水先生收养重获新生。后来作为风水先生安身立命，但是新中国成立不久病死，直到这里都是开场白，以后叙述者就是他的孙子胡八一。

胡八一高中毕业后下乡去农村插队落户，在祖父被平反后获准参军，去青藏高原服役，“文革”后不久发生中越边境纠纷而参战，因虐待俘虏被迫提前复员。他与以前下乡时的好友胖子一起设摊售卖盗版磁带期间，偶然参加美籍华人的子女 shirley 杨策划的考古探险队，寻找在塔克拉玛干沙漠消失的神秘遗迹……

这样介绍显得比较简单，但异想天开的情节还是不断地出现。

祖父胡国华受到善解人话的老鼠的帮助；插队在农村的胡八一在古墓里受邀参加死者的宴席；在西藏，在地下通道里徘徊，结果受到巨型山椒魚袭击，从地震造成的地缝间跳脱；在沙漠探险时被卷入沙暴，遭遇食人蚁的袭击；在遗迹地底下遭到“墓主”的妖术捉弄。

从“科学”的角度来看，有的地方会令人感到匪夷所思，但是因为在开场白部分拐弯抹角地声称是有所期待的冒险小说，所以欲罢不能，留意着妖怪和离奇现象快要出现，然后心惊肉跳地期待着到底会出现什么样的妖怪，同时陶醉在充满着惊险的冒险故事里，这才是正确的阅读方法吧。接连出现的妖怪，没有执著于《山海经》和《搜神记》这些古代中国的传统，反倒会令人联想起电脑游戏中的人物。总之，它在中华圈里走红，也是痛快得能令人肯首的。我刚在想是否会有动漫，果然出了好几种。其中一部《精绝古城》出了日文版，大致的气氛可以用日语来体会。2008 年星云社出版，作画是林莹。只是它剪去了原作的前半部分，突然从沙漠的场景开始，出现原作里没有的人物，切入的方法很奇怪，而且如果要翻译的话，有好几个诡异之处，这一点要有思想准备。

如果有动漫的话，会不会也有真人电影版？我一查找，竟然找到了，但没有弄到《精绝古城》，只是好不容易买到了不知算是系列作品中第几部的《大漠迷墓》的 DVD。它与《精绝古城》没有情节上的关联，长达全 30 集的连续剧，放映时间每集 45 分钟。我好歹看到 18 集，却没有出现异想天开的现象。时间是民国初期的时候，围绕着古代楼兰王女的秘宝和僵尸，展开了各少数民族之间的情感剧。其中还纠缠着来考古探险的英国人情侣，和与国民政府文物管理局勾结的神秘的日本人等，对发现的木乃伊进行了一场争夺战。男主人公忠诚地信奉国家意识，怀疑正义的一方是汉族与蒙古族的混血儿，会不会要将遗物交给外国的走狗？虽然在包装纸上也能看到令人毛骨悚然的画面，但是本片中却尽都是些目不忍睹的场景。

虽然按顺序看到第18集，但故事却怎么都还没有展开，所以后面就用快进跳过去了。原以为在很早以前就死去的人竟然还活着在守灵，出场人物之间错综复杂的以往的关系得以明朗，展开了人际关系纠葛的故事，最后出场人物围绕着珍宝相互残杀，最终无一人剩下。不得不认为，这是毁坏古墓的人最后都会受到诅咒或报应。

我觉得出售价格低廉得出奇，果然因为压缩到最大限度而导致画面质量恶劣，而且印在碟片上的回数是全二十回，实际却是三十回。鬼吹灯系列的DVD在外面也有，但这部影像与《精绝古城》的印象差别太大，所以要在弄清标题之外的详情之后再来评论它。

对了，既然出了动漫版，那么应该也有游戏版。可以认为旅行的同伴基本是模式化的，地下陵墓的探险是地牢。是原作最适合做游戏，还是在游戏中得到灵感才创作了原作？在日本，也有爱好者在动漫之前就先接触到了游戏。

残虐的章回小说《贼猫》

作者既然写得出如此畅销的作品，那么当然会写续篇。遗憾的是我只弄到第一部，好像他已经写了八部了。同时，他又开始创作其他系列，那个系列我也弄到了两部。

一部是《贼猫》。

时代背景稍稍追溯到“太平天国”的时候。主人公是家途没落、虽有某种程度的知识和教养却干着偷鸡摸狗营生的少年。这部小说的故事又是从为了逃离猎取尸骸的怪兽而跳入墓里开始的，因为从神秘老人那里传授到秘传，天生口齿伶俐的主人公活了下来，渐渐地出人头地。他带着彪悍的发小男子，和遭到叛军袭击失去了家庭和亲人的街坊姑娘，听从老人的预言混入县城，牵涉神秘事件而受到提拔，作为军人爬到很高的地位。图书腰封上的句子写着“造化堪比金庸武侠小说《鹿鼎记》，神奇更胜《鬼吹灯》”，格外引起了我的兴趣。

在构思上令我颇感兴趣的，首先是从老人那里传授来的秘传不是风水，而是动物的鉴定方法。靠着这个鉴定方法，主人公得到聚集在县城“猫仙人庙”里的猫的帮助，尤其是拥有超能力的假想猫大显身手，打败盘踞在地底下的怪僧，打退野狗大首领，继续令人难以置信的冒险。

这些怪兽怪人们的出处，大多是在清代蒲松龄创作的志怪小说集《聊斋志异》里得到的构思。在《聊斋志异》里出现的怪兽，根据作者特有的图解变换了形态出现。若是读过《聊斋志异》的人，要推定出原作肯定是很容易的。

最后是叙述手法。《鬼吹灯》是现代文小说，与之相反，这部采用的是“章回小说”即说书笔记的形式。如：此时说话的究竟是何人，且听下回分解。这种写法在惊悚小说或推理小说时会降低读者的兴趣，所以应该避免，但《贼猫》却是为了酿造出古典小说的韵味而故意为之，颇有效果。

据作者说，与猫狗的鉴定有关的秘笈实际上是存在的，而且说他自己也有收藏，并用影像介绍了封面和一部分内容。只不过，事先告知超能力猫之类是虚构的。

因此，这些一定很有趣，但要翻译会有两个问题，用日语词汇来表现也许会很困难。

一是尸体、处刑、嗜食人肉等残酷的描写相当多，而且都叙述得很详细。作为中国特有的处刑法而闻名的“凌迟”等，甚至要花费整整一个章节来叙述。

另一是在《鬼吹灯》里提到过的，下层社会和特殊阶层的人使用的所谓“泼皮”的词语特别多。从前后文的行文过程可以大致看懂，但不管怎样辞典里没有记载的那种类似于骂詈杂谈和黑话不断出现，阅读时不得不常常跳过去。

向科幻小说靠近——《谜踪之国》

弄到了一部天下霸唱的小说。标题是《谜踪之国·Ⅰ·雾隐占婆》，看来这是最新作品。主人公是“文革”末期集聚在城市铁路沿线的少年乞丐。头脑敏捷的主人公司马灰和发小罗大海、颇有教养的少女夏芹这一死党组合，自《鬼吹灯》以来始终未变。与古墓有关的秘密这一要素也如出一辙。

他们用从垃圾山捡来的破烂搭了个棚屋住下，来了一个神秘的中年男子赵老憋，要他们出让放在角落里的一块旧砧板（在中国用作切菜的菜板）。他们虽然看准了这里面会有什么秘密，但没有办法揭开它的秘密。出于无奈，只能按赵老憋所说换成钱后，赵老憋便当场砸碎砧板，撮出藏在砧板里面的虫蛹状的东西。据说这是寻找古墓秘宝所必不可少的用品。赵老憋提出“来帮帮我”，他们便跟着去。到了郊外的荒野，听说这里埋着一座古墓，但是盗取珍宝失败，男子遭遇有毒气体爆炸，留下谜一般的遗言被吞入地底下死亡。剩下的主人公们被奉为革命化的知识青年，在与越南、缅甸的国境附近投入解放战线，负伤后朝着祖国的方向走去，在巨大台风逼近的密林里迷路。读到这里，我写了这篇介绍文章。

从封面和目录来看，舞台是与云南接壤的“金三角”地带，不断地出现水蛭、蜘蛛、蠍子、蟒蛇等不太愿意接近的昆虫。副标题是“考古工作者的诡异经历”，在《雾隐占婆》的前面加着数字“Ⅰ”，所以看来还要写个系列。顺便说明一下，“占婆”是越南中南部实际存在的古代王国的名称。

对话用词也是泼皮的谩骂里掺杂着“文革”时期的特殊语言，还有低层社会的侠义表现和黑话等，要翻译是非常吃力的。不过，我补充一句，在天下霸唱的文体里，除去《贼猫》，没有出现想要吸引读者的那种章回小说以来的说书手法，所以对我来说，阅读起来没有觉得违和感。

我写到这里想要结束的时候，发现了新的信息。既然知道了，就不能装作不知道，所以慌忙再补充一段。

《鬼吹灯》的胡八一和胖子、shirley 杨的搭档，在续篇里也继续大显身手。看来至少是四部连续的模样，接下来是《鬼吹灯Ⅱ》《鬼吹灯Ⅲ》，每四部一个系列，改变出场人物的设置和时代背景。在 DVD 里看到的，好像就是那个系列。同时，动漫片也由其他作者改编，由日本的 JUMP 漫画社预定要作为“龙文件”出版，但据以后的出版广告称发售延期，在笔者撰写本文时还没有确定出版日期。

《谜踪之国》不是单纯的盗墓故事，渐渐地呈现出宇宙的浩瀚，带着 SF 的形式。

还有,《鬼吹灯》走红之前的作品《鬼打墙》(中国画报出版社)也送来了,但已经没有时间拜读。我只能答应另外找机会再作介绍。

下卷年表（1949—　）

年份	事件
1949	毛泽东在北京天安门宣布中华人民共和国成立。
1950	缔结中苏友好同盟，签订相互援助条约。 张然《梦游太阳系》（中国青年出版社）
1953	第一个五年计划开始。 《伊林选集》开始发行。
1954	郑文光《另一个月亮》（《中国青年报》）
1955	党中央高举“向科学进军”的口号。“大量创作、出版、发行少年儿童读物”。 郑文光作品集《太阳历险记》（少年儿童出版社）
1956	鲁克《到月亮上去》（山东人民出版社）/ 扬子江《火星第一探险队的来电》（《中学生》）/ 杨志汉《到太阳附近去探险》（《少年文艺》）/ 饶忠华《空中旅行记》（《解放日报》）/ 迟叔昌《割掉鼻子的大象》（中国少年儿童出版社）/ 迟叔昌《奇妙的“生发油”》（《3 号游泳选手的秘密》中国少年儿童出版社）/ 梁仁寥《呼风唤雨的人们》（《中学生》）/ 于止《没头脑和电脑的故事》（《割掉鼻子的大象》中国少年儿童出版社）

1957	迟叔昌《割掉鼻子的大象》入选优秀儿童文学作品。 郑文光《飞上天上去的小猴子》(《中国少年报》)
1958	《十万个为什么》开始发行。叶永烈参与执笔。 叔昌《庄稼金字塔》(《少年文艺》) / 于止《失踪的哥哥》(《1957 年儿童文学选》作家出版社)
1959	“大跃进”政策走向反面，出现大饥荒。以后持续长达三年的大规模自然灾害。
1960	鲁克《海底鱼厂》(《中国少年报》)/ 郑文光《海姑娘》(《儿童时代》) / 童恩正《古峡迷雾》(少年儿童出版社)
1961	王国忠《海洋渔场》(《儿童时代》) / 迟叔昌《大鲸牧场》(《中国少年报》)
1962	王天宝《白钢》(《科学画报》) / 萧建亨《蔬菜工厂》(《布克的奇遇》中国少年儿童出版社) / 刘兴诗《北方的云》(《五万年前的客人》《少年文艺》) / 王国忠《神桥》(《儿童时代》)/ 迟叔昌《人造喷嚏》(《中国少年报》)/ 李永铮《魔杖》(《中国少年报》) / 叶永烈《一根老虎毛》(首发不详)
1963	鲁克《养鸡场的奇迹》(《奇妙的刀》湖南人民出版社) / 鲁克《鸡蛋般大的稻谷》(同前) / 一帜《烟海蔗林》(《失去的记忆》少年儿童出版社) / 王国忠《打猎奇遇》(《黑龙号失踪》少年儿童出版社) / 嵇鸿《神秘的小坦克》(《神秘的小坦克》江苏人民出版社)/ 童恩正《一颗没有发芽的种子》(《儿童时代》)
1965	萧建亨《铁鼻子的秘密》(《奇异的机器狗》江苏人民出版社)
1966	“文化大革命”开始。
1968	张晓风《潘渡娜》(《中国时报》)
1969	黄海《一〇一〇一年》(照明出版社) / 张系国《超人列传》(《纯文学》)
1973	叶永烈以《塑料的世界》《化学纤维的一家》再度开始创作。

1975	周恩来作关于《四个现代化》的报告。
1976	叶永烈《石油蛋白》(《少年科学》)
1977	再开全国统一高考。 王亚法《强巴的眼睛》(《红小兵报》) / 叶永烈《世界最高峰上的奇迹》(《少年科学》) / 萧建亨《密林虎踪》(《少年科学》)
1978	在上海召开全国科学普及创作会议，在庐山召开全国少年儿童读物出版会议，“科学文艺”复活。 王国忠《未来的燃料》(《儿童时代》) / 王亚法《橙色的头盔》(《我们爱科学》) / 王亚法《海豚阿回》(《少年科学》) / 王金海《翡翠岛》(《少年科学》) / 萧建亨《胡萝卜里的秘密》(《少年科学》) / 苑莉 · 吕振华《蛋》(《我们爱科学》) / 嘉龙《种房子》(《儿童时代》) / 叶永烈《小灵通漫游未来》(《少年儿童出版社》) / 叶永烈《海马》(《少年科学》) / 王川《震动世界的喜马拉雅—横断龙》(《科学画报》，后改题为《魔鬼湖的奇迹》) / 王琪《玫瑰与宝剑》(《科学时代》) / 童恩正《雪山魔笛》(《少年科学》)/ 童恩正《珊瑚岛上的死光》(《人民文学》) / 童恩正《遥远的爱》(《四川文学》) / 郑文光《太平洋人》(《新港》) 香港书评杂志《开卷》创刊。
1979	童恩正《珊瑚岛上的死光》被选为 1978 年全国优秀短篇小说。郑文光《飞向人马座》(人民文学出版社)，获得第二届全国少年儿童文学创作一等奖。 开始出现科幻小说杂志创刊的高潮。《科学文艺》创刊 (四川人民出版社) / 《科学神话》创刊 (海洋出版社)。 吴伯泽《隐形人》(《工人日报》)/ 郑文光《古庙奇人》(《冰下的梦》) / 郑文炮《白蚂蚁与永动机》(《科学文艺》) / 刘肇贵《 β 这个谜》(《科学文艺》)

1980	王亚平长篇推理《刑警队长》（上海文艺出版社）成为畅销书。 金涛《月光岛》（《科学时代》）/ 叶永烈《碧岛谍影》（《少年科学》）/ 叶永烈《X-3 案件》（《乔装打扮》群众出版社）/《科学幻想小说选》（中国青年出版社）/ 金涛编《冰下的梦》（海洋出版社）/ 郑文光《地球镜像》（《上海文学》）/ 郑文光《蚩尤洞》（《北京文艺》）/ 刘兴诗《扶桑木下的脚印》（《冰下的梦》）/ 萧建亨《沙洛姆教授的迷误》（《人民文学》） 叶永烈《论科学文艺》（科学普及出版社）/ 郑文光《要正视现实——喜读金涛同志的科学幻想小说〈月光岛〉》（《新华月报》） 张系国的系列短篇集《星云组曲》（洪范书店） 杜渐《关于中国科学小说创作的若干问题》（《开卷》）
1981	开始批判白桦《苦恋》。11 月发表原作者的检讨。四川省歌舞团将金涛《月光岛》改编成适合科幻歌剧演出的剧本。创刊达到高峰。《智慧树》创刊（天津新蕾出版社）/《科幻海洋》创刊（海洋出版社）/《科学小说译丛》创刊（广东科技出版社）/《科学文艺译丛》创刊（江苏科学技术出版社）/《飞碟探索》创刊（《甘肃人民出版社》）。 郑文光《海豚之神》（《新港》）/ 郑文光《星星营》（《智慧树》）/ 郑文光《大洋深处》（人民文学出版社）/ 嵇鸿《尸变》（《科幻海洋》）/ 步实《没有触角的世界》（《科幻海洋》）/ 尤异《大青山上的魔影》（《科幻海洋》）/ 叶永烈《黑影》（群众出版社）/ 叶永烈《小黑人的梦》（《智慧树》）/ 魏雅华《“温柔之乡”的梦》（《小说选刊》）/ 孟伟哉《访问失踪者》（《北方文学》）/ 欣然《崇高的思想可爱的人物形象——读〈遥远的迭达罗斯〉》（《科幻海洋》） 张系国开始创作《都市》三部曲，第一部《五玉碟》发行（知识系统出版有限公司）

1982	流行超能力、UFO 等。间谍和武打在电影和电视剧里盛行。《科幻世界》创刊（科学普及出版社）/《科幻译林》创刊（科学普及出版社） 郑文光《命运夜总会》(丛刊《小说界》) / 萧建亨《乔二病患记》(《人民文学》) / 饶忠华等编《中国科幻小说大全》(《海洋出版社》) 章杰《西施》(《科幻世界》科学普及出版社)
1983	《科学神话》第三辑（海洋出版社）/ 童恩正《西游新记》连载 (《智慧树》) 叶永烈《科幻小说现状之我见》(《文学报》)
1984	对外开放政策得到强调。 郑文光《战神的后裔》(花城出版社)
1985	中国第一届 SF 大奖赛“银河奖”征稿新闻在《光明日报》《文摘》上刊登。 程嘉梓《古星图之谜》(人民文学出版社) 黄海《银河迷航记》(知识系统出版有限公司) / 黄海《星星的项链》(皇冠出版社)
1986	“银河奖”授奖大会在成都举行。当地报纸《成都晚报》以及《人民日报》海外版都作了报道。《科学文艺》开始活跃。 谌容《减去十岁》(《人民文学》) / 沙叶新《有名病》(《文汇报》)
1987	《科学文艺》编辑班子来日本参加“日本 SF 大会”。 姜云生《终生遗恨》(《科学文艺》) / 韩松《青春的跌宕》(《科学文艺》) 黄海《鼠城记》(时报文化出版企业有限公司) 洪海《倩女还魂记》(《科学文艺》)
1988	《科学文艺》主编杨潇只身参加在圣马力诺召开的 WSF 例会。与日本 SF 界老前辈柴野拓美夫妇一起行动。

1989	叶永烈《中国科幻小说的低潮及其原因》(《科学二十四小时》)
1990	《科学文艺》代表团参加在荷兰海牙召开的WSF例会，获得翌年1991年的主办权。中国中央电视台也作了报道。 《幻象》在台北创刊。
1991	WSF例会在成都隆重召开。《科学文艺》改称《科幻世界》。 晶静《女娲恋》(《科幻世界》)/ 刘兴诗《雾中山传奇》(《科幻世界》) / 姜云生《戊戌老人的故事》(《科幻世界》) 张系国《都市》三部曲第三部《一羽毛》(知识系统出版有限公司)
1992	韩松《宇宙墓碑》和姜云生《长平血》获得世界华人科幻艺术奖(《幻象》)。 晶静《织女恋》(《科幻世界》)
1993	继报道SF迷俱乐部诞生的新闻。 《郑文光科幻小说全集》全四卷(湖南少年儿童出版社)/ 晶静《夸父逐日》(《科幻世界》) / 濮京京《真说桃花源记》/ 海子《精卫填海》(《科幻世界》) 姜云生《台湾科幻小说大全》(福建少年儿童出版社) 黄易《超脑》(皇冠文艺出版有限公司)
1994	晶静《盘古》(《科幻世界》)
1995	马大勇《飞碟白梅花》(《科幻世界》) / 苏学军《远古的星辰》(《科幻世界》) / 王晋康《追杀》(《科幻世界》) / 李博逊《太空抢险》/ 韩松《没有答案的航程》(《科幻世界》) / 星河《同是天涯沦落人》(《科幻世界》) 金涛《我与科幻》(《科幻世界》)
1996	北京吴岩他们下决心举办"96北京科幻节"，令各地科幻迷疯狂。 覃白《中国科幻正走向辉煌》(《科幻世界》)

1997	隆重举行 97 北京国际科幻大会，邀请美国、俄罗斯的宇航员们作为嘉宾参加。 杨平《裂变的木偶》(《立方光年》)
1999	《郑文光古稀纪念文集》自费出版
2000	赵海虹《异手》(《科幻世界》) 周孟璞主编《科幻爱好者手册》(四川辞书出版社)

下卷参考资料

◆与全书有关的参考资料

1. 中野美代子《中国人の思考様式》(講談社現代新書，1974)

2. 中野美代子《悪魔のいない文学》(朝日選書，1977)

3. 武田雅哉《桃源郷の機械学》(作品社，1995)

4. 武田雅哉《猪八戒の大冒険》(三省堂，1995)

5. 武田雅哉《星への筏》(角川春树事务所，1997)

6. 武田雅哉《新千年図像晩會》(作品社，2001)

◆日译本以及日文评论等

【单行本】

1. 老舍（稲葉昭二訳）《猫城記》（サンリオ SF 文庫，1980）

2. 萧建亨（伊藤敬一訳）《地球人への手紙》（太平出版社《中国の児童文学·1》，1984）

3. 迟叔昌，于止（伊藤敬一訳）《鼻のないゾウ》（太平出版社《中国の児童文学·2》，1984）

4. 倪匡（押川雄孝訳）《猫—NINE LIVES》德間文庫，1992）

5. 池上正治編訳《中国科学幻想小説事始》（イザラ書房，1990）

小説：鄭文光（池上正治訳）《太平洋人》、（池上正治訳）童恩正《雪山魔笛》、葉永烈、温下京（池上正治訳）《飛べ！冥王星へ》（脚本）

評論：王逢振（池上正治訳）《人文科学と自然科学を結ぶ橋》、饒忠華、林耀探（池上正治訳）《現実·予測·幻想》、

魯迅（池上正治訳）《〈月世界旅行〉弁言》

6. 中野美代子，武田雅哉編《中國怪談集》（河出書房新社，1992）

黄海（林久之訳）《死人たちの物語》、許地山（武田雅哉訳）《鉄魚の鰓》

【杂志】

1.《SF 宝石》（文光社）1980.2

童恩正（市川宏訳）《珊瑚島上的死光》、深見弾《中國最新 SF 事情》

2.《奇想天外》（奇想天外社）1980.12

葉永烈（林久之訳）《冥王星への道》

3.《SF 宝石》（文光社）1980.6

鄭文光（林久之訳）《鏡の中の地球》、吳定柏（林久之訳）《中国 SF 簡述》、結城徹《中国の SF ブーム》

4.《SF マガジン》（早川書房）1982.5

遲叔昌（原作者訳）《のんちゃんと電子頭脳》

5.《SF マガジン》(早川書房)1983.3

葉永烈(林久之訳)《中国における日本 SF》

6.《東方》(東方書店)35 號，1984.2

近藤直子《中国の SF 小説と“文化大革命”》

7.《東方》(東方書店)40 号，1984.7

近藤直子《かなたからの目》(评论郑文光作品)

8.《SF マガジン》(早川書房)1985.1

中島梓《中国科学幻想作家訪問報告》

9.《中国語》(大修館書店)1985.7

近藤直子《張系国の SF 小説集〈星雲組曲〉》

10.《SF マガジン》(早川書房)1986.10

林久之《中国 SF コンテスト“銀河奖”授賞大會レポート》

11.《SF マガジン》(早川書房)1988.1

林久之《海外 SF 事情》

12.《SF マガジン》(早川書房)1990.7

張系国(林久之訳)《モノリス惑星》、張系国(徐瑞芳

訳）《銅像都市》、張系国（徐瑞芳訳）《通訳の絶唱》、林久之《香港·台湾の SF パワー》

13.《ユリイカ》（青土社）1993.12

張系国（林久之訳）《青春の泉》

14.《SF マガジン》（早川书房）1995.4

波津博明《WORLD SF REPORT》

15.《幻想文学》（幻想文学企画室）第 44 号《中国幻想文学必携》1995

武田雅哉《八月の筏》、林久之《中国 SF はオモシロイ！》等

16.《月刊しにか》（大修馆書店）1996.3

林久之《奮闘する科幻小説》

【同人杂志等】

1.《イスカーチェリ》20 号，1981

吕辰（林久之訳）《鄭文光インタビュー》、飯崎充《現代化の波の中で》

2.《イスカーチェリ》21 号，1981

蕭建亨（壱岐昌弘訳）《“金星人”の謎》、蕭建亨（結城徹訳）《サローム教授のちがい》、王亚法（渡辺直人訳）《科学·幻想·小説》

3.《イスカーチェリ》22 号，1982

林久之《介紹科幻小説專誌》

4.《イスカーチェリ》23 号，1982

結城徹《中国 SF の動向》、林久之《香港·台湾 SF 事情》

5.《イスカーチェリ》24 号，1982

王川（藤野彰訳）《ヒマラヤ横断龍》（連環画）

6.《イスカーチェリ》27—28 号連載，1986—1987

葉永烈（武田雅哉訳注）《中国 SF 発展史》

7.《科学魔界》41 号，1981

桂宇石（渡辺直人訳）《無限大と一》

8.《科学魔界》42 号，1981

童恩正（結城徹訳）《雪山魔笛》、童恩正（渡辺直人訳）《五万年前の客》

9.《ルーナティック》7 号（東海 SF の会），1981

彭鐘岷、彭辛岷（林久之訳）《中国 SF の興起》

10.《ルーナティック》8 号，1984

倪匡（林久之訳、改編）《蛊惑》（影絵剧本）、尤異（冈田佳子訳）《科学幻想小说を語る》、葉永烈（林久之訳）《小霊通未来世界を行く》（連環画）

11.《ルーナティック》12 号，1987

趙大年（林久之訳）《聚宝盆》、沙葉新（林久之訳）《有名病》

12.《ルーナティック》13 号，1988

姜亦辛（林久之訳）《墓標》

《ルーナティック》14 号，1989

倪匡（林久之訳）《ペンフレンド》

14.《ルーナティック》15 号，1990

張系国（林久之訳）《ある帰還》

15.《ルーナティック》16 号，1991

張系国（阿部敦子訳）《ノクターン》、姜雲生（林久之

訳）《涯なき想い》

16.《ルーナティック》17 号，1992

張系国（林久之訳）《妹妹》、吳岩（林久之訳）《生死第六天》

17.《中国 SF 資料之一 · 海豚之神》（中国 SF 研究會），1984

郑文光（林久之訳）《イルカの神様》、步実（林久之訳）《触覚のない世界》、彭鐘岷、彭辛岷（林久之訳）《開拓者の足跡》

18.《中国 SF 資料之二 · 減去十歲》（中国 SF 研究會）1987

諶容（林久之訳）《マイナス十歲》、郑文光（林久之訳）《三〇一七計画》、鄧伯宸（林久之訳）《父と子》、陳怡芳（林久之訳）《遺伝子論》

19.《中国 SF 資料之三 · 傾城之恋》（中国 SF 研究會）1989

張系国（徐瑞芳訳）《通訳絶唱》、張系国（林久之訳）

《陥落の日》、張系国、王建元（林久之訳）《科幻之旅》

20.《中国 SF 資料之四 · 終生遺恨》（中国 SF 研究會）1990

姜雲生（林久之訳）《痛根》、姜亦辛（林久之訳）《ビンの中の手記》、劉肇貴（阿部敦子訳）《β》、姜雲生（林久之訳）《你我》

21.《中国 SF 資料之五 · 再生縁》（中国 SF 研究會）1992

黄海（阿部敦子訳）《いまひとたびの……》、黄海（林久之訳）《骨董品》、黄海（阿部敦子訳）《摩天楼》、吕応鐘（林久之訳）《古都のにぎわい》、譚力、覃白（林久之訳）《黑薔薇修道院》

22.《中国 SF 資料之六 · 厄斯曼故事》（中国 SF 研究會）1995

姜亦辛（林久之訳）《ウイルス》、姜雲生（林久之訳）《“E”の物語》、劉以鬯（渡辺直人訳）《間違い》《文芸編集の白日梦》《蜘蛛の精》《天国と地獄》、譚力、覃白（林久

之訳)《黑薔薇修道院(二)》

23.《中国 SF 資料之七·裂変的木偶》(中国 SF 研究會)1998

杨平(林久之訳)《こわれた人形》、江猟心(阿部敦子訳)《情けはひとの……》、韩松(林久之訳)《宇宙船アムネジア》、張系国(阿部敦子訳)《船還る》、星河(林久之訳)《同是天涯淪落人》、姜雲生(林久之訳)《科普·人生観照·宇宙全史》

24.《アレフ·ゼロ》(広島大学 SF 研究會)14 号，约 1982

童恩正(羅南大好訳)《天乙星》

25.《BAMU》(BAMU)19 號，1990

尤異(渡辺直人訳)《死刑》

26. 深見弾編《日本 SF 翻訳書目》私家版 .1986

27.《中国 SF 資料之八》(2008)により一部改稿

28.《中国 SF 資料之九》(2010)により一部改稿

◆中文（例举涉及下卷全书的书目，不局限在特定的作家和作品）

1. 叶永烈《论科学文艺 . 科学普及出版社》，1980）

2. 饶忠华，林耀探等编《科学神话（1—3 集）》（海洋出版社，198—1983）

3. 饶忠华，林耀探等编《中国科幻小说大全》（海洋出版社，1982）

4. 张系国编《当代科幻小说选Ⅰ · Ⅱ》（知识系统出版有限公司，1985）

5. 姜云生编《台湾科幻小说大全》（福建少年儿童出版社，1993）

6. 周孟璞主编《科幻爱好者手册》（四川辞书出版社，2000）

7. 袁珂《中国神话传说辞典》（上海辞书出版社，1985）

8. 周德东《门》（花山文艺出版社，2006）

9. 周德东《所有人都在撒谎》（花山文艺出版社，2006）

10. 周德东《黑段子》（中国长安出版社，2005）

11. 夷梦《百夜》（北方文艺出版社，2006）

12. 王雨辰《每夜一个骇故事》（陕西师范大学出版社，2007）

13. 彭懿《与幽灵擦肩而过》（作家出版社，1996）

14. 彭懿《半夜别开窗》（作家出版社，1997）

15. 程小青《霍桑探案集》（群众出版社，1986）

16. 孙丽芳《绝色》（大众文艺出版社，2001）

17. 天下霸唱《鬼吹灯之精绝古城》（安徽文艺出版社，2007）

18. 天下霸唱鬼《吹灯之龙岭迷宫》（安徽文艺出版社，2007）

19. 天下霸唱《贼猫》（安徽文艺出版社，2008）

20. 天下霸唱《谜踪之国·雾隐占婆》（安徽文艺出版社，2009）

21. 天下霸唱《谜踪之国Ⅱ·楼兰妖耳》(安徽文艺出版社，2009)

22. 上海电影集团公司《鬼吹灯之大漠迷墓》(DVD)(新疆乌鲁木齐电视台，广东正普影视)

下卷后记

因为叙述脉络的关系，不能写进本书的部分在“后记”里补充，这是常见的写法，所以笔者也来学一学这样的写法介绍一下日中科幻交流的内情。请原谅，作为巧遇这个过程的过来人，我的陈述大多是我个人的经历。

一个文艺类型的诞生或者在它被社会接受的时候碰巧在场，越是有着这样的感觉，就越是令人感到振奋。即使不是自己创建了它，一想到自己是早期的发现者，心里便会咚咚地乱跳。

我有幸已有两次体验到这样的感觉。第一次体验，我虽然纯粹是一名读者，但随着早川书房《SF マガジン》杂志的创刊，亲眼目睹了 SF——当时是“空想科学小说”——被日本社会接受的全过程。SF 小说在学校的图书馆里也有，我从读小学的时候起就读过一些，但我的身边却没有朋友知道“空想科学小说”和“SF”，所以能够对这些作品进行交流的人就只有购买《SF マガジン》的哥哥一个人。说老实话，哥哥买回家的读物，还只是同意让我看看。直到读大学以后，身边才出现能说说 SF 的朋友。尽管如此，《SF マガジン》的创刊，在真正出现了专业杂志即汇集着自己喜欢的故事这个意义上来说，激动得令我感到战栗。哥哥书架上的早川 SF 系列和在科幻迷中闻名遐迩的“银背”[1] 系列，我都贪婪地阅读着。

第二次是与中国科幻小说的结缘。

1980 年夏天，我作为大学母校校友组织的中国访问团成员之一，第一次去中国。虽说仅仅只有十一天的旅程，

[1] 1957—1974 年出版的早川 SF 系列。

但不难想像其印象是极其鲜明的。当时在北京王府井新华书店里，我的目光停留在书架上的《科学幻想小说选》这本书上。哎呀，是国外的翻译作品啊！这是我当时的感想。那时读者还不能自由地将书拿过来翻阅，所以我无法确认它里面的内容。

经过南京、扬州到上海，这里的新华书店不知为何，估计也只局限于我们外国人，才允许将书架上的书拿来翻阅后再购买。我取过书来查看目录，觉得很惊讶。作者全都是中国人名。作为科幻迷来说，我爱不释手，何况不知道是幸运还是不幸，我好歹能够读懂中文，那就更不愿意再将书放回去了。我立即购入囊中，并在往返苏州的列车和回国的飞机上，都迫不及待地读着，证实这本作品选集确是出自中国人之手。那时候中国在"四个现代化"的口号下，之前绝迹的《科学文艺》复刊了，同类型的书籍和杂志正呈现出百花齐放的盛况。

回国后，我觉得这事真好，能不能作为新闻在什么刊物上作介绍，当然我没有投稿的目标。这时我想起了《SF マガジン》编辑部。我试着将新闻稿送到日本早期的SF研究者、大作《日本SFこてん古典》全三卷刚刚杀青的横田顺弥先生那里。《科学幻想小说选》里的作品与日本战前冒险小说的风格很相像，所以我还担心横田顺弥先生会不会感兴趣。即使被他扔了也是无可奈何的事情，不料横田顺弥先生将它转送到研究苏联、东欧SF的专家、已故的深见弹先生那里。于是，我得到了深见弹先生的知遇之恩，一头扎进了中国科幻小说里。

以后我才渐渐地知道，关注中国的科幻小说，笔者并非是第一人，以前日本的SF杂志已经作过两次介绍，老舍的《猫城记》也已经翻译出版。关于此事，本书已经提起过，这里不再累述。

同时，中国方面也对国外的SF表示出极大的兴趣。据说大陆即使在“文革”最高潮的1970年代，也已经作为内部资料悄悄地节译了当时十分走红的小松左京的《日本沉没》，而且信息很早就传到文化交流更自由的台湾、香港地区，对日本SF杂志的动向也传播得非常迅速，在香港的书评杂志《开卷》上，深见弹先生借介绍《珊瑚岛上的死光》之际翻译了寄来的“解说”。又因为主编杜渐对SF寄予不同凡响的关注的缘故，这本《开卷》杂志两次组编SF特集，其中之一是日本SF的小特集。总之，大陆借助“文革”后科学文艺百花齐放的势头，与介绍日本SF联系起来，成为国际科幻交流的开端。笔者在对这些情况一无所知的状态下，误打误撞地闯进了这个交集点。

在SF信息交集点上的邂逅还在继续。1980年10月，由深见弹先生推荐，笔者翻译的叶永烈《飞向冥王星的人》（《冥王星への道》）刊登在《异想天开》杂志上。11月，我参加在浜松市召开的SF爱好者聚会，除了深见弹之外，数名搞英美SF翻译的资深译者作为嘉宾被请来，其中也有柴野拓美先生。众所周知，全都是自从日本最早SF杂志《宇宙麈》创刊以来一直担当着主管的大师们。据柴野拓美先生说，去参加在美国召开的大型爱好者集会“世界科幻大会”时，一位名叫王逢振的人打听研究中国SF的人的住处，并把住在上海的吴定柏的联络方法告诉了我。我立即联络，才知道他是上海外国语学院的讲师（当时），对英美SF十分了解。而且，据他说还认识《小灵通漫游未来》的作者叶永烈。通过吴定柏，年底我就收到了叶永烈寄来的书信，终于与中国SF界取得了直接联系。在信息交集点上，科幻的动向的确瞬息万变。

以后，我得到了叶永烈很大的帮助，他向我介绍了几位作家，还告诉我一些难得的信息。他还多次寄送给我数量庞大的资料，希望他的作品能继续得到介绍。但是不凑巧，他的作品与日本人印象中的SF有着太大的不同。事到如今，除了在同人杂志上译载他的代表作《小灵通漫游未来》连环画版之外，只是介绍了几次简短的评论，大多数小说没有着手译介，最后辜负了他的期望。

1985年，笔者作为日语讲师去北京外国语大学赴任，心想能不能见到吴定柏等只闻其名未曾谋面的作家和专家们，但当时科幻小说正处在最寒冷的时期，活动据点也移到了成都，因此没有得到见面的机会。过了一年，到1986年4月，从吴定柏那里传来一个消息，说在四川成都，由《科学文艺》

和《智慧树》主持召开中国第一次 SF 大奖赛“银河奖”的授奖大会，你来不来？我向校方请求，得到的回答是“可以去啊”，于是我就独自去了。专门刊登科学信息的报纸《中国科技日报》的记者、翻译日本推理小说的韩健青为我准备了车票，5 月 14 日早晨 7 点，我坐上了由北京发车、去遥远成都的列车，行程长达 34 个小时，于第二天傍晚 5 点到达。

三天的日程，我能见到以前只能靠书信往来的吴定柏等众多科幻小说相关者，这不能不说是一个巨大收获。光是授奖仪式和各种报告会以及受奖者座谈会等详细情况，就写也写不完，但是将当时感觉到的与日本 SF 大奖赛的不同之处简单地概括起来，主要有两点。一点是大师级的报告比比皆是，像辩论大会似的；另一点是会上尽是作家和编辑，作为业余爱好者的粉丝群却很少。笔者也将日本 SF 爱好者的活动状况等作了介绍，报告结束时期盼这样的活动能够在中国也盛行起来。

回到北京以后，交往逐渐增多，见到突然出现的叶永烈，接受《科学文艺》的约稿撰写大奖赛获奖作品的评论，编辑部的谭楷也趁着上京机会找到我的宿舍里，等等。过年趁春节放假时有个再去成都访问的机会，于是我去《科学文艺》编辑部进行礼节性拜访，建议他们在下次的日本 SF 大会时派遣观察员。1987 年那年夏天的第 26 届日本 SF 大会预定在石川县的山中温泉召开。在《科学文艺》编辑部，我虽然没有当场得到回复，但我想他们一定会想办法来参加的，因此就向日本 SF 大会事务局联络，希望安排他们作为嘉宾参加。但是好事多磨，1987 年春天我回国时不巧生病住了一个月医院，也有双方都是第一次办理出入境手续的原因，入国手续大幅推迟，结果在大会结束时他们才刚刚赶到成田机场。当时来日本的，是应该称为《科学文艺》复刊功臣的杨潇、谭楷、莫树清、向际纯四人。我将他们留宿在家，作为弥补，带着他们参加浜松的科幻迷团体活动，带他们参观科学馆和学校等设施，又移师东京走访了几家与 SF 有关的出版社，尽力做到不留遗憾。幸好第一次访日给他们留下了很深刻的印象，后来他们在《科学文艺》上刊登了长达六页的专题报道。

此后，我和《科学文艺》编辑部一直保持着连同家人在内的交往。1989年第二届“银河奖”授奖大会，我受邀参加，并作报告介绍日本科幻迷的活动。1995年借着将日本SF大会拉到浜松市召开的关系，我接待了中国代表团。在1996年的SF大会上，我还接受了记者的采访。那次1996年的访问，我还兼顾着翌年在北京召开的“97北京国际科幻大会”的宣传。

就这样，1997年的夏天很快就到来了。这次大会的盛况正如本书里叙述的那样。我向日本的SF相关者发出邀请希望他们一定参加，还作了广泛宣传，但出自各种原因，最后以个人名义参加的实际只有几个人。与往年几十名日本人去参加在美国召开的SF大会“世界科幻大会”相比，是有些冷落。

在日本介绍中国SF，几乎都是在同人杂志上。靠深见弹先生呼吁建立的“中国SF研究会”会刊《中国SF资料》，每期刊登三四篇翻译作品，到现在终于出到第7期。除此之外，只是几家SF同人杂志（称之为爱好者杂志）单篇地刊登会员投寄的译稿。

现在，回顾由科幻迷们每年夏天操办的日本 SF 大会，兴许 SF 同人杂志也在紧随时代的变化，影像渐渐地超过文字变成了主力。既有动漫杂志，又以光盘和录像带的形式发表、销售作品的情况大幅增加。还有科幻团体将不是文字和影像而是亲手制作的物品（也可以称为图像商品）放在主要位置。

出于这些原因，能刊登中国科幻小说译稿的同人杂志，曾经因介绍非英美的 SF 而令人关注的《イスカーチェリ》和以创作、评论为主时而也刊登译稿的《科学魔界》，都自生自灭，很久不见了。不知道是否每年出一次的东海 SF 团体的《ルーナティック》，每期也必然会刊登中国科幻小说的译稿和相关信息，总之不管怎样，发行速度太慢。即使有想要译介中国 SF 作品的想法，也没有发表的地方，这是实情。

我抓住难得的机会，好不容易才浏览了从中国寄来的作品，在译介期间，我曾经注意到一个现象。在《科幻世界》等杂志上发表的作品暂且不论，作为单行本出版的图书，受“科幻小说”标签的吸引拿来一读，怎么看都只能认为是面向儿童的科普童话、科学讲解的图书，旧瓶装新酒地揭秘新（奇）发明、轻易就能识别敌人的间谍小说等占了相当数量。我觉得奇怪，仔细察看，里面还夹带着一些“科幻小说”定义尚未明确时发表的作品。作者即便确是现在的科幻作家，从今天中国科幻小说的水准来看，怎么也不是值得推介的作品。即便是新作，也有故态复萌的作品，但我怀疑这样的现象是编辑的校对不严格造成的，好像以为只要标上“科幻小说”的标签就能卖钱。现在科幻小说的标签无论热门到何种程度，其实只要编辑读过，就不会出现这样的现象。同时，时代在变，却拿着以前的版本照原样再版，因此上市的作品有的也经不起现在的评价。这是很头痛的事。

关于此事，便衍生出评价科幻小说的标准在哪里的问题。本书的上卷和下卷都在开始时对科幻小说的定义阐述了笔者自己的看法，但说起来还是下卷设置的标准让人感觉有些啰嗦。它的不同是为了把科幻小说和在苏联影响下产生的“科学文艺”，以及包括在“科学文艺”内的“科普小说”区别开来进行讨论而产生的，是不得已的。说真心话，正如武田先生在上卷里说的那样，也可以定义为中国读者会对什么感觉到“惊险感”这种程度，但如此一来，与科普小说的区别就会变得模糊。因为如果要把讨论推进到“所谓的 SF 是什么”这种程度的话，无论在欧美还是在日本，人们对此也都是莫衷一是，只会加深争执的程度。要用语言给某些事物作出定义是很困难的。

1997 年北京国际科幻大会以后，日中科幻交流好像进入了休眠期。但是，《科幻世界》还在继续发展。除了原来的杂志之外，独立的漫画部门《科幻世界画刊》的发行数也在持续增长，以稍低年龄层为对象的“少年版”也已经创刊，由光盘制作的定期刊物也很快得以实现。2000 年夏天，据只身访日的谭楷说，成为科幻小说振兴据点的《科学文艺》杂志四名“台柱”中，向际纯已经退休，杨潇和谭楷不久也将退休。他们退出得也许有些早，但笔者在赞颂他们骄人业绩为他们送去掌声的同时，也对下一代人的努力抱有极大的期望。

拙作中有很多解说对自认是科幻迷的读者来说显得有些多余，我担心会让人觉得繁琐。这是因为本书是面向普通读者的，读者也不仅仅局限在科幻迷中，所以也是不得已的，希望得到谅解。

最后我不得不补充一句。在本书执笔之际，也有笔者性格愚懦的缘故，受到过很多人的帮助。尤其是这个选题的策划者、上卷执笔者武田雅哉先生，和大修馆书店的责任编辑小笠原周先生，得到了他们很大的帮助。为了制作数据库而帮我整理资料的翻译家阿部敦子女士和姜云生的儿子姜亦辛，也都付出了很多辛劳。除此之外，向不厌其烦地回答我的提问、为我提供资料的《科幻世界》编辑部各位仁兄，开创日中 SF 交流局面的王逢振、吴定柏、作家叶永烈、郑文光、萧建亨、刘兴诗，还有未看到拙作完成便已故世的迟叔昌、童恩正等各位先生，表示我由衷的感谢。

林久之

2001 年 9 月

中文版后记

浏览了“全球华语科幻星云奖”的网站，设计和栏目设置都很精彩，对至今连自己的博客都没有开通的笔者来说，无法想象这是怎么样才能做到的。

1986 年第一次拜访《科幻世界》（原《科学文艺》）编辑部时，笔者是用显示屏上只能显示两行字的文字处理机来写稿的。尽管如此，这个“语言处理机”以个人也能买得起的价格上市时，我真的很开心。对自己的字迹感到自卑的朋友们肯定都是同样的感觉。

两年后，在笔者工作的职场里，个人电脑已经用于日常的事务处理，在电脑里安装并使用文字处理软件，与文字处理机相比，越来越具有优势。

接着过了大约五年，电脑已经普及，终于到了笔者的日常生活中没有笔记本电脑就会妨碍工作的程度。

1987 年《科幻世界》编辑部的朋友们第一次成功访问日本，与住在日本的熟人或中国的家人进行联络时使用的是公用电话，所以要用好几张电话卡。

1991 年成都召开的 WSF 大会，很遗憾我没有参加，但 2000 年的银河奖大会，我与几名日本的 SF 爱好者一起访问中国时，编辑部的办公室里摆放着几台电脑，这是不足为奇的，大会组织方的工作人员之间也已经在用手机进行联络。

2006 年，为翌年成都科幻大会做准备而视察日本 SF 大会的宋锦燕女士独自一人出现在日本，给我们的印象就是：中国人也可以私人出国旅行了。

下一次访问中国已经是 2007 年了。那是参加第二次的成都W S F 大会。给我留下很深印象的是，编辑部办公室虽然依然设在科学技术协会的大楼里，但使用面积大致扩大了一个房间，摆放了好几台编辑工作使用的电脑。在副主编姚海军先生的办公室里，靠墙壁的书橱里满满当当地排列着国内外著名的经典作品。

这时候，笔者虽说已经落后，却也已经在使用手机了。

于是，回顾往事，以电脑为主的办公自动化设备的发展和普及，与中国科幻界的成长和发展，简直就像是同步进行的，我对此颇感欣喜。

在 2007 年的 WSF 大会，编辑部的秦莉女士和姚海军先生加上作家吴岩先生和韩松先生访问日本并作了报告。那时候作报告已经不是像以前那样读稿子，而是使用笔记本电脑里制作幻灯片的软件，和会场里准备的液晶投影机。这个时候，中国的年轻作家几乎都已经使用电脑，设置自己的博客和网站发布最新的信息了。

2010 年在东京召开的日本 SF 大会，中国新锐作家夏笳来日本，她的身上已经没有代表中国的那种矜持，与日本普通 SF 爱好者完全一样参观各种企划室，欢天喜地乐不可支，给人留下了深刻的印象。

2013 年在广岛召开的日本 SF 大会上，再次访问日本的吴岩先生和香港的谭剑先生，以及出版社和年轻研究者都作了报告，笔者尽管非常感兴趣，但因为会话能力很差，以致于没能进行充分的交流，这令我追悔莫及。谭剑先生又非常精通计算机，那天作报告的人在电脑操作上遇到麻烦，他立马就帮着解决了。这也同样是很有趣的事情。

翌年 2014 年筑波学园都市的大会上，正在日本留学的骆尘先生不通过翻译，直接用日语作了有关中国 FT 小说作家作品的共享平台“九州”的报告。

如上所述，1986 年以来，笔者亲眼目睹了现代中国科幻界的发展，同时也见证了与中国科幻界的壮大同步发展的办公自动化设备的发展。不！说实话，我不只是停留在“看”上面，我自己也想要熟练掌握它们，但笔者已经年过七十，要紧跟这个潮流已经是相当力不从心了。

如若用目睹科技加速发展的形象来作比喻的话，以谷歌地球航拍画面和计算机处理后的动画片来打比方，也许是最贴切的。从空中眺望附近公园的图像在迅速远去，变成了从大气层外远望地球的影像，经过火星身旁，再越过外行星的轨道，太阳系本身在朝着遥远的彼方飞逝而去。摄像机镜头朝着银河的那一头渐渐远去。

恰如搭乘着宇宙飞船，眺望着远去的地球，以及太阳系。

宇宙飞船飞出太阳系，继续向前飞去。

笔者的宇宙飞船从1980年代的地球出发，追溯着中国科幻小说和最新办公自动设备的发展，渐渐地老化，要紧随其后继续飞行已经渐渐地变得困难，只能远远地遥望着科幻小说在银河中心并朝着未来继续飞行的航迹。

然而，值得庆幸的是，从日本的SF爱好者中出现了关心中国科幻的发展动向、真正在研究科幻作品的年轻一代。在来自中国的留学生中，对中国科幻界的面貌进行研究和分析、并且不是用母语而是能用日语发布信息的一代人也已经成长起来了。笔者完成的、将中国有科幻小说的实况介绍给日本读者的任务，可以说已经结束了吧。

今后，笔者希望自己作为一个纯粹的读者，尽情享受阅读科幻小说的乐趣。

笔者经常一动就要气喘，译者李重民先生鼓励笔者继续写下去。在此，向李重民先生表示感谢。就此搁笔。

林久之

2015 年 11 月

索引*

【あ】

* 索引页码为原书页码，即本书页边码。

【か】

【さ】

【ま】

图书在版编目（CIP）数据

中国科学幻想文学史 /（日）武田雅哉，（日）林久之著；李重民译 . — 杭州：浙江大学出版社，2017.9
ISBN 978-7-308-16956-1

Ⅰ. ①中… Ⅱ. ①武… ②林… ③李… Ⅲ. ①中国文学 – 文学史研究 Ⅳ. ① I209

中国版本图书馆 CIP 数据核字（2017）第 113876 号

中国科学幻想文学史
[日] 武田雅哉 [日] 林久之 著　李重民 译

责任编辑　王志毅
文字编辑　何啸锋
装帧设计　蔡立国
出版发行　浙江大学出版社
（杭州天目山路 148 号　邮政编码 310007）
（网址：http:// www.zjupress.com）
排　　版　北京大观世纪文化传媒有限公司
印　　刷　北京中科印刷有限公司
开　　本　787mm × 1092mm　1/32
印　　张　20.5
字　　数　290 千
版 印 次　2017 年 9 月第 1 版　2017 年 9 月第 1 次印刷
书　　号　ISBN 978-7-308-16956-1
定　　价　88.00 元

浙江大学出版社发行中心联系方式：（0571） 88925591；http://zjdxcbs.tmall.com

浙江省版权局著作权合同登记图字：11-2017-133 号